동
양
방
랑

일러두기 _____

• 이 책은 『全東洋街道(上·下)』(후지와라 신야, 1982/1983, 슈에이샤) 문고판을 우리말로 옮긴
  것이다.

• 외국 인명과 지명을 비롯한 고유명사는 국립국어원 외래어표기법 및 용례에 따르되, 일부는
  글을 쓴 당시 그대로 옮겼다.

• 본문의 주는 내용의 이해를 돕기 위해 모두 번역자가 넣은 것이다.

동양방랑

全東洋街道

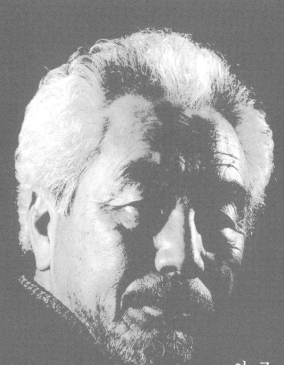

글 / 사진 후지와라 신야

이윤정 옮김

작가
정신

이제 그만 떠나렵니다. 나는 말했다. 노승은 누운 채 내
얼굴을 보고 있었다. 순간, 나를 바라보는 노승의 눈빛을
사진에 담아야겠다고 생각했다. 그것은 노승과의 결별을
의미했다.

사람들은 황금빛 탑 아래, 자신이 태어난 요일의 별의
집에서 평안한 시간을 보낸다. ……지구의 사바세계로부터
잠시 떠나는 것이다. ……무슨 까닭인지 그 일곱 요일
중에는 지구가 없기 때문이다.

……그날 밤, 정액이 강을 향해 흘러갔다. 그 어둠의
늪에서 연분홍색 연꽃 봉오리를 보았다. ……문득 어둠
속의 그 꽃봉오리가 부모 잃은 영아의 화신이 아닐까 하는
생각이 들었다.

덩치 큰 남자가 양손으로 간신히 안아 올릴 만큼 큰 돌을
들고 있었다. 그리고 그 돌을 몇 번이고 패대기쳤다. 나는
땅바닥을 보고 기겁했다. '게'다. 상하이 게의 참극이다.

01

보스포루스해협, 겨울 풍경 앞에 서다.

앙카라에 식도락의 꿈을 탐하는 먹성 좋은 여자가 있다.

세룰리언 블루의 지중해에 빠져 죽은

반음양半陰陽의 장미.

겨울 흑해 상공을 날아가는 고고한 새를 보다.

이슬람 육식 산성 사상의 농축액,

양 창자 수프를 먹다.

우기의 도시, 콜카타를 떠도는 도깨비불을 쫓다.

동양의 보통 사람들이 연기하는

비할 데 없이 인간적인 곡예.

400일간,

나는 그 '동양극장'의 무대 위

천재적인 인생 연기자들 속에서

언제나 단역이었다.

흑해

그리스
이스탄불　　삼순
테살로니키　앙카라　　가지안테프
　　　　　　　　　엘라지　　　　타브리즈
아테네　　터키
　　　　아다나　반
안탈리아　　　　우르파　　　　　테헤란
　　　　　　　라카　　티그리스강　　콤
레바논　알레포　시리아　　　　　야즈드
베이루트　　　　유프라테스강　이스파한
다마스쿠스　　　　　　　　　이란　케르만

지중해

카이로

이란 고원

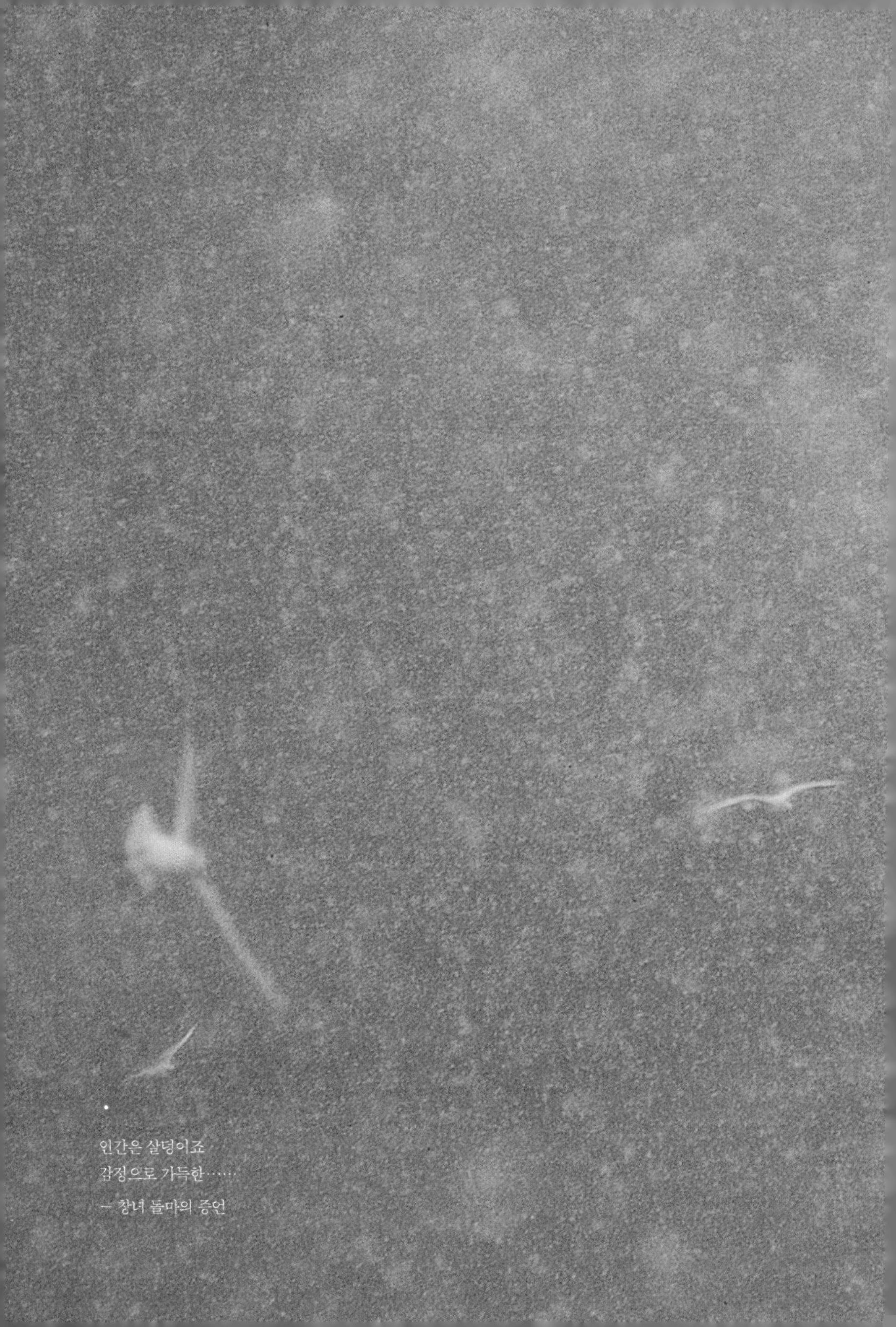

인간은 살덩이죠
감정으로 가득한……
– 창녀 톨마의 증언

1장

겨울 해협
/ 이스탄불

……떠나온 부두를 바라보니,
배웅하는 사람도 없는데
갑판 위의 사람들은
눈보라 속에서
멀어져가는 유럽의 끝을
그저 바라보고 있을 뿐…….
맞은편 해안에서 희미하게
『코란』 읽는 소리가 들렸다.

나는 이스탄불의 안벽岸壁에 서 있었다.

바다 냄새가 난다.

어두운 바다에서 불어오는 겨울바람이 안벽 위를 기어 다니며 내 다리를 붙잡고, 소용돌이치며 천천히 내 몸을 띄워 올린다.

바람에서 밤거리 냄새가 났다.

이따금 바다 냄새에 섞여 코를 찌르는 썩은 냄새가 풍겨온다.

무엇인가가 썩어가는 냄새는

……왠지 사랑스럽다.

넓은 안벽에 키 큰 수은등이 불을 밝히고 있다.

파리한 불빛 속에서 길바닥에 널브러진 양파 껍질이 바닷바람에 떨고 있다.

그 식물의 껍질은 핏빛을 띠고 있다.

며칠 전에 흘린, 변색되고 말라붙은 피의 색깔을 닮았다.

나는 겨울 길바닥에 흩어진, 이 서쪽 동양의 도시와 사람들의 흔적들을 보고 있었다.

발길에 뭉개진 큼직한 터키식 프랑스빵 조각이 긴 그림자를 끌고 있다. 생선 기름이 묻은 허접한 채색 신문지, 햄 같은 피부색의 터키 여자가 구겨진 채 가랑이를 벌리고 웃고 있다. 음부에 찍힌 별 모양의 판인版印. 그 가장자리에서 비어져 나온 자주색 음모.

그 뒤에 석양 빛깔의 아나톨리아산 오렌지 껍질, 찢어진 한밤중의 작은 태양.

진흙 범벅이 된 양의 다리뼈.

닳아빠진 편자…….

보스포루스해협

채찍 소리가 들린다. 날가죽과 날가죽이 서로 때리며 내지르는 비명. 단돈 100터키리라(350엔)를 벌기 위해 말은 백 번의 채찍을 견뎌야 한다.

그 너머에 젖은 검은색 삼노끈 토막.

노끈은 쿠르드족 쿨리(육체노동에 종사하는 하층 노동자—옮긴이)의 어깨를 파고든다. 쿠르드족 쿨리의 눈 위치는 언제나 통행인의 허리 근처다. 그들은 눈을 치뜨고 전방을 노려보며 인파 속으로 돌진한다. 터키 카펫 자투리와 나무로 얽어 만든 지게 위에 100킬로그램, 때로는 200킬로그램의 짐이 쌓아 올려진다.

"비켜요, 비켜!"

쿠르드족 쿨리의 성난 목소리.

비웃는 통행인들.

만약 인파 속에서 3미터 혹은 4미터쯤 되는 무거운 짐의 탑이 솟아올라 굼실댄다면 거기에 쿠르드족이 있다고 보면 된다. 무쇠 같은 허리와 짐승의 눈빛. 그들은 아나톨리아 대지 동쪽에서 온갖 국가에 맞서 집요하게 반란을 꾀한다.

밑동까지 타들어간 담배꽁초들이 길바닥에 나뒹굴고 있다. 필터에 찍힌 'SAMSUN'이라는 회청색 로고. 이스탄불 거리를 온종일 돌아다니면 "삼순! 삼순!" 하고 외치는 억눌린 목소리를 천 번은 듣게 된다. 부두 매표소 뒤, 연락선 갑판, 캄캄한 가드레일 밑, 레스토랑 테이블 옆, 택시 창가, 거리 뒤편, 공중변소 칸막이벽 안, 영웅 아타튀르크 동상 아래, 사창가 근처……. 도처에서 '삼순, 삼순' 하고 외치는 목소리가 들린다. 실업자와 빈민의 자식들의 외침, 삼순.

터키는 지금 인플레이션과 파업과 테러리즘이 만연한 나라다. 1년 넘게 끌고 있는 파업 때문에 갈매기 소굴이 된 인터콘티넨털 호텔 수영장, 운항이 중단된 터키 국내 항공, 그리고 연기가 나지 않는 담배 전매공사. 사람들은 삼순 한 갑을 사기 위해 추운 날씨에도 50미터씩 줄을 선다. 그 담배 한 갑을 손에 들고 남자와 아이들이 영하 16도의 찬바람 속에서 억눌린 목소리로 외치고 있다.

삼순, 삼순, 삼순. 삼순, 말보로. 삼순, 말보로. 삼순, 삼순, 삼순, 삼순!

오늘 저 아이는 경찰의 눈을 피해 아침부터 몇 천 번을 그렇게 외쳤을까?

……한밤중의 노상에 새겨진 무수한 작은 외침. 삼순, 삼순, 삼순!

……이스탄불.

안벽 너머는 캄캄한 어둠이다.

검은 바다. 배들이 지나가는 소리. 보스포루스해협.

해협 너머에 아나톨리아(동양) 대지의 끝이 보일 것이다. 온 세상이 어둠 속에 갇혀 있다. 안벽에서 캄캄한 바다를 향해 거대한 부교浮橋가 돌진하며 사라진다. 갈라타 다리. 폭풍이 휘몰아치는 밤에는 북쪽으로, 남쪽으로 몸을 뒤틀며 비명을 지른다고 한다.

두 시간 전에 마신 술기운이 아직도 남아 있다. 조금 전까지 나는 갈라타 다리 밑 술집에서 왁자지껄하게 떠들어대는 사람들 틈에 끼여 술을 마시고 있었다.

맞은편에 한 남자가 앉아 있었다. 식탁 위에는 물처럼 투명한 술이 담긴, 콜라병만 한 술병이 세 병 놓여 있었다. 남자는 새하얀 터키 치즈와 둥글게 썬 오렌지를 먹고 있었다. 술을 마실 때마다 왼쪽 가슴

에 손을 대고 개처럼 킁킁거리며 엉덩이를 들썩이는 묘한 버릇이 있었다.

나는 안초비처럼 생긴 새끼손가락만 한 생선을 먹고 있었다. 함시라는 이름의 작은 생선인데, 초가을부터 봄까지 흑해에서만 잡힌다. 겨울철에 대량으로 번식해, 함시 그림자로 바닷물이 새카맣다. 그것을 본 나폴레옹이 그 대륙 내해에 흑해라는 이름을 붙였다고 남자는 웃으면서 거짓말을 했다.

갈라타 다리 밑, 밤바다에 뜬 술집은 실업자처럼 보이는 허름한 옷차림의 남자들로 북적이고 있었다.

여자는 눈에 띄지 않는다.

알코올중독자처럼 보이는 남자 둘이 키스하는 시늉을 하며 새롱대고 있다.

몸을 가누지 못해 입술이 제대로 닿지 않는다.

옆자리의 눈이 불그레한 남자가 고민에 잠긴 표정으로 두 사람을 쳐다보고 있다.

사방에서 독한 아니스 주酒 냄새가 풍겼다.

강하고 드라이한 술 냄새와는 달리 공기는 눅눅하고 혼탁했다. 난방을 틀지 않은 술집에서 사람들은 낡은 코트를 걸친 채 술을 마신다. 발치에서 한기가 올라온다. 함시를 굽는 연기와 세계에서 가장 맛없는 담배 중 하나인 삼순의 연기 때문에 멀리 있는 사람이 그림자나 벽에 묻은 얼룩처럼 보인다.

그 그림자와 얼룩들은 따분한 표정으로 희미하게 웃고, 때로는 화내고, 울고, 결국은 술이 흥건한 작은 테이블을 억센 팔로 끌어안은 채 짧은 꿈속으로 빠져든다.

허공을 응시한 채 작은 흉계를 꾸미고 있는 것처럼 보이는 남자. 둘러앉아서 도박을 하는 남자. 낚싯바늘에 실을 묶는 부업에 열중하고 있는 남자. 낡은 옷에 묻은 찌든 때처럼 시커먼 터키 커피를 홀짝이며 벽을 응시하고 있는 생각하는 갈대 같은 남자……. 에코와 바이브레이션과 가성이 뒤섞인, 가사를 알아들을 수 없는 터키 여가수의 성적인 가요가 술 냄새와 자욱한 연기 속에서 요염하게 떠돌아다닌다.

……술집 바닥에서 피어오르는 보스포루스의 희미한 바다 냄새.

**

노래

—

술집 밖의 전등도 꺼지고 폐점 시간이 다 되었을 때다. 맞은편에 앉아 있던 남자가 벌떡 일어나더니 칙칙한 분위기를 박살내듯이 우렁찬 목소리로 노래를 부르기 시작했다.

어디선가 들은 적이 있는 선율이다.

〈로렐라이〉라는 노래일 것이다.

남자는 술기운을 빌려 그 느리고 나른한 노래를 행진곡풍으로 불렀다. 남자 몇몇이 노래를 따라 불렀다.

"자네들, 그 여자 알아?"

남자가 노래를 중단하고 갑자기 음담패설을 늘어놓았다.

폭소와 야유가 터져 나왔다.

처음 터키에 도착했을 때 나는 무섭도록 어두운 분위기를 느꼈다. 극도의 인플레이션과 쏟아져 나오는 실업자들, 그리고 이슬람권에 속하면서도 석유 자원의 혜택을 입지 못해 잘나가는 이웃 나라들을 부러운 눈으로 곁눈질해야 하는 초조감. 그런 불우한 사회 정황이 도시와 사람들의 마음에 깊은 주름을 남긴 결과다. 그들에게 '성'은 울분을 푸는 하나의 방법일 것이다.

이슬람 국가들 중 유일하게 터키에서는 여자의 컬러 누드 사진이 실린 신문이 버젓이 거리에서 팔리고, 자국산 무수정 포르노 영화가 공공연히 상영된다. 나는 터키를 여행하면서 두 편의 허접한 포르노 영화를 보았다. 우연인지 몰라도 두 편 모두 더없이 썰렁한 결말로 막을 내렸다. 주인공 여자가 온갖 음란한 행동을 하다가 결국 신세를 망치고 다리에서 바다로 몸을 던지는 내용이었다. 여자가 빠진 수면에 동심원을 그리며 물결이 퍼져나가고 그 한가운데에서 엔드 마크가 튀어나온다. 황당하고 무책임한 라스트 쇼트다. 어쩌면 그것은 터키 사람들의 공통된 마음을 대변하고 있는지도 모른다.

더구나 올겨울 시베리아 기단이 맹위를 떨치면서 이스탄불은 10년만의 혹한 속에서 꽁꽁 얼어붙어 있었다.

온기 없는 인플레이션의 도시에서 남자가 여자의 육체에서 위안을 찾는 것도 무리는 아닐 것이다.

〈로렐라이〉를 부르던 남자는 술집이 문을 닫기 전에 한 기묘한 여자를 등장시켜 사람들을 웃기려고 했다.

"아는 사람도 있을걸. 게넬 에브 16번의 뚱뚱한 할멈 말이야. 한창 그 짓을 하다가 갑자기 독일어로 〈로렐라이〉를 부르지."

게넬 에브는 사창가를 말한다. 갈라타 탑 근처의 가파른 언덕 중턱에 있는데, 이 도시의 남자라면 누구나 인생에서 몇 번은 그 거리를 통과한다.

"마르마라해 같은 여자지. 덩치가 변두리 자선병원 침대만 해."

"거기서 로렐라이 여자랑 붙어먹었지?"

누가 그렇게 묻는다.

"아니. 나야 발작증이 있어서 자주 그 병원 신세를 지니까 잘 알지."

그런 뻔한 거짓말을 누가 믿겠는가? 내가 진위를 캐묻자 남자는 두 눈을 저울질하듯 뒤룩이며 잠시 진지한 얼굴로 기억을 더듬는가 싶더니 한숨을 내쉬며 말했다.

"그 여자, 노래만 부른 게 아니야. 내가 한숨 돌리려고 잠시 천장을 보고 있었더니 뜨개질까지 하더라니까!"

또다시 터져 나오는 폭소.

발작증이 있다는 남자는 실눈을 뜨고 몸을 젖히며 뜨개질하는 시늉까지 한다. 그러고는 독일어 흉내를 내며 또다시 〈로렐라이〉를 부르기 시작한다. 외설스러운 몸짓을 하며 음담패설을 던지는 남자들. 혀 꼬부라진 〈로렐라이〉 합창.

말없이 노래를 듣고 있는 생각하는 갈대 남자.

……부교는 미세하게 흔들리고 있었다.

다가오는 도시
멀어지는 도시

**

위스퀴다르

—

사람들은 얼마쯤 명랑함을 가장하고 한 명, 두 명 술집을 나갔다.

냉기가 감도는 휑한 술집에 고주망태가 된 남자 몇 명과 나와 로렐라 이 남자만 남았다.

"나는 택시를 몰아. 어때, 손님, 밤거리를 한번 달려보겠어? 내가 좋은 곳에 데려다주지."

"좋아, 이 다리 위를 신나게 달려보자고."

"신나게 달릴 만큼 좋은 차는 아니야. 뭐, 좀 춥긴 하겠지만 안벽에서 30분만 기다려줘."

달아오른 몸을 이끌고 술집을 나오자 얼어붙은 밤공기가 와락 달려들었다.

나는 시장에서 구입한, 산양의 유지 냄새가 덜 빠진 두껍고 무거운 모피 코트 앞자락을 여미며 안벽으로 갔다.

검은 바다 저편에 위스퀴다르(터키 이스탄불 주에 있는 도시. 보스포루스 해협을 사이에 두고 이스탄불 지구와 마주하고 있다—옮긴이)의 불빛이 깜박이고 있었다.

불빛이 드문드문한 것을 보면 그리 번화한 지역은 아닌 듯하다.

나는 불과 수백 미터의 보스포루스해협을 건너면 도달하는 위스퀴다르에서 동양인 유라시아대륙이 시작된다는 사실을 그때는 잊고 있었다.

어느 겨울 밤, 내 눈에는 동양과 서양을 극적으로 갈라놓은 수로가 양옆으로 강변을 끼고 흐르는 흔하디흔한 강처럼 비쳤다.

* *

첨탑(미나레트)

—

남자가 몰고 온 차는 사나운 짐승을 연상시켰다.

철모나 코뿔소의 등처럼 생긴 둥근 덮개. 차체에 새겨진 수많은 긁힌 자국과 팬 자국. 붉은색 페인트 밑으로 드러난 거칠게 칠한 회색 퍼티(산화주석이나 탄산칼슘을 건성유로 반죽한 물질로 접합제나 도장제로 많이 쓴다—옮긴이). 망토원숭이처럼 이빨을 드러낸 채 위쪽을 향하고 있는 통풍구. 차체에 어울리지 않는 작은 창이 음울한 느낌을 자아낸다.

도어를 열자 낡은 가죽 냄새와 머릿기름 냄새가 코를 찔렀다. 손때로 반질거리는 딱딱한 좌석이 물소의 등처럼 불룩하게 솟아 있다. 엉덩이로 전해지는 차가운 가죽의 감촉. 약간 오른쪽으로 기울어진 차체. 바람 빠지는 소리 같은 엔진음이 울리고, 차가 진동하면서 눈꺼풀이 바르르 떨린다.

낡은 쇳덩이가 밤거리를 달린다.

억눌린 신음 소리. 차체 틈으로 스며드는 차가운 밤공기.

"노래 좋아해?"

남자가 묻는다.

"응."

●

쫓아온 도시
도망친 도시

카세트테이프를 끼우자 갑자기 날카로운 선율이 차 안을 가득 채웠다. 쓰가루샤미센(아오모리 현 쓰가루 지방의 샤미센 음악으로 현을 튕기는 타악기적 주법과 템포가 빠른 악곡이 특징이다—옮긴이)처럼 템포가 빠른 현의 울림. 메마른 음색의 타악기. 고조된 부분에서 여자의 날카로운 목소리가 끼어든다. 미묘한 억양과 장단을 살린 터키 트로트.

그 거리엔 두 번 다시 돌아갈 수 없어
그 거리엔 두 번 다시 돌아갈 수 없어
그 거리엔 두 번 다시 돌아갈 수 없어

마지막 대목에서 여자는 이렇게 세 번 외친다. 흔해빠진 실연의 노래. 이내 여자의 목소리가 스캣(재즈 등에서 가사 대신 아무 뜻이 없는 후렴을 넣어서 부르는 창법—옮긴이)으로 변한다. 밤하늘을 찢을 듯한 길고 광기 어린 스캣이다.
차는 도로를 크게 우회해 갈라타 다리로 접어든다.
위로 향한 헤드라이트 불빛에 드러나는 다리 난간.
검은 바다.
검은 바다 저편에 거대한 빛의 기둥 여섯 개가 천천히 움직이고 있다. 블루 모스크의 첨탑이 조명을 받으며 검은 하늘을 찌르고 있다.
빛은 첨탑 꼭대기를 지나서 하늘로 뻗어 나간다. 적갈색이 감도는 회색 빛줄기가 첨탑 상공으로 스며든다.
두꺼운 먹구름이 도시를 짓누르고 있다.

그 거리엔 두 번 다시 돌아갈 수 없어

그 거리엔 두 번 다시 돌아갈 수 없어
그 거리엔 두 번 다시 돌아갈 수 없어

갈라타 다리를 건너자 차 앞 유리창에 흰 것이 똑똑 떨어졌다. 어둠
저편에서 나타난 미세한 입자들이 유리에 부딪혀 물방울로 변하면
서 천천히 좌우로 흘러내린다. 적동색 헤드라이트에 드러난 길모퉁
이가 부옇게 번져 보인다. 빗속에서 오도 가도 못 하고 서 있는 개.
길을 가로질러 달려가는 페르시아 들고양이. 어둠 속에서 추위에 떨
며 서 있는 카키색 군복을 입은 군인. 붉은색 글씨로 'AKBANK'라
고 쓴 커다란 간판. 빛을 반사하는 쇼윈도. 굳게 닫힌 터키시 블루의
낡은 문. 그 밑에 웅크리고 있는 정체 모를 검은 물체. 거적을 뒤집어
쓴 말 엉덩이. 차바퀴. 검은 머리를 치렁치렁 늘어뜨린 채 웃고 있는
흑백 포스터 속의 육감적인 여자. 'SUZAN SAVAS'라는 글자. 돌길
에 나뒹구는 양배추 잎사귀. 희미한 연기를 토해내고 있는 검은 드럼
통. 은색으로 빛나는 썩은 생선 대가리. 총탄 자국이 남아 있는 가로
수. 벽에 붉은색 스프레이로 쓴 '쿠르드를 죽여라!'
남자가 좁은 골목길 오른편에 차를 바싹 붙여서 댔다. 어둡고 긴 돌
계단을 올라간다. 위로 올라갈수록 어둠이 깊어진다. 8, 9층쯤에서
앞서가던 남자가 걸음을 멈추고 이어지는 노크 소리. "구잔, 구잔"
하고 부르는 남자의 목소리. 나무문이 열리고 남자가 어두운 집 안으
로 들어간다. 한쪽에서 남자와 자다 깬 여자의 목소리가 들리고, 여
자가 "굿모닝" 하고 어설픈 영어로 인사를 건넸다. 화장실에서 들리
는 물 흐르는 소리. 암모니아 냄새. 전기 불은 안 들어와? 마침 정전
이에요. 초도 다 떨어졌어요. 칠칠치 못하기는.

집시 부락을 걸어가고 있을 때 돌아본 말

자네에게 묻고 싶은 게 두 가지 있어
왜 사진을 찍지
이스탄불에는 왜 온 거야
나도 묻고 싶은 게 하나 있어
도대체 왜 거기 서 있는 거야

손 좀 줘봐, 하고 남자가 말했다. 여자가 다가온다. 손목에 느껴지는 여자의 손가락 감촉. 손가락이 뜨겁다. 남자가 담배에 불을 붙인다. 성냥을 긋자 일순 여자의 불그죽죽한 팔이 드러난다. 얇은 피부. 알 밴 물고기 배처럼 살진 팔뚝. 은빛 솜털. 손등의 잔주름. 굵고 짧은 손가락. 두 개의 손가락에 끼워진 반지가 살을 파고든다.

액체가 든 용기를 흔드는 소리가 들리고 난데없이 손바닥에 물방울이 뚝뚝 떨어졌다. 얼음물처럼 차갑다. 흠칫 놀라서 손을 뺐다. 향수야, 터키식 인사니까 걱정할 거 없어. 차가운 액체가 손목을 타고 흐른다. 맥박이 빠르게 뛰며 손목을 간질이고, 향기가 풍겨온다. 어두운 방 안에서 갑자기 땀 냄새가 사라지고 새콤달콤한 휘발성 향기가 코를 찌른다.

……꽃.

……과일, 풀잎.

레몬 혹은 장미. 자란紫蘭. 재스민, 잘 익은 캐슈 열매. 백합 뿌리. 사과의 꿀. 오렌지 껍질. 배꽃. 백단향. 초산. 망고. 사향. 마타리. 야향화. 향수…… 에테르.

밤. 온갖 색향이 후각을 뒤흔들었다.

* *

캘리포니아

―

멀리서 들리던 개 짖는 소리가 점점 다가오더니 어느새 귓가에서 짖어대는 것 같다. 나는 잠에 취해 그 소리를 듣고 있었다.

개는 사람의 목소리에 호응해 짖고 있었다. 개 짖는 소리와 사람 목소리가 기이하게 뒤엉키고 있었다.

낭랑한 사람의 목소리는 허공에서 내려왔다. 개는 지상에서 그 소리에 화답하고 있었다.

알라후 아크바르
신은 위대하다
알라후 아크바르
신은 위대하다
알라후 아크바르
신은 유일하다

스피커에서 울려 퍼지는 기도 소리. 커엉, 하고 호응하는 개 짖는 소리.

침대 맞은편 창가에서 푸른 빛줄기가 스며들고 있다.

방 안에 가득하던 색향은 사라지고 또다시 땀과 암모니아 냄새가 진동한다.

나는 침대에서 빠져나와 창가로 갔다.

눈이 펑펑 쏟아지고 있었다.

여명 속에서 소리도 없이 내리는 파리한 빛의 입자.

환영처럼 희부옇게 떠오르는 지붕들.

창밖을 보면서 동양에 대해 생각했다. 온갖 냄새가 코끝에 들러붙어 있다.

그리스 아테네에서 에게해와 마르마라해를 따라 기차로 40시간, 동양이 시작되는 이스탄불로 향하는 동안 시시각각 다가온 것은 냄새였다.

무르익고 부패하고 도시나 대지의 냄새와 혼동될 만큼 발효되어 마침내 도시의 냄새, 천지의 냄새가 되어버리는 그 뻔뻔하고 유들유들한 냄새.

이것이 동양의 냄새일까?

에게해 서쪽에서는 발효되고 썩어가는 것들이 눈가림되고 포장되어 건전하고 행복한 시민들 앞에서 말살된다. 썩은 오렌지 껍질, 돼지 머리, 송장, 광인, 전염병 환자, 만취한 사람, 그 모든 것들은 시민 생활의 큰길에서 격리된다.

여자가 짐승처럼 킁킁대며 몸을 뒤척였다. 영문 모를 냄새의 씨앗들이 꿈틀거린다.

그때 문득 머나먼 이국의 하늘과 한 줄기 피에 관한 기억이 떠올랐다.

몇 년 전에 썩은 냄새가 진동하는 동양의 어느 도시에서 열 몇 시간을 날아서 서양의 막다른 땅인 캘리포니아에 간 적이 있다.

그곳에 머물렀던 한 달 동안, 마치 진공 상태에 있는 듯한 착각이 들었다.

로스앤젤레스 국제공항에서 시내로 향하는 택시 안에서 본 집들은 하나같이 교회당 같았다. 거리를 지나가는 사람들은 신부나 수녀처럼 보였다.

너무도 청결하고 고통이라곤 찾아볼 수 없는 도시. 주택을 둘러싼 짙푸른 나무들마저 플라스틱을 닮은 영원의 빛으로 충만했다.

차가 할리우드 근처의 큰 슈퍼마켓 앞을 지날 때였다. 울트라 마린블루의 제복을 입은 경찰관 일고여덟 명이 권총을 들고 그 노란색 건물을 둘러싸고 있었다. 경찰관들은 서로 이야기를 나눌 정도로 비교적 차분한 표정이었다.

나는 영화나 드라마를 찍는 줄 알았다. 그런데 카메라 관계자가 보이지 않았다. 잠시 후 슈퍼마켓 안에서 생일 파티 때 터뜨리는 폭죽 소리 비슷한 소리가 두세 번 나더니 출입문이 요란하게 열리고 다부진 체격의 흑인 남자가 끌려 나왔다.

검푸른 이마에 적자색 피가 흐르고 있었다.

그 장면을 본 순간 왠지 모르게 가슴이 뜨거워졌다. 검은 이마에 흘러내리는 선혈이 지독히도 사랑스러워 보였다.

그 후 한 달 동안 캘리포니아의 맑은 하늘 밑에서 적자색 피를 닮은 그런 네거티브한 장면(포지티브한 장면이라고 생각하는 사람도 있겠지만)은 두 번 다시 만나지 못했다.

그리고 지금, 내 기억 속에 남아 있는 캘리포니아의 잔상은 여행 첫날 단 몇 초 동안 보았던, 눈부신 햇살 아래에서 꿀처럼 빛나던 한 줄기의 피다.

여기 이스탄불이나 캘리포니아, 싱가포르, 홍콩, 도쿄, 로스앤젤레스에서도 오렌지 껍질과 돼지머리는 등질等質로 그리고 확실하게 썩어갈 것이다. 단지 그것이 도시 뒤편으로 밀려나 포장되고 격리되어 있느냐, 아니면 거리를 지나가는 사람들 앞에 방자하게 내던져져 있느냐, 그 차이에 지나지 않는다.

동양에서는 여전히 사람들의 생활이 포장되지 않고 큰길에 내던져져

달밤의 사막을 기어가는 독사처럼 끈적끈적한 목소리

있다. 사람들은 대문을 활짝 열어놓고, 지극히 개인적인 일들을 공공의 면전에 훤히 드러내놓고 산다. 나는 8년 전 콜카타의 어느 집 앞에서 아이스캔디를 먹으며 출산 광경을 지켜보던 내 모습을 떠올렸다. 기이한 느낌이 치밀어 올랐다. 나는 그런 동양을 사랑한다. 나와 마찬가지로 혈액이 요동치는 동양의 전체 모습을 머리끝에서 발끝까지 똑똑히 보고 싶다는 열망을 몇 년 전부터 품어왔다. 좋은 것도 싫은 것도 있는 그대로 볼 것. 선악과 미추가 뒤섞인 곳에 세계가 있다. 나는 그 모든 것을 똑똑히 지켜볼 작정이다.

* *

배
—

어느덧 창밖은 빛으로 충만하다.

거리의 소리가 들린다.

나는 어깨에 가방을 메고 계단을 내려왔다. 피로가 몰려왔다. 곧장 보스포루스해협이 보이는, 어제의 그 안벽으로 향했다.

안벽에 서자 몸이 떨려왔다. 찬 공기를 들이마실 때마다 치아가 딱딱 부딪혔다.

왼손에 쥔 카메라가 강철처럼 차갑다가 어느새 얼음물처럼 차갑게 느껴졌다.

해협 쪽에서 세차게 불어치는 눈발이 뺨을 때리고 도시를 때린다. 미간을 찡그리며 해협 저편을 바라본다.

흐릿하게 보이는 맞은편 해안의 동양은 거대한 빙하의 절단면을 닮았다.

눈보라 속에서 무수히 많은 흰 새들이 당장의 양식을 찾아 공중을 날아다닌다.

새들은 노르스름한 부리를 내밀고 차가운 기류를 타고 있었다. 멀리 날아가며 거센 눈발에 지워졌던 새들이 이따금 환영처럼 흐릿한 흰 그림자를 드러냈다.

손을 뻗으면 닿을 듯한 허공에서 청회색 눈동자로 내 얼굴을 빤히 쳐다보는 새도 있다.

부리에서 새어 나온 바람 소리 같기도 하고 작은 휘파람 소리 같기도 한 울음소리들이 무수히 겹쳐진다.

위스퀴다르로 가는 연락선이 검은 연기를 내뿜었다. 연기는 흰 구름과 흰 새들이 날아다니는 일대를 검게 물들이면서 바람에 나부끼고 눈에 짓눌려 바다 위를 기어간다.

나는 부두로 향했다. 모자와 어깨에 눈이 잔뜩 쌓인, 거무칙칙한 옷을 입은 사람들이 줄지어 서 있었다. 연락선은 앞뒤 구분이 없는 기묘한 모습이었다. 건너편 해안에 도착하면 방향을 바꾸지 않고 그대로 돌아 나올 수 있다. 배의 갑판 밑이 뚫려 있어서 트럭이나 승용차들이 엔진 소리를 내며 차례로 그 안으로 빨려 들어간다.

나는 줄을 서서 배에 오른 후 고물 쪽으로 갔다. 눈보라 속에서도 많은 사람들이 갑판 난간에 기대서 있었다. 사냥 모자를 쓴 남자가 안고 있는 큼지막한 구형 휴대용 라디오에서 날카로운 현악기 선율이 흘러나오고 있었다. 뱃고동이 두 번, 세 번 그 소리를 지웠다.

고물에 새하얀 파도가 솟구치고 배가 움직이기 시작하자 허공에 떠

거리를 걷다가
피곤해서 찻집 문을 연다
낯선 남자들이 나를 보고 있다

있던 흰 새들이 소용돌이치는 바닷물 속으로 뛰어든다. 새들의 움직임을 부추기듯이 현악기 선율이 점점 더 고조된다.

배가 바다로 나가자 바람 방향이 바뀌면서 검은 연기가 갑판을 핥는다. 연기에서 석탄 냄새가 났다. 그 고전적인 냄새를 풍기는 검은 먼지들이 작은 소용돌이를 일으키며 고물 갑판을 잿빛으로 물들였다.

난간에 기대선 사람들이 멀어져가는 해안, 그리스 방향을 보고 있다. 여자들도 간간이 눈에 띄는데, 하나같이 옷차림이 누추하고 궁상맞다. 사람들은 저마다의 여행을 떠나는 것이다.

검은 연기와 눈 속에서 떠나온 부두를 바라보니 배웅하는 사람도 없는데 갑판 위의 사람들은 눈보라 속에서 지친 얼굴로 멀어져가는 유럽 대륙의 끝을 바라보고 있었다.

"피시! 피시!" 하고 외치는 소리가 들렸다.

갑판 위를 바쁘게 돌아다니던 한 소년이 내 옆으로 다가왔다.

기름에 그을린 얼굴을 한 소년이 노리끼리한 눈으로 나를 보고 있었다. 소년은 성냥팔이 소녀가 들었음 직한 바구니의 몇 배쯤 될 만한 크기의 바구니를 들고 있었는데, 바구니 속에는 방어 튀김이 가득했다.

터키에서도 겨울 방어는 별미라 짐작하고, 나는 프랑스빵 사이에 방어 튀김을 넣은 샌드위치를 하나 샀다. 추위 속에서 먹는 방어 튀김은 따뜻하고 맛있었다. 나는 그 아침밥을 정신없이 먹어치웠다.

샌드위치를 다 먹고 한숨 돌리며 갑판을 보니 그사이에 사람이 많이 줄었다. 난간에 기대선 사람들의 검은 실루엣 너머로 서양의 끝은 흔적도 없이 사라지고, 난무하는 눈발이 그 아득한 공간을 채우고 있었다.

2장

양 창자 수프
/ 앙카라

……여자는 미간을 둘로 쪼갠

양의 머리 절반을 접시에 옮기더니

숟가락으로 허연 골을 뜨면서

먹어보라는 몸짓을 했다.

라크 안주로 그만이에요.

황금빛 눈알이 최고긴 하지만…….

나는 지중해의 장미 꽃잎이 떠 있는 장미잼을

터키 치즈에 얹어달라고 말했다.

나는 지금 이 글을 터키 중앙부에 위치한 앙카라의 M이라는 변두리 호텔에서 쓰고 있다.

10년 만의 한파라고 한다. 이스탄불부터 줄곧 눈이 내리고 있다. 설상가상으로 현재 터키는 에너지 부족이 극에 달한 상황이다. 일류 호텔에서도 만족스럽게 난방을 틀어주지 않는다고 하니 이런 변두리 삼류 호텔은 참담하기 짝이 없다. 스팀 파이프가 설치되어 있지만 저녁에 세 시간 정도밖에 틀어주지 않는다. 그나마도 파이프 표면에 손을 대보면 온기가 느껴지는 것 같기도 하고 아닌 것 같기도 한 정도여서 난방 효과는 기대하기 어렵다. 난방이 작동하는 것이 오히려 더 감질나고 오한을 부추긴다.

그래서 방에 있을 때는 침대에서 잘 나오지 않는다. 그런 나날 속에서 낙이라고 한다면 오로지 훈훈한 곳에서 따끈한 음식을 먹는 것이다. 나는 매일 밤 8시면 침대에서 기어 나와 김이 모락모락 오르는 서민 동네로 식食의 꿈을 찾아 나섰다.

터키 요리는 역시 뭐니 뭐니 해도 케밥이 주류다. 특히 양고기로 만든 쉬쉬케밥을 즐겨 먹기 때문에 거리에는 양고기 특유의 냄새가 감돈다.

양고기는 식육 중에서도 소고기나 돼지고기와 달리 어딘지 모르게 노회한 냄새를 풍긴다. 나는 터키에서 양고기를 먹을 때마다 양은 죽어서 사람의 혀 위에서까지 미각을 속이는 것이 아닐까 하는 의심에 사로잡혔다.

고약한 비유지만, 노회한 이슬람교도의 고기를 먹는 듯한 심경이다. 처음에는 그 독특한 냄새가 다른 종교의 냄새처럼 거슬리지만 점차

그 특유의 맛에 익숙해진다. 한 가지 예를 들어보겠다. 터키에서 한 달쯤 산양 고기를 먹다가 어디 다른 나라로 훌쩍 날아가서 비프스테이크를 주문해보라. 아마 그 맛이 너무 직설적이어서 아쉬움을 느낄 것이다. 일본 음식은 더 그렇다. 일본 음식만큼 솔직한 음식도 없다. 일본 음식을 먹고 의심이 생겼다는 이야기는 들어본 적이 없다.

그런 의미에서 이슬람 음식과 일본 음식은 극과 극이다. 마치 일본의 불교적 정신 구조와 이슬람적 정신 구조가 정반대인 것과 같다.

그런데 이 고장의 산양 고기도 계속 먹다 보면 어느 날 갑자기 혀가 그것을 반기기 시작하는 때가 온다. 그 노회한 냄새와 맛을 즐기기 시작했을 때 비로소 이슬람 여행이 시작된다.

터키는 이슬람교를 믿지만 서양에 가깝고 다른 이슬람 국가들보다 사막이 적은 까닭에 음식 종류가 풍부하다. 케첩 맛의 스튜 요리가 많다. 하지만 그것은 겉으로 드러난 얼굴이고 안으로 들어가면 정체 모를 냄새가 감돈다.

간혹 그것이 배설물 냄새일 때도 있다.

식당을 잘못 골랐다가는 눈앞에 놓인 이쉬켐베 초르바스(양 창자 수프)에 식욕이 떨어질 수도 있다. 이쉬켐베 초르바스는 삶은 양 창자를 도마 위에서 잘게 썰어 커다란 냄비에 때려 넣고 소금을 더해 푹 끓인 수프다. 그 맛이 묘하게 복잡한 이유는 창자의 기름에서 나는 독특한 치즈 냄새와 창자에 들러붙은 배설물에서 우러난 발효 성분이 몹시 노회한 시큼한 맛을 내기 때문이다.

이쉬켐베 초르바스를 만들 때는 창자 속의 배설물 양이 중요하다. 배설물이 너무 많이 들어가도 좋지 않고 너무 적게 들어가도 좋지 않다. 솜씨 좋은 주방장은 태연한 얼굴로 적당량의 배설물을 남기면서

양 창자를 훑어 내리는 터무니없는 꼼수를 부린다.

이쉬켐베 초르바스는 다 먹은 후에 묘한 의심에 사로잡히게 되는 터키 요리의 필두다.

** **

위장의 천재

—

나는 어느 날 밤 식당에서 이 이쉬켐베 초르바스를 연거푸 너덧 그릇이나 먹어치우는 괴물 같은 여자를 만났다. 터키의 대도시 변두리 식당에는 엄청난 먹성을 자랑하는, 초라한 옷차림의 여자가 어엿한 직업인으로 활약하고 있다.

대개 몸집이 큰, 나이 든 여자다. 밥을 먹고 있으면 난로 근처에서 가만히 이쪽의 동태를 살핀다. 그러다가 슬금슬금 다가와서 떡하니 자리를 잡고 앉는다. 이 거대한 배와 젖가슴과 엉덩이를 가진 여자는 순진한 표정으로 웃는다. 여자의 탈을 쓴 이 거대한 살덩이는 은근슬쩍 손님 옆자리에 앉아서 그의 음식을 먹어치우고 웃고 떠들고 노래하다가 은근슬쩍 사라진다. 그리고 또다시 다른 손님 옆자리에 은근슬쩍 앉는 일을 날마다 반복한다.

위장의 천재다. 집요하게 먹는다. 애무하듯 먹어치운다. 웃으면서 술병을 비우고, 음식을 씹고, 핥고, 위를 채우고, 장으로 흘려 보내고, 또다시 먹는 일에 도전한다.

손님 테이블의 접시 수를 늘린 만큼 식당 주인에게 리베이트를 받는다. 그것이 이 여자의 직업이고, 튼튼한 위장과 영양분의 배출구인 거대한 젖가슴과 배와 엉덩이가 자본이다.

여자는 결코 약한 모습을 보이지 않는다. 아무리 많이 먹어도 웃는다. 거대한 배와 젖가슴을 출렁거리며 즐겁게 테이블 사이를 돌아다닌다. 여자의 뒷모습이 탐욕스러운 가축처럼 보일 때도 있다. 가끔은 식의 업에 도전하는 고독한 고행승처럼 보일 때도 있다.

어느 날 한 먹성 좋은 여자가 내 옆에 둥근 의자 두 개를 나란히 놓고 그 위에 거대한 몸을 내려놓았다. 나는 이 여자가 어떤 음식을 얼마나 먹어치울지 호기심이 동해 여자가 하는 대로 내버려두었다. ……
식탁 위는 순식간에 접시들로 채워졌다.

라크―술
이쉬켐베 초르바스―양 창자 수프
오렌지
화이트치즈
장미잼
코윤 바쉬―통째로 구운 산양의 머리
체르케즈 타욱―호두 소스를 뿌린 찬 닭고기 요리
알나웃 셰리―고추를 넣은 알바니아풍 양 간 구이
이맘 바이을드―토마토와 양파를 채운 가지 찜
우스쿰루 돌마스―잣과 건포도와 향초를 곁들인 고등어구이
카든 부두―양고기 완자 튀김
미디예 돌마스―쌀과 잣을 채운 홍합 찜
제이틴야을르 프라사―리크(큰 파처럼 생긴 채소―옮긴이)와 쌀 조림

•

눈
눈 주변의 지방과 젤라틴이 뒤엉킨, 살살 녹는 부드러운 육질
피를 뺀 간에 크림을 섞은 맛이 나는 골
혀
잇몸과 볼 살
뼈에 붙은 쫀깃한 살
턱 관절의 연골
……산양의 머리(코유 바쉬)는 온갖 맛을 음미할 수 있다

시가라 뵈레이—치즈 소를 넣은 페이스트리 튀김

케스쿨—아몬드와 쌀가루 커스터드

카이마르크 엘마 콤포스토스—사과 시럽 조림

채소 샐러드

아이란—요구르트에 물을 타서 거품을 낸 음료

……

접시 하나하나는 크지 않지만 헤아린 것만으로도 얼추 이 정도 음식 이 식탁 위에 올랐다.

여자는 발효된 우유 비슷한 냄새를 발산하고 있었다.

검은 머리카락에 들러붙은 피지와 올리브. 이따금 내 어깨 위로 묵직 한 팔이 얹힌다. 팔을 통해 전해지는 여자의 치아며 목소리며 목구멍 으로 넘어가는 뜨거운 물의 진동.

여자는 라크라는 술을 마시고 있다.

라크는 물처럼 투명하고 무표정하다. 비슷한 종류의 술이 서아시아 여러 지역에서는 다른 이름으로 불린다. 그리스에서는 '우조', 아랍 에서는 '아라크'라고 한다. 물을 타서 마셔도 목구멍이 타는 듯하다. 새로 담근 술이라도 45도를 넘고 묵은 라크는 70도를 넘는다.

물을 타면 우유나 정액을 섞은 것처럼 금방 요염한 반투명 액체로 변 한다. 술에 녹아 있는 약초 성분인 아니스유茴가 물과 결합해 콜로이 드 상태가 되기 때문이다. 물의 양을 늘리면 연분홍색에서 순백색으 로 변하고, 거기에 물을 더 타면 회색에 가까워진다. 회색 라크를 마 시는 사람에게는 행운이 찾아오지 않는다는 미신이 있다. 여자는 연 분홍색 액체를 입에 부어 넣고 있다.

라크를 마시는 방법은 간단치 않다. 먼저 물을 한 모금 입에 머금는다. 곧바로 연분홍색 라크를 마신다. 입 속에서, 물을 탄 라크에 다시 물을 섞는 것이다. 그런 다음 단숨에 목구멍으로 넘긴다.

라크와 물은 혀 위에서 뒤섞인 다음 목 뒤의 중추신경을 격렬하게 간질이면서 열기와 함께 육체의 나락으로 떨어진다.

드라이한 열감이 목구멍에 남는다.

그것을 다스리기 위해 다시 물을 마신다.

목구멍을 물로 씻어내고 한숨 돌리면 콧속 가득 풀 향기가 올라온다. 이 냄새가 라크다.

식물의 향기. 좀 더 정확히 말하면 초원의 냄새, 초원을 애무하는 바람의 냄새다. 이 풀은 아니스라는 약초다. 향쑥의 일종인데, 북아프리카 모로코와 중근동 고원의 반사막에서 흔히 볼 수 있다. 약초 특유의 냄새가 나며 설사 등에 직방이다.

연분홍색 라크는 폭풍처럼 육체의 골짜기로 떨어진다. ……그리고 아나톨리아의 초원에서 산들거리는 훈풍이 되어 숨길을 타고 오르고, 콧속을 맴돌다가 정수리에서 꿈결처럼 회오리친다. 라크의 천사들은 언제나 이 초원의 단꿈에 젖어 있다.

* *

천국의 지옥

―

여자는 코윤 바쉬를 향해 포크와 나이프를 뻗었다. 구운 산양의 두개

나는 오스만투르크 대제국의 후예다
지금은 가난뱅이 나라가 되고 말았지만
나는 이 나라를 끝까지 먹고 마시고 결딴내주겠다
내 인생도······

골이다.

드라이한 라크는 양의 머리나 카든 부두(양고기 완자 튀김으로 '귀부인의 넓적다리'라는 뜻이다) 같은 기름진 음식과 잘 어울린다.

산양 두개골이 웃는 것처럼 아랫니를 내밀고 식탁 위에 나타났을 때 나는 몹시 불쾌했다. 그로테스크한 생김새 때문이 아니라 어떤 미친 산양이 떠올랐던 것이다.

몇 년 전 이야기다. 나는 네팔의 양고기 가게 앞에 있었다. 가게 앞은 피바다였다. 잘려나간 양의 머리들이 땅바닥에 나뒹굴고 있었다. 그 한편에 쪼개진 코코넛 열매 몇 개가 버려져 있었다. 그때 길 저쪽에서 검은 암산양 한 마리가 걸어왔다. 피바다 속에서 코코넛 열매를 발견한 것이다. 암산양은 커다란 흙빛 젖가슴을 덜렁거리며 빠른 걸음으로 피바다 속으로 들어갔다. 동족의 머리에 발이 걸려 비틀거리면서 암산양은 코코넛 과육을 아랫니로 갉아먹고 다녔다. 황금색으로 빛나는 백치 같은 눈. 피에 젖은 발.

그 후로 나는 산양을 윤리의식이 극단적으로 결여된, 관능 박약한 동물이라고 여기게 되었다.

여자가 미간을 둘로 쪼갠 산양 머리 한쪽을 접시에 옮기더니 숟가락으로 허연 골을 뜨면서 내게 먹으라는 몸짓을 했다. "라크 안주로는 치즈보다 훨씬 나아요. 눈알이 최고긴 하지만."

저 백치 같은 황금색 눈이다. 눈알 주변의 지방이 혀에 착착 감긴다. 이토록 부드러운 육질은 맛본 적이 없다. 산양의 눈알을 맛있다고 느끼는 혀에 굴욕감 비슷한 감정이 든다. 혀가 느끼는 산양의 혀. 등심 맛이 나는 얄팍한 볼살. 연분홍색 라크를 들이켠다. 타들어가는 목구멍. 물. 아니스 향.

이쉬켐베 초르바스는 어때요? 양 창자 수프. 회색 국물에 둥둥 뜬 진 갈색 기름. 잘게 썬 창자 조각. 마늘 냄새. 한 입 떠먹자 살짝 시큼하고 부드럽고 기름진 국물 맛 속에서 짐승의 배설물 냄새와 흙냄새가 입 안에 번진다. 이쉬켐베 초르바스는 똥 냄새가 약간 나지만 은근히 중독성이 있어요, 하고 여자가 말한다. 양의 똥은 사절이에요. 그럼 지중해의 장미는 어때요?

여자가 장미잼 병을 손에 든다. 알루미늄 라벨이 붙은 뚜껑을 열자 달콤한 장미 향기가 은은하게 풍겼다. 투명한 호박색 점액 속에 떠 있는 불투명한 황적색 꽃잎 조각들.

지중해의 장미다.

잔잔하게 물결치는 세룰리언 블루의 바다.

지중해의 도시 안탈리아의 해안 절벽에 서자 부드러운 바닷바람이 불어온다. 멀리 수평선까지 경쾌한 세룰리언 블루의 바다가 펼쳐진다. 어부의 이미지와는 거리가 먼 어부의 파란색 배가 바다에 떠 있다. 고기잡이를 한다기보다 뱃놀이를 하는 풍경을 닮았다. 산누에고치실로 만든 낚싯줄을 끌어당기는 파란색 물고기. 작은 숭어. 해안에 흐드러지게 핀 새빨간 장미가 바닷바람에 떨고 있다. 어부의 작은 배는 천천히 눈에 보이지 않는 속도로 나아가다가 어느새 장미 뒤로 사라졌다.

알루미늄 라벨에는 'BOZKURT ROSE JAM'이라고 적혀 있다. 지중해의 장미 꽃잎 조각들이 달콤한 꿀 속을 떠다닌다. 여자가 잼을 한 숟갈 떠서 양젖으로 만든 터키산 화이트치즈에 끼얹는다. 짭짤한 치즈에서 생명체의 상쾌한 땀 냄새가 난다. 치즈 표면에 맺힌 수많은 기포들. 진득진득한 장미의 꿀이 그 숨 쉬는 기포에 엉겨붙는다. 지

위 코윤 바쉬(통째로 구운 산양의 머리)를 반으로 갈라서 숟가락으로 골부터 떠먹는다
아래 코윤 케라시(산양 머리 수프)

중해의 장미와 아나톨리아 내륙의 꿀, 그리고 흑해 연안의 어둠 속에서 발효한 화이트치즈. 세 가지 풍토의 향이 혀 위에서 어우러진다. 양젖의 땀, 꿀, 꽃향기. 마치 터키 여자의 살냄새 같다.

여자는 게걸스럽게 먹어치우고 접시는 계속 늘어난다.

그러나 이상하게도 여자의 먹성에 감탄한 기억이 없다. 일심불란하게 음식을 먹어치운다는 느낌이 없었던 것이다. 그런데도 접시들이 차례차례 마술처럼 비어간다. 여자는 웃고 떠들고 때로 노래를 부르고, 접시는 어느새 비어 있다. 흡사 마술을 부리는 것 같다. 먹으면서 동시에 에너지를 발산하고, 접시 위의 음식을 속이듯 그리고 자신의 위장을 속이듯 식탁 위에서 차례차례 음식을 지워나간다.

나는 마침내 이 거대한 여자를 오스만투르크의 후예라고 단정 지었다. 과거 투르크 대제국 시대에 사람들은 성과 음식을 탐닉했다고 한다. 오달리스크의 시중을 받으며 식도락을 즐겼던 연회 테이블 위는 천국인 동시에 지옥 같았다고 한다. 그러나 오늘날 터키에서는 그런 모습을 찾아볼 수 없다. 인플레이션의 중압에 허덕이고 있을 뿐이다. 그러나 이 빈곤의 도시 한 귀퉁이에 저 오스만투르크 시절의 연회의 잔향이 감도는 작은 식탁이 있다. 나는 기분이 좋아졌다. 그리고 허무해졌다.

내 앞에는 여자가 비운 세 병의 라크 병이 거대한 콘돔처럼 혹은 모스크의 첨탑처럼 우뚝 솟아 있다. 그리고 첨탑 주변에는 탐욕스럽게 먹어치운 음식의 잔해들이 꿈의 잔영처럼 흩어져 있다.

오렌지 껍질
이쉬켐베 초르바스 그릇 바닥에 남은 창자 조각과 배설물

질척해진 치즈

흉물스러운 닭 뼈

접시에 엉겨붙은 양의 간에서 흘러나온 기름

수북하게 쌓인 홍합 껍데기

테이블 여기저기에 떨어져 있는 잣과 밥알

마시다 만 아이란

묘석처럼 나뒹굴고 있는 눈알 없는 산양의 두개골……

저녁 식탁 위에 문득 송장 더미가 어른거린다.

산과 바다의 송장들을 이만큼 떼로 모아놓은 장소도 달리 없을 것이다. 흡족한 기분 뒤에 갑자기 기묘한 감회가 찾아든다.

무심결에 토해낸, 음식 냄새가 엉겨붙은 여자의 끈끈한 한숨.

이국의 식탁 위에 왠지 모를 무상감이 짙은 그림자를 드리운다.

굶주림에서 포만에 이르는, 정신없는 혀의 애무와 점액에 대해 생각한다. 포만의 재앙으로 마비되고 무기력해진 혀는 내일도 이 여행을 계속해줄까?

몽정 후 꿈속의 여자를 결코 기억하지 못하는 공기 튜브 같은 뇌막.

그 뇌막이 바라보는 아련하고 눈부신 아침의 빛이 저녁 식탁 위에 충만하다.

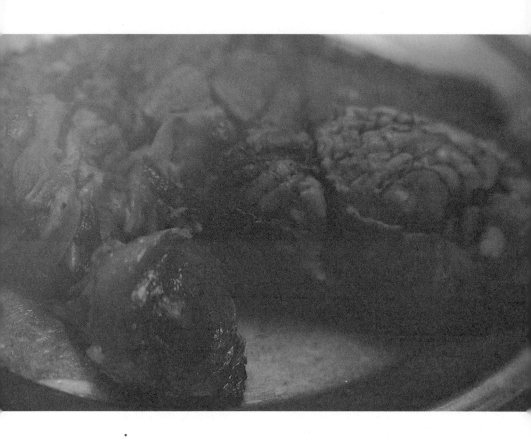

접시에 담긴 양 머릿고기, 눈알이 이쪽을 노려보고 있다

위 양 창자 수프
아래 보스포루스해협에서 잡은 게

위 후스리야(흰 까치콩 수프)
아래 베제르에(완두콩 수프)

채소에 물을 뿌리고 노래를 불러주면 윤이 나고 싱싱해진다고 한다

시장이 있으면 국가는 필요 없다

위 툴스(고추 초절임), 술안주로 좋다
아래 올리브유에 절인 홍피망

위 붉은 순무, 생으로 먹는다

아래 피멘토(피망 비슷한, 맛이 순한 고추―옮긴이)를 박은 올리브 절임

위 되네르 케밥과 난 세트
아래 다니야(고수의 일종—옮긴이)를 얹은 토마토 샐러드

위 미디예 돌마스, 쌀을 채운 홍합 찜
아래 다우크 쿠자르토마 통구이

영하 10도의 찬바람 속에서 마시는 터키 홍차가 최고

•
경건한 이슬람교도는 이교도가 도축한 양고기는 먹지 않는다
케밥의 재료

칼칸(넙치), 순간적으로 매독 환자인 줄 알았다

길거리에서 파는 무르(홍합과의 조개 ─ 옮긴이) 꼬치 튀김

위 싱싱하다는 것을 보여주기 위해 아가미를 벌려놓았다

아래 케레비즈(뿌리를 음식에 쓰는 샐러리—옮긴이), 무의 조상

식당에서는 항상 집시 노파가 노래를 부른다
— 난봉꾼 지골로의 최후는 썩은 고래 같았다……

3장

장미의 나날
/　　　지중해 · 앙카라

떨리는 하얀 배, 귀청을 찢는 금속음,

박수와 휘파람, 격렬하게 회전하는 배와 허리,

헝클어진 머리카락……. 그 모든 것이

황홀경에 도달했다고 생각했을 때,

갑자기 그것을 칼로 잘라버리듯

침묵이 찾아왔다.

그때 나는

그 춤에서 성(聖)의 시간을 보았다…….

지중해라고 하면 유럽의 바다라고 생각하기 쉬운데 그것은 아시아의 바다이기도 하다. 지도를 보면 알 수 있다. 지중해의 동쪽 사분의 일은 아시아 쪽에 있다. 터키, 시리아, 레바논, 이스라엘, 이집트 같은 동양의 나라들이 뒤집힌 디귿 자 형태로 그 조용한 바다를 에워싸고 있다.

한동안 나는 아나톨리아 고원의 수도 앙카라에 머물다가 터키 쪽 지중해 연안의 도시 안탈리아로 향했다.

시베리아 기단에 덮인 터키 중앙부의 춥고 눈 내리는 날씨에 진저리를 치다 보니 햇살과 봄이 그리웠던 것이다.

안탈리아는 이름에서 느껴지듯 터키 내륙 지역과는 분위기가 달랐다. 내륙 지역이 사람도 도시도 모두 촌스럽고 아시아적인 데 비해 안탈리아는 유럽적인 느낌마저 들었다.

여름철이면 유럽 피서객들이 이 터키 쪽 지중해 연안까지 몰려오는 오랜 전통 때문이기도 할 것이다. 그리고 지중해는 아시아 쪽에서 보더라도 어딘지 모르게 유럽적이다. 일찍이 유럽의 한 조각가가 "지중해는 인간의 규준規準이다"라고 말한 것처럼 지중해는 아시아의 바다들이 가진 거친 느낌이 없다. 그리고 지중해를 바라보는 이 터키 남해안의 도시들도 어느새 그 유럽적인 바다의 파문 속으로 빠져들고 있다.

안탈리아의 해안은 해수면보다 30~40미터 높은 절벽을 이루고 있다. 나는 이 도시에 도착해 2~3일 동안 해안 절벽에서 봄기운이 감도는 햇살을 받으며 바다만 바라보았다.

멀리 퍼져나가는 파도의 아라베스크를 본다.

가파른 젖은 돌길을 오른다
돌벽에서 풍기는 곰팡이 냄새
지나가는 남자들에게서 하이에나 냄새가 난다
사창가……. 요염한 살기
비수를 품고 배회하는 건달
문밖으로 새어 나오는 여자의 간드러진 웃음소리
말없이 문을 밀치고 들어서는 남자들
그리고 '빌어먹을 할망구' 하고 툴툴대며 문을 나서는 남자

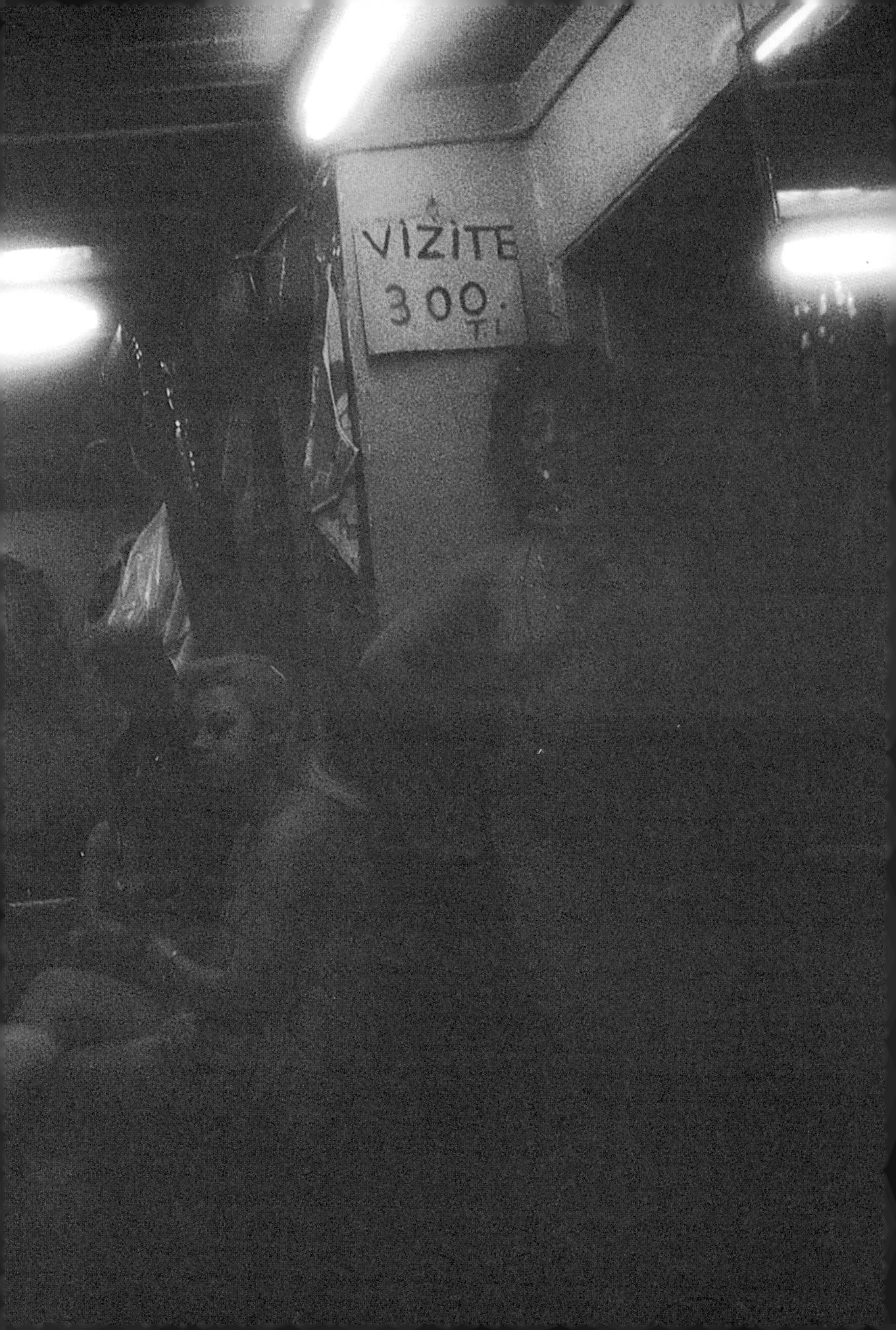
VIZITE
300 TL

단조롭게 반복되는 두 박자…….

잔잔한 물결이 푸른 물고기 비늘처럼 반짝이며 멀리 수평선까지 평온하고 규칙적인 리듬으로 펼쳐진다.

햇살은 여전히 겨울옷을 얇게 걸치고 있다.

아련한 상공에서 비쳐드는 봄 햇살이 넓게 펼쳐진 물고기 비늘을 핥는다.

바다가 살짝 땀을 흘리며 반짝이기 시작한다.

해안 절벽에는 발정기를 맞아 흐드러지게 핀, 분홍빛을 머금은 작은 진홍색 들장미들이 바닷바람에 하늘거리고 있다. 그 요염한 광채의 입자들은 잔잔한 세룰리언 블루의 바다를 배경으로 작은 음모라도 꾸미듯 보색 대비를 이루며 반짝였다.

그리고 나는 그곳에서 불가사의한 작은 생명을 보았다.

수평선 저쪽에서 누가 마술이라도 부리는지 배추흰나비들이 연달아 나타나고 있었다. 수평선 너머에 육지가 있다고 한다면 그것은 이집트다. 진홍색 장미에 살포시 내려앉았다가 바람을 타고 날아오르는 그 흰 날개를 보면서 나는 이집트를 연상했다.

**

마지막 칸초네
—

발정 난 동물이나 곤충만큼 죽음을 두려워하지 않는 것도 없다.

나는 그 언덕에서 죽은 나비를 보았다. 그것은 배추흰나비가 아니라 검은 나비였다.

검은 날개에 지중해 빛깔 무늬가 점점이 박혀 있는 그 나비는 붉은 흙 위에 누워 바닷바람에 떨고 있었다.

나는 나비를 집어 들고 태양에 비추어보았다.

반투명한 검은색 날개에 눈부신 빛줄기를 내뿜고 있는 태양의 진원眞圓이 또렷이 드러났다.

문득 그 검은 나비의 모습에서 한 달쯤 전에 만난 한 늙은 여자가 떠올랐다.

여행 초기의 맑고 화창한 어느 날이었다. 나는 그리스의 파르테논 언덕에 서 있었다.

내 눈에 한 늙은 여자가 들어왔다.

여자는 언덕 위에 흩어져 있는 코린트식 대리석 기둥의 잔해에 걸터앉아 멀리 에게해를 바라보고 있었다.

그녀는 꼼짝도 않고 앉아 있었다. 폭풍 같은 속도로 앞뒤를 지나가는 관광객들 속에서 그녀는 돌처럼 움직이지 않는다.

검은 모직 코트를 입은 늙은 여자와 24세기 전의 백악의 돌은 단조로운 두 박자를 반복하는 에게해를 조용히 바라보고 있었다.

늙은 여자의 목은 나이에 어울리지 않게 굵고 옹골져 보였다.

"이젠 젊을 때처럼 목청껏 칸초네를 부를 수 없어요. 그냥 흥얼거리는 정도라면 모를까."

늙은 여자는 그렇게 말하고 휘파람 소리를 내며 웃었다.

여자는 이탈리아의 시칠리아에서 태어나 노래 외길 인생을 살았다.

8년 전 남편과 사별한 후로 바다가 보이는 관광지를 찾아다니는 것이 유일한 낙이라고 했다.

●

사창가를 게넬 에브(만인의 집)라고 부른다
막다른 골목에 자리 잡고 있어서 도망갈 길이 없다
서른 집 정도 있는데 조직폭력배가 항상 지키고 있다
여자들이 돈을 모으거나 도망치지 못하도록 감시하고,
빈번하게 일어나는 손님들과의 다툼을 해결하기 위해서다
종종 팔이나 다리에 인두 자국이 있는 여자들이 눈에 띈다

"시칠리아에서 사람은 바다에서 와서 바다로 돌아간다고 해요. 이렇게 바다를 보고 있으면 그 부드러운 리듬에 녹아들어 천국에 갈 수 있을 것만 같아요……."

파르테논 언덕에 오른 적이 있는 사람이라면 그곳에 망연히 앉아 있는 늙은 사진사를 기억할 것이다. 아니, 그 노인의 존재를 알아차리지 못했을지도 모른다. 사람들은 언덕에 굴러다니는 코린트식 건축물의 잔해 옆을 지나가듯 늙은 사진사 옆을 무심히 지나친다.

노인은 반세기도 넘은 낡은 상자 모양의 카메라를 기우뚱한 목제 삼각대에 올려놓고 손님을 기다린다. 어쩌면 오랜 세월의 타성대로 그저 자리를 지키고 있는 것인지도 모른다. 폴라로이드 카메라를 목에 건 젊은 사진사들이 사방으로 관광객들을 쫓아다닌다. 그의 시대는 오래전에 지나갔다.

그날 늙은 사진사에게 드물게 손님이 있었다. 바로 그 늙은 시칠리아 여자였다. 그녀가 일부러 이 늙은 사진사를 고른 것은 동정심 때문이 아니라고 생각한다. 어쩌면 그녀는 잠시 어둠상자 앞에 섰다가 무섭도록 더딘 현상을 애타게 기다리며 가슴 설레던 젊은 시절의 향수를 다시 한번 맛보고 싶었던 것이 아닐까?

늙은 사진사는 무섭도록 느린 동작으로 어둠상자 속에 손을 집어넣고 인화와 현상을 반복하더니 완성된 사진을 한 장, 한 장 잔돌에 기대 세워놓고 햇빛에 마르기를 기다렸다. 작은 인화지들이 파르테논 신전 저편의 태양을 향해 생명체처럼 천천히 끝을 말아 올린다.

인화지를 보니 현상이 약간 덜 된 흑백의 하프톤 사진이었다. 노인의 손길에 의해 서서히 모습을 드러낸 형상답게 흐릿하고 애절할 만큼 그림자가 옅었다.

인화지 속에서 늙은 여자는 흰 돌에 걸터앉아 양손을 지팡이에 얹고
이쪽을 보며 웃고 있다. 찍은 지 몇십 년 된 낡은 사진처럼 보였다.
그녀의 어깨 너머로 흰색의 파르테논 신전이 사각형 구름처럼 아련
히 떠올라 있었다.
그녀는 다 마른 인화지 한 장을 손에 들더니 사진 속의 미소를 지으
며 바라보았다.
"베리 굿."
나는 그녀의 등 뒤에서 사진을 들여다보며 그렇게 말했다.
"베리 올드! 베리 올드……."
여자가 웃으면서 수줍게 대답했다.
그녀가 사진에 찍힌 자신의 모습을 '베리 올드'라고 했는지, 배경으
로 찍힌 파르테논 신전을 보고 '베리 올드'라고 했는지 분명치 않다.
그녀는 늙은 사진사와 나에게 공손하게 고개인사를 하고 천천히 언
덕을 내려갔다. 점점 작아지는 늙은 여자의 그림자 너머에서 단조로
운 두 박자의 리듬을 반복하는 오후의 에게해가 반짝이고 있었다.

이탈리아 억양으로 "베리 올드, 베리 올드" 하고 말하던 늙은 여자의
목소리가 귓가를 맴돌았다. 비브라토를 더한 것처럼 희미하게 떨리
는 목소리였다. 그리고 노랫가락 같은 음계의 억양이 그 짧은 중얼거
림에서 묻어났다.
나는 멀어져가는 늙은 여자의 뒷모습을 보면서 어쩌면 그것은 그녀
가 부르는 마지막 칸초네의 제목이 아닐까 하고 생각했다.

집시는 물이야
늘 흐르지
한곳에 오래 머물면 썩어

**

봄

—

지금 나는 안탈리아의 해안 절벽에서 검은 나비를 손에 들고, 지중해의 부드러운 리듬 속에서 죽고 싶다고 말하던 그 늙은 칸초네 가수를 떠올리고 있다.

죽은 나비를 손바닥 위에 올렸다.

분홍빛이 감도는 대롱처럼 말린 입……. 문득 그것을 갖고 싶었다. 작은 돌 위에 나비를 올려놓고 커터 칼로 조심스럽게 식관을 잘랐다. 그리고 5리라 지폐에 싸서 호주머니에 넣었다.

나비는 절벽 위에서 바다로 던졌다. 입을 잃은 나비가 바닷바람에 날려 자꾸 절벽으로 되돌아왔다. 나비는 잠깐 바람이 그쳤을 때 나뭇잎처럼 팔랑거리며 떨어지다가 바위 턱에 걸려 파르르 떨고 있다.

한바탕 바람이 휘몰아치면 나비는 다시 바다를 향해 떨어질 것이다.

봄은 산뜻한 햇살 속에 생명의 발정과 죽음을 품고 있는 계절이다.

시베리아 한기에 얼어붙은 도시들을 여행하는 동안 나의 그런 성적인 감정은 억압되어 있었다.

그러나 안탈리아에 도착하면서 내 몸에도 봄의 발정과 죽음이 깃든 모양이다.

봄 햇살 속에서는 모든 것이 성적으로 보였다.

그리고 그 그림자에서 죽음이 보였다.

나비의 입

여자

분홍색 도시의 벽

남자의 등

프랑스빵

장미

오렌지

햇빛에 반짝이는 하이힐 뒤축

페르시아고양이의 털

매달린 상어의 배

양 꼬리 수프

새의 그림자

그 모든 것의 빛과 그림자에서 '성'과 '죽음'이 보였다.

그러던 어느 날, 이 지중해의 도시에서 무섭도록 성적인 여자를 보았다. 만약 영하 10도를 밑도는 아나톨리아의 추운 도시였다면 그냥 힐끗 쳐다보고 다음 여행지로 떠났을지도 모른다. 그러나 이 봄의 도시에서 나는 그 여자를 집요하게 쫓아다녔다.

나는 한 마리의 발정 난 곤충이었다.

처음 그 여자를 만난 곳은 안탈리아의 뒷골목이었다. 허름한 빵집 옆에 음란 서적을 늘어놓고 파는 노점이 있었다. 여자는 그런 음란 서적의 표지에 인쇄되어 있었다.

벌거벗은 사진이었다.

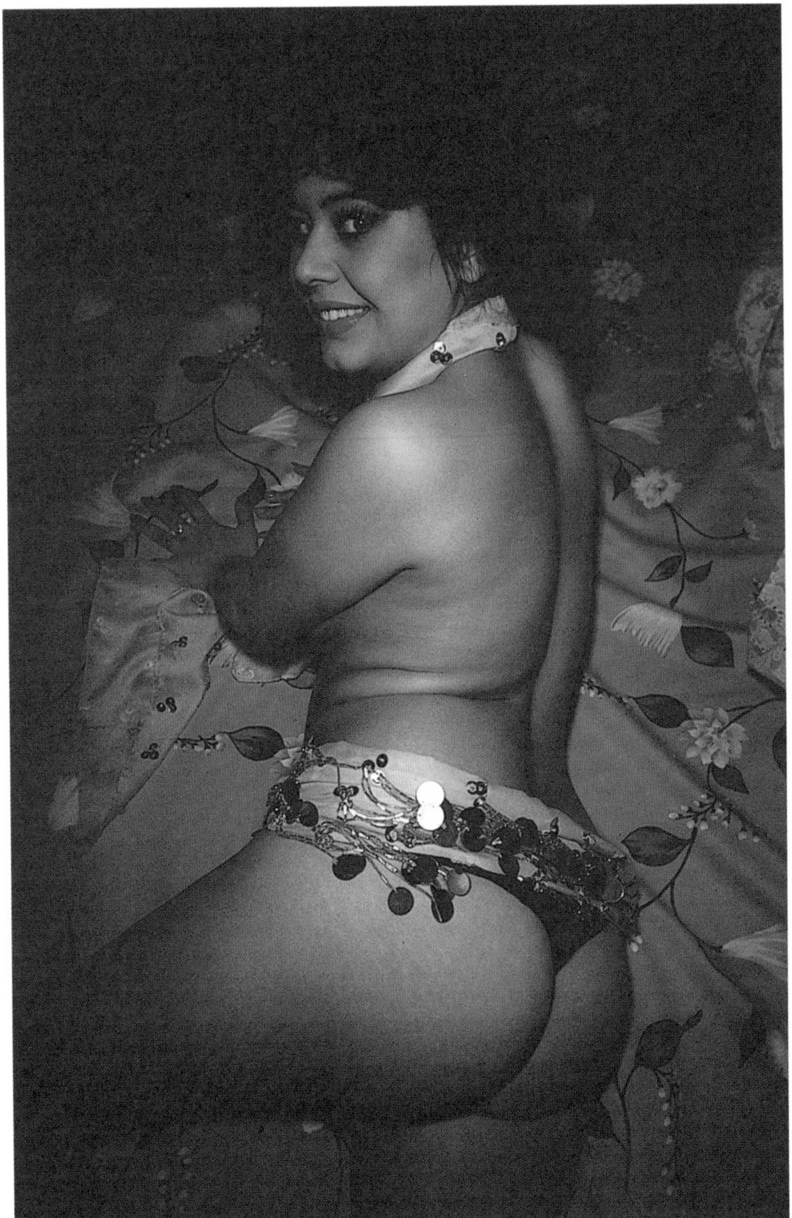

107
-
지중해 · 앙카라

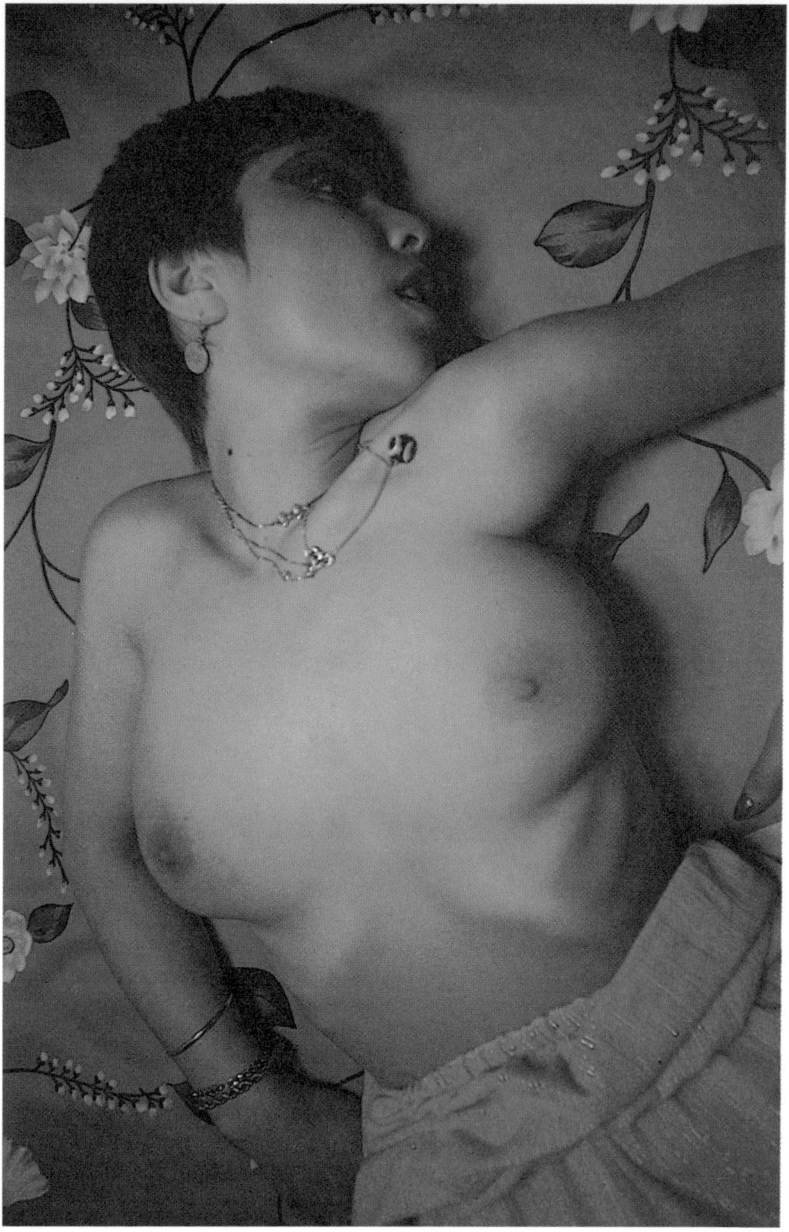

조악한 갱지를 엮은, 가로 10센티미터 세로 15센티미터쯤 되는 소책
자의 표지에 여자의 바스트 업 사진이 실려 있었다. 여자는 입을 반
쯤 벌린 채 상체를 한껏 젖히고 있었다.

'짐승' 같다는 생각이 들었다.

작은 사각형 표지는 그 요염한 짐승을 가두고 있는 우리처럼 보였다.
여자는 우리를 부숴버릴 듯한 기세로 카메라를 향해 몸을 들이밀고
있었다.

까무잡잡하고 풍만한 몸.

사건 사진을 찍을 때처럼 정면에서 터뜨린 플래시 불빛에 드러난 터
질 듯한 육체. 삼십 대인지 사십 대인지 나이를 가늠하기 어렵다.

검고 윤기 나는 긴 직모에서 억센 기질이 엿보였다.

낫 모양으로 굵게 그린 검은 눈썹.

불룩한 눈두덩에 칠해진 공허한 푸른색 아이섀도. 살짝 내리뜬 채 이
쪽을 보고 있는 검은 눈동자.

성적인 두 눈을 부각시키는 칠흑 같은 마스카라. 컬을 넣은 굵고 천
박한 인조 속눈썹.

엑스터시를 표현하듯 살짝 비틀어진, 튜브처럼 생긴 두툼한 입술.

플래시 불빛에 드러난 붉은 입술과 흰 치아.

치아와 치아 사이의 어둠.

어둠 속에서 빛나는 백금.

살색의 유동물流動物처럼 밀려 나오다가 앞니에 가로막힌 음란한 혀.

벌어진 콧방울.

열기를 머금은 두 개의 콧구멍(카메라는 약간 아래쪽에서 찍고 있다).

아랫볼이 불룩한 얼굴형.

턱의 그림자.

발그레하고 보동보동한 뺨.

머리카락에 반쯤 가려진 금빛 귀고리.

굵은 목.

목에 감긴 두 줄의 가느다란 금빛 체인.

체인에 매달린, 네잎클로버와 꼬부랑 아라비아 글자가 투각된 펜던트.

여자는 양손으로 자신의 젖가슴을 밀어 올리듯이 쥐고 있다.

탱탱하고 탐스러운 살덩이.

젖가슴을 파고드는 핏빛 매니큐어……

끈끈한 산양 기름이 배어든 아나톨리아 대지의 흙냄새를 방불케 했다. 어찌 보면 촌스럽다. 시골 흙에 화려한 아이섀도를 발라놓은 듯한 기묘하고 불균형한 느낌.

어색한 몸짓 연기.

그럼에도 불구하고 여자 자체가 가진 존재의 무게가 느껴진다.

노골적인 교태는 오히려 사람을 조롱하는 것 같다.

미친 육체.

함초롬한 꿀 막에 감싸인, 무르익어 땅에 툭 떨어질 것 같은 위태로운 망고 열매 같다.

표지를 들춰보았다.

난잡한 모노크롬 사진이 인쇄되어 있었다. 갱지 표면에 폭풍이 휘몰아치는 것 같다. 이 빠진 빗자루로 쓸어놓은 것처럼 푸른색 잉크 줄

이 불규칙하게 뻗어 있었다.

처음에는 무슨 사진인지 몰랐다.

자세히 보니 조금씩 형태가 드러났다.

……남근.

거대한 남근이다.

남근은 어둡다.

왠지 무섭도록 어둡다. 네거티브를 그대로 인쇄한 것인지도 모른다. 아니면 흑인의 것인지도 모른다.

지면의 오른쪽 하단에서 대각선 방향으로 솟아올라 왼쪽 상단 귀퉁 이에서 잘려나간 그 커다란 페니스는 폭풍 속의 거대한 먹구름처럼 어둡고 흐릿하다.

혈관이 뻗어 있다.

먹구름 같은 페니스 표피에 검은 번개처럼, 혹은 지각의 균열처럼 뻗 어 있다.

어두운 남근 양쪽에 밝은 빛이 꽃잎 모양으로 비어져 나와 있다.

……입술처럼 보인다.

그 윗입술과 아랫입술은 먹장구름 사이로 얼굴을 내민 한겨울 이슬 람의 달을 닮았다.

달과 먹구름 사이에서 빛나는 기포 같은 검은 침…….

나는 그 소책자를 10리라(35엔)에 샀다.

표지만 찢어 반으로 접어서 상의 호주머니에 넣었다.

젤린

—

나는 안탈리아의 중심부에 있는 한 모스크에서 새벽 예배를 듣고, 길거리 식당에서 카든 부두 샌드위치를 세 개 정도 먹었다. 그런 다음 커피를 마시고 그 음란 잡지 표지의 여자를 찾아 나섰다. 나는 그 여자의 사진을 찍고 싶었다.

먼저 책을 산 노점을 찾아갔다. 어디서 책을 들여오는지 알아내면 출판한 곳과 사진을 찍은 사람, 그리고 여자가 있는 곳을 알 수 있으리라고 생각한 것이다. 그런 방법으로 나는 안탈리아 전역의 서적 도매상을 찾아다녔다. 잡화점과 서적 도매상을 겸하고 있는 가게 주인은 그 책에 관해 입을 굳게 다물었다. 왜냐하면 성기를 노출한 사진은 터키에서도 불법이기 때문이다.

그래서 나는 시내 사진관을 찾아갔다. 터키에서 이런 종류의 사진은 시내 사진관의 사진사가 촬영하는 경우가 많다.

안탈리아는 인구 14만 명 정도의 작은 도시다. 만약 안탈리아에서 조금이라도 이름이 알려진 여자라면 금방 찾아낼 수 있을 거라고 생각했다.

사진관 네 곳을 찾아갔다. 아무도 그런 여자는 모른다고 했다. 네 번째 사진관의 젊은 사진사가 한번 찾아가보라고 알려준 곳은 시내의 의상 대여점이었다.

안탈리아의 사진관에서 촬영되는 특별한 의상은 대부분 그곳에서 취급한다고 했다. 이런 종류의 여자들은 촬영 전에 그곳에서 의상을

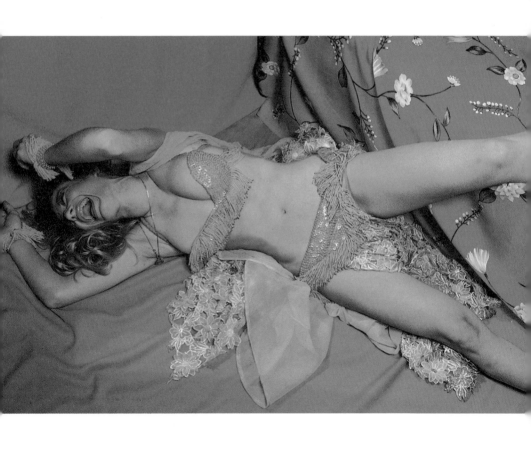

빌리기 때문에 가게 주인에게 물어보면 알지 않겠느냐는 것이었다.

길 안내를 하라고 여덟 살쯤 되는 소년을 붙여주었다. 소년과 나는 북적이는 인파를 헤치고 그 의상 대여점으로 향했다. 20분쯤 걸어서 'P. T. KOSTUM'이라고 적힌 붉은 간판을 내건 2층 목조 건물에 도착했다. 좁고 가파른 계단이 보였다. 2층 계단참까지 올라가자 양쪽으로 계단이 나뉘고 그 끝에 문이 있었다. 어느 쪽으로 갈지 망설이고 있는데 난데없이 여자들의 웃음소리와 나무 바닥을 밟는 요란한 구두 소리가 들려왔다.

곧이어 양쪽 문이 열리고 화려하게 차려입은 여자들이 나타났다. 여자들은 여기저기 잔뜩 부풀린 새하얀 웨딩드레스를 입고 있었다. 일고여덟 명의 신부가 발정 난 양 떼처럼 웃고 떠들며 양쪽 계단에서 내려왔다.

계단참에 서 있던 소년과 나는 길을 막고 있는 꼴이 되었다. 좁은 계단에서 여자들이 내려가지 못하고 장난스럽게 비명을 질렀다. 맨 앞에 선 두 명의 신부가 미심쩍은 표정으로 나를 보았다. 서른 살 전후의 여자들로, 화장을 떡칠한 얼굴이 천박해 보였다.

의상 발표회나 사진 촬영을 하러 가는 듯했다. 오른쪽 문에서 수염을 기른 덩치 큰 남자가 나오더니 얼른 내려가라고 호통을 쳤다. 나와 소년은 하는 수 없이 앞장서서 계단을 뛰어 내려갔다.

거리에 낡은 마이크로버스가 서 있고, 덩치 큰 남자가 신부들을 버스 안으로 몰아넣었다. 길 안내를 맡은 소년이 버스에 타려는 남자의 소맷자락을 붙들고 늘어지며 뭐라고 말하고 있다. 남자가 버럭 소리를 지르며 소년을 뿌리쳤다. 소년이 길가에 나동그라졌다. 남자가 버스에 타는 것을 보고 나도 버스에 뛰어올랐다.

사정이고 뭐고 설명할 여유가 없었다. 나도 소년처럼 남자를 붙들고 호주머니에서 나체의 여자 사진을 꺼내 코앞에 들이밀며 물었다.

"이 여자를 압니까?"

남자는 야릇한 표정으로 사진 대신 내 얼굴을 쳐다보았다.

"이 여자를 압니까?"

다시 침착한 어조로 물었다.

안다고 대답한 사람은 마흔 살쯤 되는 신부였다.

"앙카라 여자예요. 나하고 고향이 같죠. 가수예요. 이름은 젤린, 성은 몰라요. K라는 나이트클럽에서 노래를 불러요."

**

성운星雲

—

그 여자가 안탈리아에 있으리라고 지레짐작하고 있었으므로 나는 낙담했다. 일단 K라는 나이트클럽 위치를 물어보았다. 길 안내를 해준 소년에게 수고비를 챙겨주고, 저녁밥을 먹은 후 호텔로 돌아왔다. 앙카라까지는 북쪽으로 450킬로미터를 가야 한다. 더구나 나는 앙카라에서 안탈리아에 왔다. 이 봄의 고장에서 또다시 혹한의 땅으로 돌아갈 생각을 하니 영 마음이 내키지 않았다.

그날 밤, 나는 침대에 누워서 여자의 사진이 인쇄된 종이를 보고 있었다. 찢어버릴까 하다가 내 눈은 또다시 여자의 기묘한 마력에 빨려들었다. 결국 앙카라로 돌아가기로 했다.

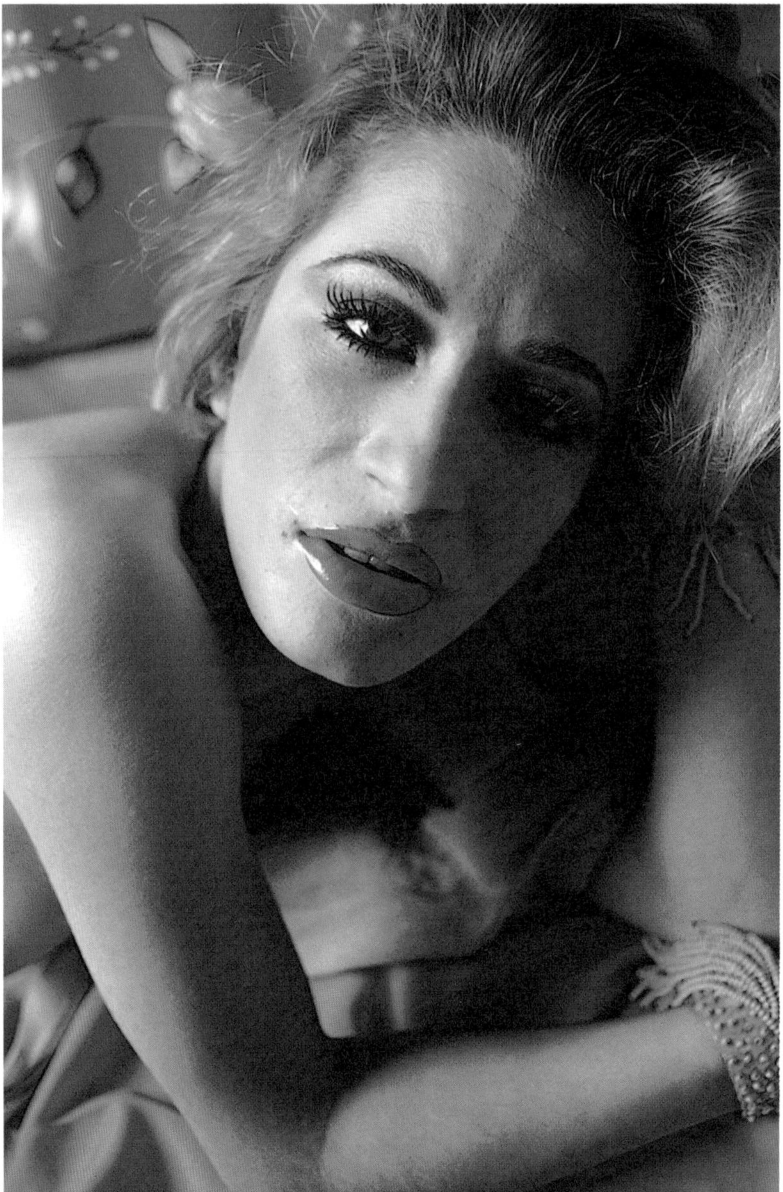

이튿날 앙카라행 버스에 올랐다.

지중해가 보였다. 야자, 바나나나무, 장미, 협죽도, 꽃이 피지 않은 부겐빌레아. 지중해를 등지고 아열대성 식물들이 차창 밖으로 스쳐 지나갔다.

한 시간쯤 달리자 길이 오르막으로 변했다. 버스는 해안 지대 북쪽으로 뻗은 토로스산맥을 향해 달리고 있었다.

토로스산맥을 넘자 또다시 혹한의 별세계였다. 북극 기단이 밀고 내려와 있었다.

이 높은 산맥이 대륙의 북풍을 차단하고 있다.

산맥의 남쪽은 봄이다. 그리고 산맥의 북쪽은 아직도 혹한의 겨울이 계속되고 있다.

산맥을 넘어 아나톨리아 고지로 들어서자 납빛 모래와 자갈땅에 희끄무레한 회색 눈이 얼어붙어 있었다. 눈발에 흐려진 고속도로가 끝없이 이어지며 원경 속으로 사라진다. 그 원경 속으로 들어가면 또다시 비슷한 원경이 나타난다.

토로스산맥을 넘어 북서쪽으로 여덟 시간쯤 달렸을 무렵, 지표에 쌓인 눈 위에도 저녁의 푸른 어둠이 내려앉기 시작했다. 버스가 헤드라이트를 밝히자 황무지의 어둠이 더욱더 짙어졌다.

그 어둠 저편에 미세한 보석들이 보였다.

버스는 그것을 향해 힘차게 달리고 있었다.

작은 빛의 입자들이 성운처럼 가까워졌다.

집 그리고 도시…….

황야에 수십만의 불빛이 복닥거리고 있다.

때로 여행의 목적이 원경의 느낌을 바꾸기도 한다.

그때 캄캄한 황무지에 뿌려진 앙카라의 무수한 불빛들은 묘하게 요염한 느낌으로 다가왔다.

* *

춤

—

장거리 버스는 450킬로미터를 달려 밤 8시 15분에 시 외곽의 인터체인지에 도착했다. 나는 버스 정류장 옆 식당에서 케밥을 먹고, 숙소를 구해서 짐을 부려놓은 후 K라는 나이트클럽으로 직행했다.

나이트클럽은 앙카라 중심가에서 벗어난, 도시의 북서쪽 비탈길 옆에 있었다. 어둠 속에서 형광등을 여러 개 켜놓은 나이트클럽 근처만 환하게 밝았다. 출입구 벽에 흑백 포스터가 두세 장쯤 붙어 있었다. 아라비아풍의 선정적인 여자의 얼굴 사진이었다. 나는 젤린이라는 여자의 이름과 얼굴을 찾아보려다가 포기했다. 어차피 안에 들어가면 만날 수 있을 테고 또 바깥 날씨가 너무 추워서, 곧바로 출입문으로 들어섰다.

실업 중에 임시로 일하는 것처럼 보이는, 허름한 옷차림에 알코올중독자 특유의 딸기코를 한 노인이 문을 열어주었다.

나이트클럽 안은 술 냄새와 사람들의 열기로 가득했다.

미러볼이 캄캄한 플로어에 색색의 빛의 반점을 흩뿌리고 있었다. 자욱한 연기 속에서 자주색 스포트라이트가 비치고 그 끝에 한 여자가 서 있었다.

여자는 메탈릭한 드레스를 입고 있었는데, 한 손에 마이크를 들고 두툼한 입술을 비죽 내밀며 뭐라고 한창 떠들고 있었다.

"이른 시간인데 많이들 오셨군요. 이렇게 추운 날씨에 밖에서 싸구려 술이나 마시면서 떨고 있는 남자는 바보예요. 내 옛날 남자도 그런 바보였죠. 누가 나를 위해 샴페인 한 병 따줘요."

마이크의 에코가 심해 목소리가 울리면서 고막을 간질인다. 근처에 앉은 남자들은 맛없는 터키산 위스키를 찔끔찔끔 아껴 마시고 있다. 어디선가 샴페인 터지는 소리, 작은 박수 소리. 여자의 노래. 여자는 내가 찾는 여자가 아니었다.

자정이 지나자 드럼이 울리고, 갈색 피부의 여자 세 명이 나타났다. 돈을 벌려고 온 동남아시아 여자들 같았다. 여행에 지친 기색이 완연한 통통한 여자가 플로어를 핥듯이 춤을 춘다. 이따금 초록색 스포트라이트가 여자를 떠나서 객석을 비춘다. 머리숱이 적은 뚱뚱한 남자가 졸린 듯 나른한 눈으로 여자의 움직임을 쫓고 있다. 옆자리에 앉은 금발 가발을 쓴 깡마른 여자가 미간을 찡그리고 있다.

드문드문 박수 소리가 들리고 세 여자는 사라졌다.

그때 갑자기 귀청을 찌르는 날카로운 금속음이 울려 퍼졌다.

흰 스포트라이트를 받으며 굵고 허연 여자의 허리가 나타났다. 근육이 탄탄하게 잡힌 허리가 처음에는 천천히, 그리고 점차 빠르게 전후좌우로 움직인다. 허리의 움직임에 맞춰 두 종류의 날카로운 금속음이 리듬을 만들어낸다. 허리의 움직임에 가속도가 붙는다. 경련하듯 떨리는 허연 배. 귀청을 찢는 금속음. 박수와 휘파람. 격렬하게 회전

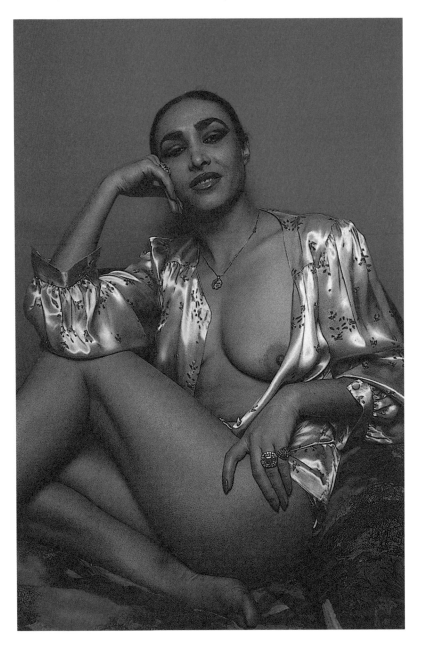

123
-
지
중
해
·
앙
카
라

하는 배와 허리. 헝클어진 머리카락. 금속음과 허리의 떨림이 한껏
고조되며 일종의 황홀경에 도달했을 때, 갑자기 정적이 찾아왔다.

귓속을 맴도는 금속음.

정지한 채 호흡하는 허연 배.

살갗을 타고 흐르는 자줏빛 땀방울.

이윽고 현악기 선율이 울려 퍼지고 이번에는 느린 템포의 금속음이
섞인다. 스포트라이트가 객석을 돌기 시작한다. 허연 허리가 스포트
라이트를 뒤따른다. 금속음이 객석을 돌면서 점차 내 쪽으로 다가온
다.

갑자기 눈앞에 출렁이는 흰 배가 나타났다. 살갗의 열기. 땀 냄새. 스
포트라이트가 눈부시다. 올려다보니 여자가 웃고 있다. 땀에 젖은
마스카라는 눈가에 번졌다. 여자가 내 목에 양팔을 두르고 귓가에서
작은 금속 캐스터네츠를 울리기 시작한다. 진주색 비즈를 꿰어 만든
브래지어와 허리 장식에 구깃구깃한 터키 지폐가 잔뜩 꽂혀 있다. 귓
가에서 또다시 캐스터네츠가 울린다. 나는 호주머니에서 100리라짜
리 지폐를 꺼내 브래지어에 찔러 넣었다. 손등에 닿는 부드러운 살
갗, 미끈거리는 땀. 여자는 춤을 추면서 멀어지고, 뜨뜻미지근한 공
기에서 향수 냄새와 땀 냄새가 풍겼다.

한 여자가 내 자리로 왔다. 내가 벨리댄서의 가슴에 100리라짜리 지
폐를 찔러 넣는 모습을 어디선가 보고 있었던 모양이다.

"당신 필리핀 사람이죠? 옆에 앉아도 돼요?"

머리에서 배꼽 아래까지 싸구려 향수를 들이부었는지 여자가 다가
오자 술 맛이 변했다. 여자는 샴페인을 주문하려고 했다.

"샴페인은 안 돼. 터키 샴페인은 말 오줌처럼 거품만 잔뜩 생기고,

맛도 더럽게 없어."

여자가 브랜디를 마시기 시작했다. 플로어에 곡예사가 등장했다. 웃통을 벗은 중년 남자였는데, 억지웃음을 지으며 은색 그릇에 담긴 100개쯤 되는 오렌지를 껍질째 맹렬한 속도로 먹어치우기 시작했다. 멍청한 짓이다.

"저 사람은 이틀에 한 번 출연해요. 매일 나오긴 힘든가 봐요. 메뉴를 바꾸면 괜찮을 텐데. 소련의 그루지야 지방에서 농사를 지었다는데, 바보같이 오렌지만 먹어."

여자가 시큰둥한 표정으로 말했다.

"아버지가 오렌지 농장을 했겠지."

"담배 농사를 짓나 봐요. 그래도 담배는 입에도 대지 않아요. 몸에 해롭다면서. 웃기지 않아요? 저렇게 미련하게 오렌지만 먹어대는 것보다야 담배가 훨씬 몸에 덜 해롭지. 저러다가 얼마 안 가서 온몸이 귤껍질처럼 샛노래지는 건 아닌지 몰라. 여기선 안 보이지만 손바닥이랑 눈 흰자 같은 데가 묘하게 노래요."

남자가 입가에 오렌지즙을 묻힌 채 거드름을 피우며 호주머니에서 손수건을 꺼냈다. 오렌지를 다 먹어치운 모양이다. 음악이 그친 정적 속, 드문드문 박수 소리가 들려온다. 남자는 손수건으로 입가를 닦으며 웃는 얼굴로 퇴장한다. 커다란 그릇을 안고 구부정하게 걸어가는 뒷모습에서 비애가 묻어난다.

"젤린이라는 여자는 오늘 안 나와?"

박수 소리가 그치자 나는 여자에게 물었다.

"들어본 적이 없는 이름이에요."

"이 클럽에서 노래를 부른다고 하던데."

지금 터키는 좌익과 우익과 테러뿐이에요
머리만 앞세우는 사람은 안 돼
인간은 살덩이죠
감정으로 가득한……

"매니저에게 물어보지 그래요?"

혹시나 해서 호주머니에서 젤린의 사진을 꺼내 보여주었다. 어두운 실내에서 여자는 사진을 눈 가까이 가져갔다. 몇 초 후에 갑자기 여자가 큰 소리로 웃기 시작했다. 얼굴에 경련이라도 일어났는지 립스틱을 잔뜩 바른 입을 크게 벌린 채 상기된 표정으로 천장을 보며 웃었다. 목에는 핏줄이 불거지고 눈은 흰자위를 드러내고 있었다.

소곤거리며 말할 때와는 딴판인, 늙은 강치 울음소리 비슷한 웃음소리였다. 미러볼에 반사된 초록색과 보라색 빛의 반점들이 여자의 일그러진 얼굴을 여러 번 훑고 지나갔다. 취객들의 시선이 느껴졌다. 나는 여자의 손에서 사진을 빼앗았다.

드럼 소리가 요란하게 울렸다. 원색 타이츠를 입은 남자와 여자가 플로어로 뛰어나오더니 양손에 든 접시를 짤그랑거리며 춤추기 시작한다. 여자의 웃음소리가 접시 소리에 묻혔다. 여자는 웃음을 멈추고 내 쪽을 보면서 뭐라고 말했다.

나는 귓바퀴에 손을 대고 들리지 않는다는 시늉을 했다. 여자의 입술이 귓가에 다가왔다. 뜨거운 숨결이 귓속을 간질였다.

"몰라요……."

여자의 목소리에서 심술궂은 장난기가 묻어났다.

유전流轉

—

나는 한동안 술을 마시다가 마지막 쇼를 보고 자리에서 일어났다.
입구 카운터에 붉은 나비넥타이를 맨 뚱뚱한 중년 남자가 있었다. 나
는 여자의 이름을 대며 아느냐고 물었다. 모른다고 했다. 술값을 내
면서 사진도 함께 내밀었다.

남자는 천장의 오렌지색 불빛에 사진을 비추어보았다. 잠시 후 천천
히 내 쪽으로 시선을 옮겼다. 기묘하게 불균형한 시선이었다. 왼쪽
눈이 죽어 있었다. 남자의 왼쪽 눈에 얼핏 보아도 알아볼 수 있는 장
난감 같은 의안이 박혀 있었다. 의안이 주위의 빛을 부자연스럽게 난
반사하고 있었다.

"당신, 누구야?"

"일본인 여행자야. 수상한 사람은 아니야. 여자 사진을 모으는 취미
가 있어서 여기까지 찾아왔어. 이 여자 사진을 찍고 싶어서."

남자는 잠시 입을 다물고 있더니 거스름돈을 내주면서 말했다.

"이건 하산이야. 하산 타스데미르.

……남자지. 이스탄불 대학을 나와서 관청에서 공무원까지 했었어.
그런데 무슨 이유지 몰라도 성전환을 해서 가수가 됐지. 한때는 인기
도 좋았어. 이 가게에서 2년간 노래를 불렀는데, 그러다가 6년 전에
매춘부로 전락했어."

남자는 거기까지 말하고 입을 다물어버렸다. 나는 남자의 상의 호주
머니에 거스름돈을 찔러 넣었다.

게넬 에브는 No.1에서 No.31까지 있다
막다른 골목의 맨 안쪽 에브(집)에는 늙은 창부들이 보내진다
값은 삼분의 일이지만 손님이 많지 않다
골목 끝은 두꺼운 콘크리트 벽으로 막혀 있고 그 앞에 음식물 쓰레기가 버려져 있다
그 벽에 대고 남자가 공허한 소변을 눈다
여러 번 우린 홍차 찌꺼기와 오렌지 껍질과 썩은 산양 고기
오줌과 정액 냄새가 난다
개 두 마리가 쓰레기 더미를 뒤지고 있다

"어디 있는지 알고 싶어."

"어디 있느냐고?"

남자가 희미하게 웃었다.

"바다야."

"바다?"

"지중해 밑바닥."

그렇게 말하고 남자가 코웃음을 쳤다. 애송이가 알아서 뭘 하겠어, 코웃음을 치면서 그렇게 말하는 것처럼 보였다.

"지중해 밑바닥에선 매춘을 못 할 텐데."

얄궂은 농담이 툭 튀어나왔다.

남자가 오른쪽 눈으로 살피듯이 나를 보았다.

"당신, 안탈리아에서 왔다면서?"

"맞아."

"그럼 바다를 봤을 거 아냐?"

"봤어. 아름답더군."

"아름답긴 뭐가 아름다워? 봄만 되면 시신이 둥둥 떠다닌다는데. 무슨 이유인지 몰라도 미친 여자들이 뛰어들고 싶어서 환장을 하지. 거긴, 말하자면 여자를 버리는 곳이야."

하산이 죽었느냐고 물었다. 남자는 카운터 한쪽에 놓여 있던 술을 따르더니 나에게 마시라고 말하고 자신의 잔에도 술을 따랐다. 술을 마시면서 남자는 내 눈을 응시한 채 이야기를 시작했다.

"하산은 매춘부가 되어서 혼자 신나게 클럽을 전전했어. 그러다가 조직폭력배의 손에 걸려 게넬 에브에 들어가게 됐지.

당신도 알지? 조폭이 경영하는, 관에서 허가한 사창가 말이야. 그곳에 들어가면 두 번 다시 못 나와. 할망구가 되어서도 죽을 때까지 가랑이를 벌리고 손님을 받아야 해. 3년 전 어느 날, 그 게넬 에브에 지방의 '아가'가 여자를 사러 왔어. 아가는 촌장 같은 거야. 아나톨리아 일대의 농촌에서 면화를 재배해 막대한 돈을 벌지. 정부의 높은 분들도 그들에게는 함부로 못 해.

그 아가가 어느 날 앙카라의 게넬 에브에 왔어. 그리고 엉뚱하게도 하산 녀석에게 흥미를 느낀 거지. 녀석도 운이 다한 거야, 아가에게 팔려 갔으니.

소문으로는 45만 리라를 치렀대.

이스켄데룬(터키 남부의 항구 도시―옮긴이)으로 데려갔다더군. 거긴 게넬 에브보다 더 고약한 곳이야. 뭐, 아가 녀석들이 모이는 지중해 휴양지 같은 곳이지. 높은 담장이 둘러쳐진 곳에 여자들을 잔뜩 모아놓았어. 담장 안으로 들어가면 끝장이야.

하산이 그 안으로 끌려 들어가서 어떤 일을 겪었는지는 아무도 몰라. 그곳에 갇힌 지 한 달쯤 후에 아가의 별장이 있는 절벽에서 한 여자가 바다로 뛰어들었어. 어부가 그 광경을 보았대. 그게 하산 타스데미르였던 거지."

남자는 거기까지 말하고 이스켄데룬에는 가지 마, 하고 덧붙였다.

"당신처럼 예쁘장한 남자는 녀석들이 여자로 만들어서 담장 안으로 끌고 갈지도 몰라."

남자의 이야기는 싱겁게 끝났다. 하산이 죽은 거냐고 나는 재차 물었다. 남자가 왼쪽 눈을 찡긋하며 잔을 들어 건배하는 시늉을 했다.

"……뭘 위한 건배지?"

앙카라 변두리에 있는 나이트클럽

"죽어서 다행이라는 뜻이야. 어차피 죽어서 지옥에서 기어 올라온 녀석이니까."

남자는 그렇게 말하고 단번에 술잔을 비웠다. 손등으로 술잔을 카운터 구석으로 밀치더니 느닷없이 내 머리 너머로 버럭 소리를 질렀다. 짙은 화장에 행색이 초라한 여자가 카운터로 다가왔다. 남자가 서랍에서 노란색 전표 몇 장을 꺼내더니 그것을 가리키며 호되게 여자를 닦아세웠다. 여자가 부루퉁한 표정을 짓자 남자가 전표를 집어던지고 카운터 너머로 여자의 머리를 때리려고 했다. 여자는 뒷걸음질 치며 손에 들고 있던 코트를 걸치더니 욕설을 퍼부으면서 입구 쪽으로 사라졌다.

**

장미

—

플로어에 훤하게 불이 밝혀져 있었다. 영업이 끝난 것이다. 어지럽게 놓인 의자와 테이블. 자욱한 연기. 정지된 미러볼. 오렌지 껍질. 화장지. 젖은 바닥. 빈 술잔. 술병. 접시. 유리 조각. 동전. 꽁초. 바닥에 나뒹구는 비즈 구슬.

플로어 쪽에서 키 작고 뚱뚱한 노파가 걸어왔다. 공장 근로자들이 입는 회색 작업복 차림으로 커다란 쟁반을 들고 있다. 쟁반 위에는 접시며 술잔, 남은 음식들이 산더미처럼 쌓여 있다. 옆으로 지나가면서 노파가 나를 올려다보고 웃었다. 부석부석한 얼굴에 갓난아이처럼 조글조글한 주름을 잡으며 앞니 빠진 입을 벌리고 활짝 웃었다.

남미의 섬에 사는 살진 파충류 같다.

나는 홀 입구의 의자에 앉아서 잠시 생각을 가다듬었다.

나는 남자의 이야기에 얼마쯤 의심을 품고 있었다. 겁을 주려고 한
이야기일지도 모른다.

호주머니에서 다시 여자가 인쇄된 종이를 꺼냈다.

여자는 여전히 무시무시할 만큼 관능적이었다.

문득 그것이 남자라는 생각이 들자 뭔가 무서운 이미지가 겹쳐지는
것 같았다.

미친 걸까……?

남자가 여자로 변하려고 할 때의, 일종의 광기 같은 에너지가 뿜어져
나오는 것처럼 보이기도 했다.

그러자 갑자기 교태가 고뇌의 표정으로도 보이기 시작했다.

하산은 신을 거역한 것이다. 신이 부여한 조형造型을 거부하고 여자
라는 성을 손에 넣으려고 했다. 어쩌면 이 사진 속의 여자가 발산하
는 광기, 미칠 듯한 여성성은 신을 향한 저항의 증거일지도 모른다.

……이 젤린이라는 여자가 하산이라는 남자라는 생각이 내 안에서
점점 더 강해졌다. 그리고 문득 나를 450킬로미터나 내달리게 한 것
은 그런 감미로운 광기일지도 모른다는 생각이 들었다.

의자에서 일어나자 왠지 쓸쓸했다.

그런 광기에 사로잡힌, 정체 모를 여자에게 홀려 여기까지 찾아온 자
신이 한심했다.

공허한 실내에서 무섭도록 불쾌한 기분에 휩싸였다.

나는 마시다 만 술잔을 테이블에 내려놓고 계단을 올라갔다.

밖으로 나오자 살을 에는 대륙의 한기가 달아오른 몸에 와락 달려들었다.

아무도 없는 심야의 거리를 걸었다.

가로등 밑에서 잎이 떨어진 가로수가 창백한 그림자를 늘어뜨리고 있었다.

발소리가 뒤따라오는 것 같아서 돌아보니 아타튀르크 거리의 망막한 어둠이 일직선으로 뻗어 있었다.

어둠 저편에서 강한 빛줄기가 비쳤다.

빛은 무시무시한 기세로 다가왔다.

눈과 흙먼지가 빛 속에서 소용돌이치고 있다.

꽝음.

엄청난 소리가 밤거리에 울려 퍼졌다.

장거리를 운행하는 대형 트럭이다.

앞 유리 너머로 남자의 얼굴이 보였다.

인형처럼 전방의 어둠을 똑바로 응시하고 있다.

커다란 차바퀴가 눈앞을 지나간다.

회오리바람이 인다.

차체에 칠해진 극채색 페인트.

순간, 차체에 그려진 커다란 장미꽃을 보았다.

4장

몽해 항로 夢海航路
/ 흑해

……드넓은 해원의 상공을 둘로 가르며,
남쪽 하늘에 먹물을 푼 듯한
비구름이 솟아올랐어요.
폭풍이라고 생각했죠.
그때 저 멀리 바다 위에
비구름을 향해 날아가는
거대한 새를 보았어요.
그 모습을 보면서 인간의 고고함 따윈
하찮은 것이라는 생각이 들더군요.

흑해를 보고 싶었다.

여행 초부터 그런 생각을 했다. 그러면서도 나는 한 달 넘게 아나톨리아 대륙 근처를 어슬렁거리고 있었다.

여행을 하다 보면 이런 일이 자주 있다. 흑해를 보고 싶은 절박한 이유가 없었기 때문인지도 모르지만, 여행이라는 것은 때때로 의지를 거스르며 다른 방향으로 흘러가기도 한다.

여행의 습성이라고나 할까?

산을 보고 싶으면 바다가 나타나고 바다를 보고 싶으면 산이 나타난다. 이것은 여행이라는 음악이 빚어내는 즉흥곡이다.

바람이 불어서 그랬는지도 모른다.

죽은 나비가 길을 막고 있어서 그랬는지도 모른다.

한번은 수첩에 연필로 적어둔 장거리 버스 시각표의 3이라는 숫자에 양 머리에서 떨어진 선혈이 묻었다는 이유만으로 그 위에 적힌 5를 선택하기도 했다.

미신을 믿어서 그런 것은 아니다. 기꺼운 마음으로 일의 자연스러운 흐름을 따라가다 보면 예기치 않은 만남과 발견에 이르리라는 기대 때문이다. 이것은 여행의 소소한 재미이기도 하다.

버스는 예정에 없던 변경의 도시로 나를 데려가고, 본 적도 없는 남자와 여자가 눈앞에 나타난다.

"여기가 이스파르타(터키 남서부의 도시. 장미수 생산지로 유명하다—옮긴이)인가요?"

나는 남자들 앞에서 터무니없는 거짓말을 했다.

순간 남자들의 미심쩍은 눈빛이 누그러진다. 그리고 이 천지 분간 못

하는 어리석은 여행자에게 인생의 작은 지침이라도 주어야겠다고 생각했는지 허름한 옷차림의 알코올중독자 남자가 나서며 내 어깨를 두드린다.

그날 밤, 나는 아피온(터키 서부의 도시―옮긴이)의 한 카페에서 우락부락한 남자들 틈에 끼여, 이따금 찾아오는 여행의 지루함을 달래기 위해 어리숙한 여행자 행세를 하고 있었을 뿐이다.

이튿날 아침, 술이 덜 깬 청년 두 명이 내 짐까지 들어주며 8시 40분에 출발하는 이스파르타행 버스에 나를 태웠다.

여기가 이스파르타인가요? 그것은 즉흥적으로 튀어나온 말일 뿐, 이스파르타에 가야 할 아무런 이유도 없었다.

나는 여행의 지루함을 달래기 위해 했던 거짓말에 대해 책임을 질 수밖에 없었다. 한번 내뱉은 말은 결국 자신에게 되돌아오는 법이다. 이번처럼 어제 했던 말이 오늘 되돌아오기도 한다. 일주일 후, 한 달 후에 되돌아올 수도 있다.

까맣게 잊어버리고 있었던 10년 전에 했던 말이 문득 깨닫고 보면 10년 후의 장래를 결정하는 경우도 있다.

아피온에서 이스파르타까지 150킬로미터를 달리는 내내 차창 밖에는 겨울 풍경이 이어졌다. 초목이 없는 산의 북쪽 사면에 바람에 날려 와 쌓인 눈이 하늘의 푸른빛을 반사하며 불그죽죽한 지면과 미묘한 채색 대비를 이루고 있었다.

이스파르타에 가야 할 아무런 이유도 없는 나는 차창 밖으로 펼쳐지는 드넓은 아나톨리아의 불모지를 바라보면서 점점 더 불모의 기분에 빠져들었다. 그리고 그 단조로운 풍경 속을 달리는 동안 흑해로 가야겠다는 생각이 불끈불끈 솟구쳤다.

지도

—

동남아시아를 거쳐 일본까지, 장대한 여정을 남겨둔 채 한 달 넘게 아나톨리아 고지와 지중해 연안을 벗어나지 못하고 있다는 사실이 중대한 일처럼 생각되기 시작했다.

조바심이 나면서 여행에 대한 욕구가 샘솟았다. 나는 버스 안에서 지도를 펼쳤다.

지도를 보면서 생각에 잠긴 남자는 왠지 모르게 삶의 한가운데 있는 것처럼 보인다.

그때 내 옆자리에 한 중년 남자가 앉아 있었다.

삶에 대한 정열을 상실한, 염세적인 분위기를 풍기는 남자였다. 남자는 나와 지도의 관계를 부러운 눈으로 보고 있었다.

나는 그때 자학타학이 뒤섞인 복잡한 마음이었다. 호주머니에서 볼펜을 꺼냈다.

그리고 호기롭게 커다란 지도 위에 일직선을 죽 그었다.

일직선의 한쪽 끝에는 'ISTANBUL'이라는 글자가 적혀 있었다. 다른 쪽 끝은 'KARACHI'였다. 나는 직선 위에 '10days'라고 크게 휘갈겨 썼다. 터키의 이스탄불에서 파키스탄의 카라치까지는 4,000킬로미터가 좀 넘는 거리니까 하루에 400~500킬로미터를 달리면 열흘 후에 카라치에 도착하리라는 단순한 계산이었다.

"……열흘로는 무리일 거 같은데요."

옆자리 남자가 불쑥 말을 꺼냈다. 피곤한 목소리였다.

고개를 돌려서 남자를 보았다. 남자는 밑동까지 타들어간 담배를 콧수염 밑으로 밀어 넣으며 멋쩍게 웃고 있었다.

나는 잠시 망설이다가 다시 볼펜을 쥐었다.

10이라는 숫자를 지우고 12라고 썼다.

남자의 얼굴을 살피니 남자는 글쎄 어떠려나, 하는 표정으로 고개를 갸웃거렸다.

다시 14라고 썼다.

"뭐, 그 정도면 되겠죠."

남자가 말했다.

카라치까지 가본 적이 있느냐고 물었다.

남자는 맛없는 음식이라도 먹은 것처럼 찡그린 얼굴로 "없어요" 하고 대답했다.

이스파르타에 도착한 다음 날, 나는 다시 장거리 버스에 몸을 실었다. 북쪽으로 500킬로미터, 여행의 출발점인 이스탄불로 향했다. 이스탄불에서 흑해 항로로 아나톨리아 대륙 북단의 시노프라는 항구 도시까지 갔다가 남동쪽으로 방향을 돌려 카라치까지 달리기로 했다. 무엇보다도 나는 흑해를 보고 싶었다.

이스탄불은 여전히 눈이 내리고 있었다.

이스탄불에서 흑해 항로를 운항하는 배편은 매주 화요일에만 출발한다. 에게 호라는 6,000톤급의 배다.

화요일 이른 아침, 추레하고 촌스러운 사람들과 함께 줄지어 배에 오르자 난데없이 검은 옷을 입은 남자 네 명이 나를 에워쌌다. 남자들은 가방을 빼앗아 들더니 나를 식당으로 데려갔다. 그중 한 명은 검게 번들거리는 자동소총을 손에 들고 있었다.

남자들은 식당 테이블 위에 가방 안에 든 물건들을 늘어놓고 성냥갑부터 세면도구까지 샅샅이 뒤지기 시작했다.

비밀경찰일 거라고 생각했다. 부하처럼 보이는 남자가 가방을 뒤지다가 책 한 권을 발견하고 상관에게 뭐라고 말했다. 책장을 넘기는 두 사람의 표정이 금세 부드러워졌다. 그것은 터키의 어느 지방 사원 앞에서 산 '알라의 가르침을 믿으시오'라는 단순한 제목의 소책자였다. 갱지를 엮은 20쪽 정도 되는 작은 책인데, 표지에 유치하고 치졸한 모스크 그림이 색판 인쇄로 찍혀 있었다.

그 책을 보자 남자들은 안심한 표정으로 활짝 웃었다. 그리고 수색을 깨끗이 중단했다. 그리고 한 명씩 나와 악수를 하고 그 자리를 떠났다. 아무래도 수사가 너무 엉성한 게 아닌가 하는 생각이 들었다.

* *

항적航跡

—

뱃고동이 울렸다.

어디선가 들은 적이 있는 음색이었다.

살짝 가슴 설레는 높은 음색에 황량한 바람이 휘몰아치는 쓸쓸한 음색이 섞여들어 가파른 곡선을 그리며 올라가다가 먼 천공으로 사라진다.

그것은 추운 아침 거리에서 막 달리기 시작한 말의 배를 때리는, 허공을 가르는 채찍 소리를 닮았다.

혹은 광대한 아나톨리아 고지에서 양 떼가 풀을 뜯고 있을 때, 멀찍이 떨어진 적동색 바위에 걸터앉아 멍하니 지평선을 바라보던 열다섯 살쯤 되는 목동이 갑자기 일어나서 왼손 엄지와 검지를 붉은 입술 사이에 넣고 힘껏 부는 휘파람 소리……, 양 떼의 여행의 시작을 알리는 그 소리와도 닮았다.

양 떼는 그 허공을 가르는 소리를 들었을까……? 멀리서 바라보면 움직이는 것 같기도 하고 움직이지 않는 것 같기도 한데, 소리도 없이 발밑에서 피어오르는 노란 모래 먼지가 광대한 대지에 미미한 생명의 기척을 알리고 있다.

또다시 뱃고동이 울렸다.

뱃고동 소리가 동쪽과 서쪽의 돌의 도시에 울려 퍼졌다.
돌의 도시는 눈의 장막 너머에서 탁한 회색으로 번져 보였다.
도시가 천천히 움직이기 시작한다.
멀어져가는 이스탄불을 바라보고 있으려니 문득 어떤 기억이 떠올랐다.
한 달여 전, 여행 초기에 나는 집시가 운영하는 이스탄불 시내의 한 식당에서 작은 말썽에 휘말렸다. 주인이 터무니없이 바가지를 씌우려고 해서 말다툼이 벌어진 것이다. 말다툼은 몸싸움으로 번졌고, 나는 열일고여덟 살쯤 되는 소년이 반쯤 장난으로 휘두른 칼에 가슴을 살짝 베었다. 가벼운 통증과 함께 상처에서 피가 배어났다.
문득 그 불쾌한 사건이 정겨운 추억처럼 되살아났다. 나는 갑판 난간에 기대선 채 추위에 곱은 왼손을 양피 코트 밑으로 넣었다.

상처에 생긴, 시든 장미의 가시 같은 종기가 손가락에 닿는다. 아프지는 않은데 사랑의 증표라도 되는 양 도무지 사라지지 않는다.

도시가 멀어진다.

멀리 구릉 위에 솟은 모스크의 첨탑이 희미하게 보인다. 해협은 조금씩 폭을 넓혀가고, 동쪽과 서쪽에서 맥박 치던 대륙의 끝이 마침내 자취를 감추었다.

**

몽해夢海

—

납빛 바다에 꼬리를 끄는 하얀 항적 위로 흰 점들이 상공에서 떨어지는 광경을 보았다. 처음에는 배의 높은 곳에 쌓여 있던 눈이 바람에 날려 떨어지는 줄 알았다. 그런데 유심히 보니 그 추락하는 흰 점들은 새였다.

추락한다기보다 종잇조각이 바람에 날려 수면 위에서 나풀거리는 것 같았다. 흰 새는 항적 위로 내려앉아 2~3초쯤 파도에 뜬 채 흔들리며 바닷물 속에 부리를 박았다가 다시 날아오른다.

날아오르는 새를 쫓아 허공을 보았더니 거기에는 엄청난 수의 새들이 있었다. 멀리 날아가는 새는 흰 눈 속으로 사라지고 가까이 날아오는 새는 조류의 윤곽을 또렷이 드러냈다. 여행 초기에 보았던 새와 똑같았다. 노르스름한 부리에서 희미한 울음소리가 새어 나왔다. 실로 바람을 가르는 듯한 가냘픈 울음소리였다. 가만히 귀를 기울이면

수십 마리의 새들이 울음소리를 내고 있다는 것을 알 수 있다.

나는 흑해라는 이름의 대륙 내해가 그 이름처럼 검은색인지 궁금해
지기 시작했다.

만약 그 바다의 색깔이 다른 바다와 별반 다르지 않은 색깔이라면 고
생스럽게 흑해 항로를 선택한 의미가 없을 것만 같았다. 그래서 배가
보스포루스해협을 빠져나가 흑해로 들어서는 순간이 몹시 기다려졌
다. 기다리고 있으려니 혼자 내기를 하고 있는 기분이었다. 어두운
선실 침대 위에서 단조로운 엔진 소리를 들으면서 나는 심심풀이로
흑해의 물이 정말로 검은지 퀴즈를 냈다. 처음에는 놀이 삼아 했지만
이내 내기로 변하고, 마침내 긴 여정의 길흉을 좌우하는 점괘처럼 여
겨지기 시작했다.

그러는 사이에 나는 선실 침대에서 깜박 잠이 들었다.

깊은 잠이었다.

잠이 깨기 직전에 황당한 꿈을 꾸었다.

꿈속에서 나는 새하얀 우유를 탄 것 같은 바다를 보고 있었다. 흑해
는 이름과는 반대로 은빛이 감도는 유백색을 띠고 있었다. 나는 실망
했다. 검은 바다를 볼지도 모른다는 기대가 부질없는 바람으로 끝나
고 만 것이다.

그때 흰 바다에 꼬리가 20미터쯤 되는 뱀처럼 생긴 인어가 나타났
다. 무섭도록 요염한 얼굴을 가진 인어였다. 하산이다, 하고 생각했
다. 내가 안탈리아에서 앙카라까지 쫓아갔던, 지중해에 빠져 죽은
그 하산 타스데미르가 인어가 되어서 흑해에 살고 있구나……. 그런
생각을 했다.

잠이 덜 깬 눈에 선실 창문이 들어왔다. 창밖으로 하늘이 보였다. 잠들기 전보다 조금 어둡다. 시계를 보니 오후 4시 반이 넘은 시각이었다. 꽤 오랫동안 잠들었던 모양이다.

배는 이미 흑해로 접어들었을 것이다. 나는 코트를 걸치고 선실을 나갔다. 철제 계단을 뛰어 올라가 무거운 외벽 철문을 밀었다.

얼음장 같은 바닷바람이 들이쳤다.

바다 냄새와 파도 소리가 동시에 달려들었다.

나는 갑판으로 나와서 바람을 맞으며 바다를 보았다.

수평선이 천천히 회전하고 있었다.

눈은 이미 그친 뒤였다.

나는 검은 수평선을 보았다.

검은 바다를 보았다.

바닷물은 회색을 띤 검은색이었다. 흑해에서 대량으로 잡히는 함시라는 작은 생선의 등 빛깔과 비슷했다.

살짝 노란색이 감도는 하늘에 잿빛 구름이 퍼져 있었다. 그 운해의 서쪽 귀퉁이에서 새어 나오는 옅은 빛줄기가 보였다.

검은 바다는 잔잔했다.

사납게 날뛰는 검은 겨울 바다를 보고 싶었던 기대는 어긋났지만, 바다가 검다는 사실만으로도 충분히 만족했다.

별로 대단한 일도 아니지만 가슴속에서 아이 같은 기쁨이 들끓었다.

몸이 뜨거워졌다.

이 체온이 식어버리기 전에 바로 지금,

'흑해의 물은 검다'

그렇게 누군가에게 전보를 쳐서 알리고 싶은 기분이었다.

멀리 땅끝에서 전보를 받은 사람은 이 시시한 전문에서 어떤 비밀스러운 분위기를 감지하고 쓸데없이 캐고 들지도 모른다.

그러나 나는 흑해의 물이 검다고 말했을 뿐이다.

* *

환조幻鳥

—

나는 내륙에서 산 두툼한 양피 코트 앞자락을 여미고 오래도록 그 검은 바다를 바라보았다.

이 북쪽의 거대한 검은 바다는 서남쪽의 보스포루스해협으로 작은 입을 벌리고 있다. 흑해의 바닷물은 차고 무겁다고 한다. 그래서 보스포루스를 향해 흐를 때면 표면으로 올라오지 않고 해협의 밑바닥을 도려내듯이 흐른다.

해협은 남쪽의 에게해 그리고 지중해로 이어진다. 그 남쪽의 바다는 온난하고 언제나 가벼운 세룰리언 블루의 빛깔로 반짝인다. 그 남쪽의 바다를 양해陽海라고 부른다면 이 북쪽의 검고 무거운 바다는 음해陰海라고 불러야 할까? 세상 만물에는 이처럼 음과 양이 있다. 하늘도 땅도 사람도 그리고 물도 또한 그러하다.

시간이 흐르고 하늘이 어둠에 물들자 검은 바다도 색깔을 바꾸었다. 검은 수면이 푸르스름한 빛의 막으로 덮인 것처럼 보였다. 마치 검은 바다가 자체 발광하는 인광질의 액체 같았다. 그 불가사의한 수면에 새겨지는 배의 항적을 보려고 고물 갑판으로 갔다. 검은 북쪽 바다에 그려지는 나 자신의 항적을 보고 싶었던 것이다.

그러나 그곳에서 나는 항적 대신 다른 것을 보았다. 박명의 허공을 보면서 기묘한 느낌에 사로잡혔다.

흰 새.

출항할 때 눈 속에서 배를 따라다니던 그 흰 새의 무리가 박명의 허공에 떠 있는 것이 아닌가?

환영이 아니었다.

새는 그때처럼 항적 위로 나풀나풀 내려앉았다가 날아오르는 동작을 반복하고 있었다.

저 새들이 머나먼 이스탄불까지 돌아갈 수 있을까? 나는 마음속으로 중얼거렸다.

새의 숫자를 헤아렸다.

공중을 나는 새의 무리를 헤아리는 것은 살고 죽는 인간의 수를 헤아리는 것만큼 지난하다. 새들은 날갯짓도 하지 않고 바람을 타고 전후좌우 상하원근을 환영처럼 이동하고 있다.

새들은 불시에 나타났다가 불시에 사라진다. 둘은 하나가 되고, 셋은 다섯이 되고, 다섯은 무無가 되고, 그 무에서 하나가 나타나고, 그 하나가 다시 둘로 나뉜다.

내 눈은 그것을 스물네 마리라고 헤아리고, 다시 서른두 마리라고 헤아리고, 때로는 열여덟 마리라고 헤아리고, 한순간 그것을 단순한 환영이라고 생각하고, 또 다른 순간 그것을 무한히 날갯짓하는 존재라고 생각했다.

새의 숫자를 헤아린다
허공을 나는 새의 무리를 헤아리는 것은
살고 죽는 인간의 수를 헤아리는 것만큼 지난하다

흑해, 겨울철 해 질 무렵 풍경

한참을 그렇게 진땀을 빼며 헤아리고 있는데 박명이 어둠으로 바뀌려는 순간, 새들이 갑자기 시야에서 사라졌다.

나는 새들의 행방에 불안을 느꼈다.

그때 갑자기 머리 위에서 날갯짓 소리가 들렸다. 올려다보니 고물의 높은 곳에 새 두 마리가 앉아 있었다.

나는 그때 그들이 이 배에 눌러사는 붙박이 새이고, 이 배와 함께 흑해 항로를 왕래하며 살고 죽는 새라는 사실을 깨달았다.

* *

고고한 새
—

아직도 날고 있는 새는 없는지, 어둠이 내리기 시작한 하늘로 시선을 옮겼을 때 나는 저 멀리 높은 상공에서 또 한 마리의 새를 발견했다. 흰 붙박이 새와는 다른, 검고 거대한 새였다. 새는 까마득히 높은 상공에 떠 있었다.

몇 번을 헤아려도 그 새는 의연하게 한 마리였다.

그 크고 검은 새 밑에는 어둠이 내리기 시작한 드넓은 검은 바다가 있었다.

그때 문득 어떤 기억이 떠올랐다.

몇 년 전에 시코쿠(일본 혼슈 동남쪽에 있는 섬으로 일본 열도를 구성하는 네 개의 주요 섬 중 가장 작다—옮긴이)에서 이등항해사로 일하는 청년이 우리 집에 찾아온 적이 있다.

그 청년이 들려준 이야기는 내게 큰 감동을 주었고 지금까지도 마음 한편에 남아 있다.

"10월 어느 저녁에 동중국해 한복판을 항해하고 있을 때였어요. 남쪽 하늘에 먹물을 푼 것처럼 시커먼 구름이 퍼져나가더니 하늘이 반은 흰색, 반은 검은색으로 갈라졌어요.

폭풍이라고 생각했죠.

계속 하늘을 보고 있었는데, 멀리 흰색 하늘 높은 곳에 검은 점 하나가 보였어요.

유심히 살펴보니 새였어요.

상당히 몸집이 컸으니까 신천옹일지도 몰라요. 드넓은 해원의 상공에 오로지 그 새 한 마리뿐이었어요.

천천히 움직이고 있다는 걸 알 수 있었죠. 그런데 그 새가 남쪽의 시커먼 하늘을 향해 날아가는 거였어요. 그 모습을 보면서 인간의 고고함 따윈 하찮은 것이라는 생각이 들더군요."

……나는 그 새를 보았다.

그렇게 생각했다.

이슬비 내리는 흑해 연안을 차를 타고 달린다

5장

이슬람 사색 기행
/ 　시리아 · 이란 · 파키스탄

이슬람교를 믿느냐는 질문이
심장을 겨냥한 비수처럼
나를 향해 몇 번이고 던져졌다.
이 땅에서 불교를 믿으면서
어떻게 인간이 살아갈 수 있겠어?
나는 그렇게 대답했다.

168
-
동
양
방
랑

고기古期 적색 사암 언덕

회토灰土 평지

황록색 점토질 골짜기

극미립사 모래벌판

규사 대지臺地

흑요석 산비탈

갈색 황토 산악

온갖 흙덩어리, 돌덩어리.

그것이 터키의 아나톨리아 대지를 지나고, 쿠르디스탄 고지와 이란

고원을 거쳐서, 파키스탄과 인더스 하안으로 연면히 이어진다.

비옥한 색깔을 찾아볼 수 없다.

얼마 안 되는 습지에 생명이 깃들인다.

사람과 도시와 양이 터전을 마련한다.

도시는 토막土漠의 색깔을 띤다.

한 줄기 길이 도시로 향한다.

길은 거무스름하다. 여름이면 뜨거운 모래 먼지에 덮이고, 겨울이면

눈이 흩날린다.

도시에는 약간의 녹지와 흙색 강이 있다.

풀잎은 메마른 회녹색.

꽃이 보인다.

흙빛이 도는 메마른 연홍색.

검은 사람들.

득의양양하게 지상을 활보하지 마라
너희에게는 대지를 찢을 만한 힘도 없고
산 정상에도 오를 수 없기 때문이다
─『코란』,「메카 계시」, 밤의 여행

길은 눈 깜작할 사이에 도시를 통과한다.

길은 230킬로미터에 이르는 적색 사암의 기복을 달려 황토의 도시로 진입한다. 그리고 고작 850미터 만에 도시를 관통하고 또다시 광대한 토막으로 들어간다.

도시는 환영의 거처를 닮았다.

잠깐 사람의 목소리가 귓가를 스치고 지나간 것 같다.

현세의 생명, 하찮은 유희. 그저 잠깐의 장난에 불과하다.

최후의 거처 『코란』, 「메카 계시」 전165절(내세)은 신을 두려워하는 사람들에게는 얼마나 고마운 말씀인가?

* *

이상異相

—

도시를 관통하고, 길은 규사의 대지豪地를 기어간다.

대지 위에서 길은 일직선이 된다.

영원히 일직선.

길 저편에 먹구름이 나타난다.

먹구름 아래로 희미한 은회색이 감돈다.

직선은 그 속으로 사라진다.

바람 소리.

사각형의 쇳덩이가 얼어붙은 공기를 가른다.

쇳덩이는 직선 위에서 속도를 높인다.

바람 소리가 비명으로 바뀐다.

비명은 한 시간 넘게 그치지 않는다.

직선은 끝이 없다.

직선 너머에 또다시 직선이 나타난다.

길은 직선의 황막荒漠이 된다.

황막 속에 황막이 있다.

반쯤 졸면서 전방을 바라본다.

길은 직선인 채 상승한다.

규사의 대지가 갈색 황토로 변한다.

갈색 황토가 은백색으로 변한다.

차 안에 한기가 서린다.

먹구름이 내려온다.

눈이 내린다.

바람 소리가 사라진다.

엔진 소리가 울려 퍼진다.

길이 사라지고 차는 속도를 늦춘다.

차는 고개에 멈춰 서서 기어를 바꿔 넣는다.

고개 너머에 또다시 직선이 있다.

차는 은회색 황야를 미끄러져 내려간다.

은회색이 갈색 황토로 변한다.

또다시 바람이 비명을 내지른다.

장거리 버스의 속도는 120킬로미터에 육박한다.

때때로 엄청난 경적 소리가 버스 뒤로 날아간다.

보통 경적 소리보다 몇 배는 크다. 야수의 울음소리를 닮았다. 광대 무변 속에서 그 소리는 어디에도 도달하지 않고 사라진다.

회토의 평지로 접어들어 두 번째 경적이 울렸을 때, 100미터 전방에서 검은 물체들이 날아오르며 흩어졌다.

까마귀.

북극 기단이 뒤덮은 평지의 까마귀는 고속도로에서 먹이를 구한다.

고속도로에 간간이 죽은 양, 들개, 들쥐 같은 것들이 보인다.

까마귀는 그것들을 먹이로 삼는다.

혹한 속에서 까마귀의 움직임이 둔하다.

까마귀는 달려오는 차의 속도를 가늠하지 못한다.

버스 앞부분에서 날카로운 금속음이 들린다.

부리가 깨지고 날개가 꺾인 까마귀 한 마리가 튕겨 날아간다.

백미러에 검은 새들이 날아드는 모습이 보인다.

까마귀 떼가 차에 치여 죽은 까마귀 주위로 몰려든다.

또 다른 흉기가 이 도로를 지나가면 또 한 마리의 까마귀가 동료들의 먹이가 될 것이다.

무리라고 부르기엔 너무 냉혹하다.

자연도태라고 부르기엔 허무하다.

광대한 불모지에서 개체수를 유지하기 위한 신의 악의, 혹은 그것을 은혜라고 불러야 할까?

'광대'하다는 말.

그 말에는 풍요나 관용의 이미지가 없다. 이 땅에서 '넓다'는 것은 그만큼 불모가 확장된다는 뜻이다.

여름에는 열사熱砂.

겨울에는 동토.

봄과 가을은 순식간에 지나간다.

그것은 아주 짧은 계절의 완충 지대에 불과하다.

생각건대 이곳은 한발과 냉해가 반복되는 땅이다.

그 반복은 수만 년 동안 지속되었다.

일상이다.

그래서 사람들은 그것을 한발이라고도 냉해라고도 부르지 않는다.

그저 사막 혹은 토막이라고 부른다.

태양

달

빛

바람

눈

흙

모래

별

어둠

자연은 단조롭다.

사람의 심정 또한 단조롭다.

그곳에는 사실과 사실의 약속만 있고, 사람과 사람, 도시와 도시의 계약만 있다.

모래 알갱이는 언어를 갖고 있다.

신은 유일무이하다고 말한다.

모래에는 모래, 풀에는 풀.

팔에는 팔, 손가락에는 손가락.

눈에는 눈, 이에는 이라고 말한다.

신비는 없다.

토막은 영원히 토막이다.

모래는 영원히 모래다.

도시는 영원히 도시, 사람은 영원히 사람.

신은 영원히 신.

길은 영원히 길.

길이란 황막 속으로 뻗은 새로운 선상線狀의 황막.

그 길은 토막을 지나고, 도시와 시골을 관통하고, 사막을 지나고, 또다시 도시와 시골을 관통하고, 그리고 사막으로 이어진다.

까마귀의 무리를 보았다.

산양의 무리를 보았다.

그리고 사람의 무리, 도시를 보았다.

무리는 광막 속의 점경點景이다.

문득 이슬람 세계의 수량에 관해 생각했다. 이슬람의 법, 혹은 그 법 아래 있는 인간의 성격을 알기 위해서는 그 밑바탕이 되는 수량에 관해 알아둘 필요가 있지 않을까?

서아시아 세계, 즉 이슬람 세계 830만 제곱킬로미터 안에 사는 인간의 수량에 관해서다.

1억 5,000만 명.

이것은 놀랄 만한 숫자다.

동아시아가 시작되는 땅. 인도 아대륙 327만 제곱킬로미터의 힌두 세계에 7억 명의 인간이 산다.

동아시아의 끝 일본 37만 제곱킬로미터의 불교 세계에 1억 1,600만 명의 인간이 산다.

동양은 인도 아대륙을 경계로 그 원질이 동과 서로 나뉜다.

서아시아의 광물적 세계―이슬람 세계.

동아시아의 식물적 세계―힌두, 불교 세계.

광물은 사람을 죽이고, 식물은 사람을 기른다.

광물은 사람을 경직되게 만들고, 식물은 사람을 유화하게 만든다.

광물은 신비를 내쫓고, 식물은 신비를 자라게 한다.

광물은 혼돈을 허용하지 않고, 식물은 혼돈을 허용한다.

적대의 정신과 관용의 정신.

일신교와 다신교.

우상 배척과 우상 숭배.

태음력과 태양력.

얼마나 많은 것이 서로 대립하고 있는가?

그리고 이 광물적 세계와 식물적 세계의 대립 양상은 그대로 이슬람 교적 성격과 힌두교적 성격, 불교적 성격의 대립 양상이기도 하다.

대립하면서 동일한 종교 행사를 가진 경우도 있다. 그러나 그것은 동일한 만큼 한층 더 대극에 있다.

예를 들면 단식.

서아시아도 동아시아도 이 똑같은 종교 행사를 갖는다.

그러나 생각건대 서아시아(이슬람교)에서 단식(라마단)은 광물적 세계의 가혹한 환경을 견뎌내기 위한 육체의 단련이 아니었던가?

그리고 동아시아(힌두교, 불교)에서 단식은 식물적 세계의 풍요로움에 빠지지 않기 위한 정신의 단련이 아니었던가?

그 동아시아의 발단인 인도는 풍요롭냐고 질문할 수 있다.

사람이 굶어 죽지 않는가?

거지가 해일처럼 밀어닥치지 않는가?

그 대답으로 사람이 굶어 죽고 거지가 득실거리는 것은 풍요로움의 반증이라는 역설은 어떨까? 요컨대 사막권인 이슬람의 혹독함은 과소寡少에서 비롯된다. 식물권이 시작되는 인도의 혹독함은 과밀過密에서 비롯된다.

동일한 양상을 가지면서 서로 대립하고 있다.

시리아 사막에 가까운 터키 동부의 우르파라는 도시에서 나는 이 동일한 양상을 가지면서 반대의 성격을 드러내는 동서 대립의 단순하고 좋은 예를 보았다.

한 이슬람교도가 경영하는 호텔 현관 벽에 가로 2미터, 세로 1미터의 커다란 흑백 사진이 붙어 있었다. 사우디아라비아 메카의 카바 신전을 공중에서 촬영한 사진이었다.

그 사진을 보면서 신기한 사실을 알아차렸다.

수만 명의 사람들이 신전을 돌고 있었다. 그런데 하나같이 시계 반대 방향으로 돌고 있는 것이다. 그것을 보고 나는 유쾌해졌다. 동아시아, 즉 힌두 문화권과 불교 문화권에도 사원이나 탑을 도는 똑같은

메마른 바다
거대한 파도가 말라붙어 그곳에 응고된 것처럼 보였다

유프라테스강

어떤 바다에서나 진주는 잡힌다. 산호는 잡힌다

—『코란』, 「메카 계시」, 자애로운 신

사막의 선상지에 펼쳐진 들판

버스는 달린다
아이가 보인다
아이의 손에 노란색이 보인다
꽃이 보인다
그 모든 것이 모래 먼지 속으로 사라진다
꽃이 멀어진다……
사막의 꽃 파는 소년

사막의 국경 풍경은 경계가 없다
이란, 아프가니스탄, 파키스탄 국경에 걸친 이 땅에서는 낯선 사람들이 스쳐 지나간다
낯선 폭풍이 휘몰아진다
낯선 쓰레기들이 모래바람에 날아다닌다
그곳에는 관리되지 않는 땅이 가진 자유와 황폐가 있다

하늘과 땅의 모든 존재는 좋든 싫든 알라를 경배한다
세상 만물의 그림자가 아침저녁으로 홀로 땅에 엎드리듯이
—『코란』,「메카 계시」, 천둥

어떤 것에서나 '과함'은 이슬람인의 결점이기도 하고 미덕이기도 하다

행사가 있다. 지금까지 나는 그런 종교 행사를 여러 번 보았고 직접 참여한 경험도 있다.

동아시아에서 사람들은 그 반대 방향, 즉 시계 방향으로 돈다.

풍토의 대립, 정신 양식 혹은 인간 성격의 대립은 육체의 운동 법칙에도 영향을 미치고 있는 것이다.

가령 인도 아대륙에서 오랫동안 10퍼센트의 이슬람교도와 90퍼센트의 힌두교도가 융합하지 않고 서로 대립하는 것은 육체의 운동 법칙이 다르기 때문이라는 가설은 어떨까?

* *

산양
—

길은 회색의 평지를 빠져나와 모래벌판으로 접어든다.

다시 멀리 도시가 보인다.

차는 울부짖고 도시는 다가온다.

시리아 북부의 도시, 라카.

이스탄불을 떠난 지 한 달이 지났다.

왜 또다시 이 무익한 길을 따라가고 있을까? 나는 11년 전 여름에도 이스탄불에서 인도까지 거의 똑같은 길을 따라 여행했다. 그때 끝없이 이어지는 단일한 풍경 속에서 여행의 무익함을 깨달았다. 열기와 피로만 몸속에 쌓여갔다. 이 겨울, 또다시 그 헛고생을 되풀이하고 있다.

그러나 동양의 전모를 이해하기 위해 이 서아시아의 광물적 공간을 다시 한번 피부로 느끼고 싶었다. 여름과 겨울의 양극을 알아야 비로소 이 땅에 대해 말할 수 있지 않을까 하는 생각도 있었다.

이 땅이 좋아서 여행하는 것은 아니다. 오히려 그 반대다. 이 땅도 이곳의 종교와 사람도 결코 좋아한 적이 없다. 도량이 좁고, 배타적이고, 자기중심적이고, 억압적이고, 자기 보존을 위한 기만으로 가득하다. 여성들은 그 억압적인 까마귀 색깔 옷 아래에 무섭도록 화려한 극채색 속옷을 입는다.

눈에는 질책의 빛.

이에는 저주의 점액.

혀에는 거짓과 진실의 도착.

등에는 자학의 상흔.

이마는 영구히 메카를 경배하고,

엉덩이는 영구히 이교를 향한다.

불교적 해석에서 본다면 인간 실격자야말로 이곳에서는 훌륭한 순교자다.

이슬람교를 믿느냐는 질문이 심장을 겨냥한 비수처럼 나를 향해 몇 번이고 던져졌다.

이 땅에서 불교를 믿으면서 어떻게 인간이 살아갈 수 있겠느냐고 나는 대답했다.

이곳에서 불교적 응답은 좌절된다.

195
−
시
리
아
·
이
란
·
파
키
스
탄

이곳에서 관용의 정신은 협량의 정신에 패배한다.

동아시아에서 방임의 정신은 지속의 방법이지만 이곳에서는 멸망의 길이다.

불교는 예스라고 말하고 이슬람교는 노라고 말한다.

버스가 라카에 도착했다. 나는 버스에서 내렸다. 이곳에서는 불교적 염화미소를 지으며 버스에서 내렸다가는 낭패를 보게 된다.

남자들이 나를 보고 있다.

두 눈에 증오와 분노의 빛이 감돈다.

화를 내는 것이 아니다. 시선의 옥타브가 다르다.

미소 종교와 증오 종교의 만남이다.

동아시아에서는 미소가 증오를 제압한다. 이곳에서는 증오로만 증오를 제압할 수 있다.

이곳에는 적과 아군밖에 없다. 적인지 아군인지 분명치 않은 사람에게 만나자마자 미소를 보이는 것은, 상대가 적이었을 경우에 싸움에서 불리한 조건으로 작용한다. 그들이 분노의 눈빛을 드러내는 것은 일종의 보신술이다. 화를 낸다고 생각한다면 섣부른 판단이다.

예상대로 콧대가 휜 남자가 화난 눈빛으로 다가와서 숙박비 흥정을 시작했다. 한 남자는 오렌지값 흥정을 해왔다. 또 한 남자는 택시비 흥정을 해왔다.

이곳에서는 지는 것이 곧 이기는 것이라는 불교적 보신술은 통하지 않는다.

이겨야 이긴다.

그들의 화난 목소리를 제압할 만큼 화내는 것이야말로 이기기 위한 유일한 길이다. 웃으면 안 된다. 간혹 미소가 몸에 밴 기묘한 이슬람교도를 만나게 된다. 땅 밑에 석유라는 거대한 돈줄을 가진 나라에서 온 이슬람교도다. 그들의 미소는 불교도의 미소와 다르다. 그것은 거만함의 증거다. 이 땅에서는 어느 쪽으로 굴러도 구원을 기대할 수 없다.

싸구려 호텔 방은 사막 냄새로 가득했다.

베개에서 산양 기름 냄새가 났다. 이슬람교도가 베었던 베개다.

이슬람교도를 생각할 때면 종종 산양이 떠오른다.

무리 속의 고립.

사막의 모래 알갱이처럼 무리를 이루면서도 개별적이고 건조하다.

이슬람교도의 눈빛과 산양의 눈빛이 닮았다고 느낀 적이 있는가? 그렇다면 이슬람교도가 평생 산양 고기를 먹기 때문에 눈빛이 닮은 것이 아니라, 같은 풍토와 환경에서 살아가는 동물들끼리 자연스럽게 비슷한 눈빛을 갖게 된 것인지도 모른다.

눈앞의 유일한 대상을 보는 눈. 분노의 빛이 서린 개아적個我的인 눈이다. 때로 그 눈은 광물의 결정체인 보석처럼 빛나지만 차갑다.

산양 기름 냄새가 나는 베개를 베고 하룻밤을 보냈다.

5시 반에 아잔(모스크의 첨탑에서 울려 퍼지는, 예배의 근행을 권장하는 낭송)이 울려 퍼졌다.

이른 아침, 나는 적의 전당에 가보기로 했다.

박명.

한기가 도는 거대한 돔 아래 가지런히 놓인 무릎들.

동쪽 창으로 비쳐드는 푸른 새벽빛 속에서 먼지를 뒤집어쓴 빈한한 무릎이 도드라진다. 무릎 위로 가슴이 포개진다.

밤의 토막土漠에서 옹기종기 모여 잠든 산양 무리를 생각한다.

낭송이 울려 퍼진다.

『코란』의 구절들.

낭송은 사람들의 등 뒤에서 들려온다.

아득히 먼 울림을 가진 소리다.

먼 곳에서 와서 먼 곳으로 사라진다.

발성과 돔의 결합에서 하나의 연출을 본다.

복잡한 돔의 벽면 구조는 소리의 잔향을 오래도록 잡아둔다. 소리는 올록볼록한 벽면을 맴돌며 반향하다가 1,000킬로미터, 만 킬로미터까지 멀리멀리 퍼져나간다. 소리가 귓가에서 사라졌을 때 그것은 영원이라는 어감과 교차한다. 소리가 사라진 순간 밀려드는 십여 초의 정적은 돔 외계에 펼쳐진 광대한 사막의 침묵이다.

침묵이 충분히 스며들었을 때 또다시 같은 음색으로 반복되는 낭송.

『코란』 낭송을 듣는 내내 그 소리가 어떤 소리를 닮았다는 생각이 자꾸 들었다. 낭송이 똑같은 음색으로 열 번 이상 반복되었을 때 돔 밖에서 그 대답이 들려왔다.

산양.

산양의 울음소리다.

뚝뚝 끊어지고 더듬거리는 그 소리가 아니라 음색의 질감이 흡사하다. 산양이 인간의 언어를 가진다면 저렇지 않을까?

어린 시절에 예지와 무구한 마음을 주었다
—『코란』,「메카 계시」, 성모

유프라테스강에서 잡은 생선은 튀겨도 퍽퍽한 명태처럼 맛없다

산양의 울음소리는 우스꽝스럽지 않다.

잘 들어보면 안다.

거기에는 얼마쯤 장중한 맛이 있다.

비극적인 색조와 애수의 그늘이 있다.

늠렬한 노기가 서려 있다.

그리고 반복되는 동일한 울림, 각운 뒤에 찾아드는 무無. 그 무에 깃드는 사막의 침묵, 유구한 시간. 그리도 또다시 울음소리.

그야말로『코란』의 낭송 자체가 아닌가? 그것을 신(알라)의 음성이라고 말하지만, 어쩐지 산양의 울음소리를 닮았다…….

**

남근
—

기억 속에 거대한 수산양 한 마리가 있다.

11년 전 여름, 나는 이란 서부의 고지에 있었다.

회토의 언덕 저편에 흙먼지가 일고, 미쳐 날뛰는 산양의 울음소리가 들렸다.

언덕 너머에서 검은 산양 무리가 나타났다.

흙먼지 속에서 수백의 검은 등이 굼실거렸다.

그중에 출중하게 큰 수산양이 있었다.

출중하게 털이 반들반들한 수산양이 있었다.

출중하게 울음소리가 큰 수산양이 있었다.

양 한 마리를 선물로 사서 고향으로 돌아간다

·

고향에는 이런 아이들이 기다리고 있을지도 모른다

그 수산양은 무리 속을 동서남북으로 뛰어다닌다.

늠렬한 울음소리가 따라 움직인다.

무리의 동쪽에서 홀연히 앞발을 들고 일어선다.

허리를 앞뒤로 격렬하게 흔든다.

무리의 서쪽에서 홀연히 앞발을 들고 일어선다.

허리를 앞뒤로 격렬하게 흔든다.

수산양은 거대한 남근을 늘어뜨린 채 또다시 북쪽으로 남쪽으로 내달린다.

흘러내린 정액이 흙에 꼬리를 끈다.

울음소리는 화내는 소리에 가깝다.

산양의 무리는 납작 엎드린 채 묵묵히 남쪽으로 움직이고 있다.

산양의 무리가 멀어지고, 거대한 수산양의 늠렬한 노성만 들려온다.

무리가 언덕 저편으로 사라진 후에도 그 소리는 천공에 울려 퍼졌다.

섹스는 화내면서 하는 걸까? 그런 생각이 들었다.

섹스가 무리를 통솔하는 법규 같은 것이라면 왜 그 산양 무리의 법규는 분노의 색조를 띠고 있을까?

산양의 울음소리가 『코란』의 낭송을 닮은 것은 그 분노의 색조 때문일까? 아니면 『코란』이라는 법전 자체가 분노와 증오와 공격으로 가득하기 때문일까?

저 수산양의 성난 울음소리에 대해서는 단순한 답이 있다.

그 격렬한 노기는 다른 남근을 제압하기 위한 것이다. 나는 그것을 똑똑히 보았다.

거대한 수산양은 다른 수산양의 발기를 용납하지 않았다. 다른 수산양이 발기해 암산양에게 다가가면 울부짖고 분노하고 뿔로 들이받

왔다.

거대한 수산양은 신이 아니다.

언젠가 정액도 다한다.

그러나 정액이 다해도 여전히 경쟁자를 용납하지 않는다. 거기에 이르러 나는 그 산양 무리의 성적 행동을 하나의 꾸밈없는 법규라고 생각했다.

사람에게는 사람의 『코란』이 있다.

산양에게는 산양의 『코란』이 있다.

* *

꽃
—

나는 시리아 여정을 일주일 만에 마감했다.

그리고 이란 남부의 황량한 사막을 달려 파키스탄의 카라치, 그리고 인도의 콜카타로 향했다.

동물성 유지와 광물의 신산한 산성 체질, 산성 종교의 나라에서 식물성 유지와 알칼리 토질, 알칼리성 종교가 유포되는 국토로 가고 있다. 산양의 눈의 나라에서 소의 눈의 나라로 가고 있다.

고속도로 저편에서 또 그 버스가 달려온다.

그것은 황량한 사막 속의 환상이다.

그것은 이슬람의 간절한 소망이다.

꽃.

풀.

나무.

샘.

푸른 하늘과 구름.

물과 새.

과일.

욕망과 갈망과 소망의 색채.

차체를 빈틈없이 메운 극채색 페인트.

그림으로 표현된 극채색 소망.

무색 속의 강렬한 색채.

그것은 사고思考 속의 천체.

사람들을 태우고 환상이 달려온다.

문득 모스크의 모습이 떠오른다.

모스크 벽면을 끝도 없이 영겁으로 휘감은 풀과 나무와 꽃과 새.

그 건축물은 광물 세계 이슬람인의 간절한 소망, 사고 속의 천체, 천국, 환상 혹은 사막 속의 덧없는 낙토가 아니었을까?

무한히 증식하며 환상의 벽을 휘감는 덩굴무늬, 아라베스크. 그리고 안뜰에 퐁퐁 솟아오르는 샘.

현세의 덧없는 삶은 비유하자면 하늘에서 우리가 내리는 빗물 같은 것이다. 그 빗물은 사람과 가축의 먹이가 되는 지상의 초목과 어우러지고, 마침내 대지가 색색으로 단장하니 눈부시게 아름답다. 그곳에 사는 사람들은 이로써 대지를 완전히 지배했다고 믿는다. 그러면 우리의 명령이 밤낮으로 떨어져 세상은 온통 수확이 끝난 허허벌판으로 변하고, 어제까지 풍요롭던 그 모습은 사라지고 없다……

알라는 우리를 평안의 집(낙토)으로 이끄신다.

선행을 한 사람은 더없이 훌륭한 포상은 물론이고 덤까지 받을 것이
다. 진애塵埃도 굴욕도 그 얼굴을 덮지 않고, 낙원의 주민이 되어 영
원히 그곳에 살 것이다.

―『코란』,「메카 계시」, 전109절

환상의 버스가 사람들을 태우고 힘차게 달려온다.

모래 먼지를 일으키며 버스가 지나간다.

그 자욱한 진애 너머에 또다시 황막한 길.

그리고 갈색 황토 언덕.

일주일 뒤에 파키스탄의 카라치에 도착한다. 그리고 콜카타.

동양의 대립 지점에 선다.

이슬람권 사람들만큼 부모와 자식, 친족, 친구의 유대가 강한 집단도 드물다
그들은 하나의 신도 집단이기도 하다
광막한 시표에서 한데 모여 살면서 같은 옷을 입고 같은 음식을 먹고 같은 방향을 보고
걸어가는 저들의 모습은 산양 무리를 닮았다

이란 남부 사막의 시발역, 이곳에서 꼬박 이틀을 달려 파키스탄에 도착한다

6장

동양의 재즈가 들린다
/ 콜카타

……아름다운 암소였어.

젖도 탱탱하게 부풀고

눈도 예쁘고 털 결도 고왔어.

나보다 훨씬 예뻤어…….

달빛 속에서 울타리 너머로 그 암소를 보는데

걷잡을 수 없이 눈물이 나는 거야…….

그날 밤 결심했지.

암소 대신 집을 떠나자고…….

지상에서 가장 더러운 도시 콜카타에 왔다. 이곳은 11년쯤 전부터 여러 번 방문했던 터라 내게는 친숙한 도시다.

콜카타의 중심지 한편에 서더 스트리트라는 지저분한 거리가 있다. 이 일대는 이류에서 사류 반쯤 되는 호텔들이 밀집해 있어 여행자들 사이에서 유명한 곳이다. 거리를 걷다 보면 유객꾼과 마약 장수, 거지, 암달러상 같은 온갖 정체 모를 장사꾼들이 어슬렁거리며 끈질기게 달라붙는다. 그들의 등쌀에 못 이겨 나는 서더 스트리트에서 세 번째 골목에 있는 작은 싸구려 호텔에 묵기로 했다. 외벽을 칠면조 머리 색깔로 칠한 6층짜리 낡은 건물의 4층에 있는 호텔이다. 무허가 호텔이기 때문에 이름은 없다. 동네 사람들은 초티왈라(인도풍의 상투) 호텔이라고 부른다. 1층에 하층계급 사람들이 즐겨 찾는 초티왈라라는 식당이 있기 때문이다.

밥값이 싼 이 채식 식당의 주인은 거지에서 자수성가한 인물로 유명하다. 오른쪽 다리가 없지만 수염을 멋들어지게 기른 쉰 살쯤 되는 뚱뚱한 남자다. 이 남자는 가게 입구에서 카운터만 본다. 계산할 때마다 무릎 앞에 놓인 작은 금고의 손잡이를 돌려 문을 열었다가 얼른 닫는다. 그 동작에서 거지 시절의 모습이 엿보인다.

장사가 꽤 잘되는 큰 식당인데, 나는 주인 남자가 거지 출신이라는 이야기를 호텔 주인인 미망인에게 듣고 깜짝 놀랐다. 인도에서 거지는 평생 거지 신세를 면하지 못하는 줄 알았기 때문이다.

그 후 나는 거리를 걸을 때마다 콜카타의 기생물인 거지들의 수입에 관심을 갖게 되었다.

비……

이슬람 지역과 인도 아대륙의 결정적인 풍토 차이는 비, 즉 우기의 유무다

우기에 사진을 찍는 요령은 자신도 비에 젖는 것이다

**

거지왕

—

콜카타에는 30만 명의 거지가 있다고 한다. 세계 최대의 거지 부양 도시다. 여행자는 먼저 이 거지의 세례를 받아야 한다. 일단 태도를 결정할 필요가 있다. 어떤 사람은 아무것도 주고 싶지 않지만 너무 성가시게 굴어서 어쩔 수 없이 돈을 준다. 주머니가 두둑하면 잔돈 몇 푼은 줄 수 있다는 사람도 있다. 돈은 안 되지만 먹을 것은 주겠다는 사람도 있다. 완벽하게 묵살하는 사람도 있다. 나로 말하자면, 웃기는 이야기지만 이렇다 할 태도를 정하지 않고 그때그때 기분에 따라 행동한다. 쉽게 말하면 위의 경우 모두에 해당된다. 일일이 태도를 정하는 것은 피곤하다. 게다가 때리겠다고 덤벼도 아무것도 주고 싶지 않은 거지가 있는가 하면, 쫓아가서라도 뭔가 해주고 싶은 거지도 있다. 거지도 다양하다. 가령 만 명의 거지에게 똑같이 연필 한 자루씩 나눠주는 방식만큼 거지를 무시하는 처사도 없다. 인격과 인격이 만났을 때 비로소 감정이 생기고 행위가 일어나는 법이다.

그러나 나는 기본적으로 그런 상황에 엮이지 않으려고 조심한다. 10년 전 인도 여행을 시작했을 때 이곳 콜카타에서 배가 심하게 부풀어 오른 채 길거리에 누워 있는 아사 직전의 남자를 만났다. 나는 우유를 사와서 그 남자의 입에 부어 넣어주었다. 그런데 그 우유가 기도로 흘러 들어가는 바람에 남자는 심하게 기침을 하다가 20분 만에 죽고 말았다. 나는 당황하고 몹시 충격을 받았다. 지금까지도 우유로 사람을 죽였다는 회한을 떨쳐버리지 못하고 있다. 그 후로 가급

적 그런 일에 엮이지 않으려고 애쓴다.

거지의 수입에 관한 이야기로 돌아가서, 나는 이번에 서더 스트리트에서 멀지 않은 번화가에서 엄청나게 수입이 좋은 거지를 만났다. 놀랍게도 그 거지는 여느 통행인들처럼 흰 옷을 말쑥하게 차려입고 있었다. 그리고 이슬람 신자임을 나타내는 모자를 쓰고 있었다. 다만 얼굴이 통행인과 다르다. 참혹한 얼굴이다. 양쪽 눈알이 도려내어져 없고, 얼굴 전체에 천연두 자국이 분화구처럼 숭숭 뚫려 있다. 그 거지는 지나다니는 사람들이 얼굴을 잘 볼 수 있도록 고개를 빳빳이 세우고 목에 두른 천을 양손으로 받쳐 들고 있었다. 나이도 젊고 다리도 튼튼해 보이는데 한 손에 지팡이를 짚고 있다. 그리고 북적대는 사람들 사이를 걸어 다니면서 "람, 람(신이여, 신이여)!" 하고 거리가 떠나가라 외치고 있었다. 신기하게도 이 남자의 걸낭에는 잔돈이 많이 떨어졌다. 원인은 잘 모르겠다. 다만 군중심리라는 것이 편향되기 쉽다는 사실을 눈앞에서 확인할 수 있었다. 그 남자를 세 시간쯤 따라다니면서 걸낭에 돈이 얼마나 모이는지 계산해보았다. 다행히 남자가 장님이었기 때문에 가까이에서 잔돈 액수를 계산할 수 있었다. 결과는 내 예측을 한참 뛰어넘는 것이었다.

21루피 75파이사(761엔).

녀석은 이 돈을 세 시간 만에 벌어들였다. 경이롭다는 말밖에 할 말이 없다. 만약 그 남자가 이 도시의 노동자들처럼 하루에 열 시간씩 구걸한다면 한 달에 2,000루피(7만 엔) 이상 번다는 계산이 나온다. 이 정도면 콜카타의 일류 호텔에서 청소하는 여성이 받는 월급의 열 배, 대졸 은행원 초봉의 네 배가 넘는 수입이다. 즉 이 거지는 그에게 적선하는 콜카타의 평균적인 시민보다 여섯 배에서 일곱 배 더 많은 돈을 버는 셈이다. 부조리한 일이다. 사기고, 하나의 엄연한 사건이다.

그날 이후로 이 더러운 도시, 콜카타의 인간을 보는 내 세계관은 미묘하게 변질되었다.

초티왈라 식당 주인도 틀림없이 그처럼 돈벌이 수완이 뛰어난 거지였을 것이다. 그 증거라고 하기에는 좀 그렇지만, 이 남자는 거지가 식당 앞에 구걸하러 오면 벌레라도 쫓듯이 차가운 표정으로 내친다. 아마 그는 거지라는 직업이 때로는 수입이 제법 쏠쏠하다는 것을 알고 있을 것이고, 또한 자신의 예전 모습을 보는 것 같아서 기분이 언짢았을 것이다.

* *

도시의 정액
—

초티왈라 식당에 밤 8시가 넘어서 밥을 먹으러 가면 두 종류의 대조적인 남자들을 볼 수 있다.

눈이 풀린 멍한 표정으로 밥을 먹는 남자와, 이와 달리 번득이는 눈으로 주변을 두리번거리며 밥을 먹는 남자다.

이 허름한 건물 꼭대기 층에 유곽이 있기 때문이다. 그러니까 그들은 유곽에 가기 전에 밥을 먹는 남자들과 유곽을 다녀와서 밥을 먹는 남자들인 것이다.

유곽에는 또 한 명의 영악한 남자가 있다. 독실한 이슬람교도 흉내를 내는, 머리를 박박 민 유곽 주인이다. 화대를 둘러싸고 손님과 말다툼을 벌이다가도 근처 이슬람 사원에서 예배를 알리는 소리가 들리면 손님에게 정중하게 양해를 구한 뒤 고개를 숙이고 눈을 감은 채 성호를 그으며 2~3분간 뭐라고 웅얼거리다가 천천히 눈을 떠서는 다시 말다툼을 시작하는 희한한 인간이다.

이 남자가 인근 사람들 사이에서 영악하다는 말을 듣는 이유는, 다른 유곽과 달리 데리고 있는 창녀 수보다 방의 개수가 적기 때문이다. 창녀는 열세 명인데 방은 다섯 개밖에 없다. 그래서 궁여지책으로 천장을 터서 지저분한 사다리를 걸치고, 옥상이라고 할 수도 없는, 난간도 없는 평평한 빌딩 지붕에 베니어판으로 옥탑방 두 개를 만들어 손님을 받고 있다. 그래도 방이 여섯 개 더 부족하기 때문에 손님이 많을 때는 옥탑방 주변에, 옥탑방에 가려 서로 보이지 않도록 돗자리 여섯 장을 깐다.

그가 사람들에게 욕을 먹는 또 다른 이유는, 돗자리 손님에게도 아래층의 방(방도 상당히 더러워 오히려 돗자리가 더 청결할 정도다) 손님과 똑같이 15루피(525엔)를 청구하기 때문이다. 요금은 방이 아니라 여자에게 붙는다는 것이 주인 남자의 주장인데, 그런 이상하고 불공평한 이슬람식 논리를 막무가내로 밀어붙인다. 그러면서 싫으면 돌아가도 된다고 배짱을 부린다. 마음이 급한 손님의 심리를 간파하고 있는 것이다. 손님들도 최종적으로는 여자와 잘 수만 있다면 어디든 상관없다는 요상한 깨달음의 경지에 도달해 서둘러 사다리를 올라간다. 옥상으로 올라가면 콜카타의 밤하늘이 있다. 그리고 눈앞에 도시의 야경이 펼쳐지고, 뜨뜻미지근한 아열대의 바람이 밤거리 쪽에서 불어온다.

바람은 콜카타 특유의 냄새를 실어온다. 부패와 소생, 죽음과 삶이 뒤얽혀 끝없이 연쇄하는 이 도시의 영혼들의 냄새다.

콜카타의 밤은 언제나 야행성 동물의 내장처럼 점액질의 빛을 머금고 꿈틀거린다.

무수한 불빛이 반짝이는 밤의 도시에서 복잡하게 뒤섞인 음악이 들려온다.

거리를 메운 군중의 목소리, 돌길을 달리는 철제 수레바퀴 소리, 시끄러운 경적 소리, 과열된 머플러가 탈탈거리는 소리……. 인력거꾼이 울리는 손방울 소리가 가을철 방울벌레 소리처럼 들린다. 사나운 개 짖는 소리, 머리 위에서 파닥거리는 박쥐의 날갯짓 소리. 빌딩숲 속의 검은 배기구들은 언제나 어두운 하늘을 향해 우웅우웅 짖어댄다.

소음의 합창에 섞여 아름다운 소프라노 노랫소리가 들린다. 어느 가게 앞 스피커에서 흘러나오는 인도의 12음계 음악이다. 때때로 거리의 소음에 압살당한 거지들의 탁한 목소리가 바람을 타고 무섭도록 가깝게 들려온다.

람…… 람!

아직도 녀석은 '신이여'를 외치고 있다.

그 외침을 지우듯 밤하늘 저편 어딘가에서 뭔가 절박하고 구슬픈 비명이 들려온다. 식육 시장 뒤편에서 흑돼지가 맞아 죽으면서 내지르는 소리다.

바람이 불고 도시가 또다시 냄새를 풍긴다.

도시의 정액 냄새다.

날마다 방출되고 부패하고 땅에 스며들고 벽에 달라붙는 사람의 땀,

숨결, 기름, 배기가스……. 녹슨 쇠붙이 냄새, 구운 돼지고기 냄새, 산양의 날고기 냄새, 코를 찌르는 향신료 냄새, 무르익은 파파야의 달콤한 향기, 식당에서 풍기는 탄 코코넛오일 냄새, 제단의 향연, 열대의 여성 화장품 냄새, 남자들 머리에서 나는 겨자씨 기름 냄새, 재스민 향기, 썩은 강에서 풍기는 악취, 무두질한 가죽 냄새, 대마 연기, 가로수 냄새…… 태양의 잔향…… 그리고 비 냄새.

$$**$$

암소와 여자

—

나는 이 옥상에서 밤의 콜카타 거리를 구경하는 것이 좋았다. 왠지 그 냄새와 거리의 음악 속에 있으면 마음이 편안해진다.

나 자신이 온갖 생명들의 삶과 죽음이 뒤섞인 잡탕 찌개 속의 일개 버러지 같은 존재, 혹은 벽의 옹이구멍 같은 존재로 느껴지는 순간이기 때문인지도 모른다.

하계에서도, 이 건물 위에서도 벌레들은 한데 모여 천공을 향해 영혼의 하모니를 연주한다. 그리고 그 영혼의 열기를 식혀주듯 우기가 찾아온다.

우기의 어느 날 밤, 나는 마리라는 여자와 이 옥상의 돗자리에 앉아서 이야기를 나누었다.

그리 미인은 아니었다. 나이는 20대 후반쯤 될 것이다.

마리라는 이름은 인도에서 흔하지 않기 때문에 본명이 아닐 거라고 생각했다.

"진짜 이름은 뭐야?"

"⋯⋯다니야(고수)라고 해."

"음식에 넣는 그 냄새 고약한 풀이름이랑 똑같네."

"맞아."

그녀는 자조하듯이 깔깔거리며 돗자리 가장자리를 쥐어뜯었다.

돗자리 끝에서 1미터쯤 더 가면 옥상이 끝나고 벼랑처럼 툭 떨어진다. 그 아래로 이슬람교도들이 모여 사는 뒷골목의 야경이 펼쳐진다. 고향이 어디냐고 물었다. 여자는 퉁명스럽게 "첸나이" 하고 대답했다.

"좋은 곳에서 왔네. 도시도 사람도 다 좋은 곳이지."

"아니, 첸나이에서 한참 더 가야 하는 시골 출신이야. 벨로르(인도 타밀나두 주 북부에 있는 도시−옮긴이)라는 곳 근처에 있는 지지리도 가난한 시골 마을이지."

"첸나이에서 여기까지 기차로 이틀 걸리지? 상당히 멀리서 왔군. 돈 벌러 온 거야?"

"당신도 참 멍청하네. 팔려 온 거라고, 여기 빡빡머리한테."

"누가 팔았는데?"

"멍청한 우리 아버지!"

"얼마에?"

"돈이 아니야, 암소지."

"암소?"

"나보다 암소가 훨씬 더 탐났던 거야. 보다시피 예쁘지도 않고 결혼

224
−
동
양
방
랑

해서 신붓값을 왕창 받을 수 있는 것도 아니고. 가난뱅이로 살 수밖에 없어. 태어나지 않았으면 좋았을걸."

"그래서 멍청한 아버지가 소와 바꾼 거야?"

"우리 아버지 멍청이 아냐. 훌륭한 분이셔. 시골에선 암소 한 마리만 있으면 살림이 핀다고. 암소가 없는 집은 가난한 거나 마찬가지야. 다들 암소 한 마리만 있었으면 하고 기원하지."

"어느 마을이든 거지 소들이 우글우글하잖아?"

"그런 멍청한 소는 안 돼! 밭도 못 갈고 젖도 안 나와. 기껏해야 똥을 말려서 빵이나 굽는 정도지."

"그래서, 솟값 대신 팔려 가도 괜찮다고 생각했어?"

"그야 싫었지. 암소만 사면 동생들을 잘 먹일 수 있다고 아버지가 나를 붙들고 몇 번이나 울며 사정했어. 두 달을 싫다고 버텼다. 그러다가 보름달이 뜬 어느 날 밤에 동생들을 데리고 몰래 그 암소를 보러 갔어. ……아름다운 암소였어. 젖도 탱탱하게 부풀고, 눈도 예쁘고 털도 결이 고왔어. 나보다 훨씬 예뻤어. 울타리 너머로 그 암소를 보는데 걷잡을 수 없이 눈물이 나는 거야. 그날 밤 결심했지. 사흘 후에 여기 빡빡머리 주인이 노란 택시를 타고 데리러 왔어. 택시 안에서 뒤를 돌아보니 식구들이 암소를 데리고 나와서 풀 죽은 모습으로 보고 있지 뭐야. 내가 웃으면서 손을 흔드니까 식구들도 기뻐하며 손을 흔들었어. 바로 밑의 남동생이 돌을 던져서 택시 유리에 금이 갔는데, 그때는 빡빡머리가 변상하더라고. 그래 놓고 나중에 택시비를 제하고 돈을 주더군. 정말 악착같은 인간이야, 여기 주인 놈."

둘이서 웃었다.

……어두운 남쪽 하늘에 시커먼 먹장구름이 나타나더니 빠르게 다

젖가슴에 10파이사(3엔)짜리 동전을 올려놓을 수 있다고 해서 별로 놀랄 만한 일도
아니고……

가온다.

미적지근한 바람이 불고 조금 있다가 비가 내리기 시작했다.

빗발이 굵다.

우리는 옥탑방 처마 밑에서 비를 피했다. 비에 젖은 돗자리가 노란색에서 진갈색으로 변한다. 비의 장막 너머에서 더러운 도시가 부옇게 빛난다. 별세상처럼 아름답다. 여자와 나는 발이 비에 젖는 줄도 모르고 말없이 그 도시를 바라보고 있었다.

**

박테리아 기분

—

비가 내리면 이 우열대의 도시도 약간은 견딜 만해진다.

그러나 우기에 비가 내리지 않고 온도와 습도만 계속 올라가면 그야말로 지옥이다.

그다음 날부터 내린 사흘 동안 지옥이 계속되었다. 이런 날은 낮보다 밤이 더 괴롭다. 바람이 불지 않아서 밀폐 상태나 마찬가지인 실내는 섭씨 40도까지 기온이 올라가고 습도도 100퍼센트에 육박한다. 사실상 잠을 잘 수 없는 상황이다. 벽도 침대도 온도가 체온보다 높기 때문에 몸에 닿는 면적을 최소한으로 하고 잔다. 그래도 잠이 오지 않으면 양동이로 물을 떠다가 침대에 뿌리고 잔다. 그래도 잠들지 못할 때는 욕조에 물을 채우고 그 속에 들어가서 잔다.

그러나 몇 번의 경험상 사람이 물속에서 기분 좋게 잘 수 있는 시간

은 두세 시간이 한계인 듯싶다. 세 시간이 넘으면 어김없이 악몽에 시달린다. 이것은 몸이 물을 거부하는 일종의 경고다. 그것을 무시하고 물속에서 버티면 구역질이 난다. 물이 보기도 싫어진다. 욕조에서 뛰쳐나와 손발을 보면 불어터진 찐빵처럼 새하얗다. 퍼뜩 생각나는 것이 있어서 거울을 본다. 물에 빠져 죽은 망령처럼 얼굴이 창백하다. 욕조만 보아도 겁이 난다. 그러나 또다시 습열의 밤이 찾아오면 그토록 진저리치던 욕조 속으로 뛰어들기를 반복한다.

이런 지옥 같은 계절에 세계 최고의 오탁 도시 콜카타를 방문한다면 어지간히 여행 운이 나쁜 것이다. 열과 습기와 오탁의 소름 끼치는 삼위일체를 경험하게 된다. 잘 모를 수도 있지만, 우기의 콜카타는 세균 배양기 속과 똑같은 환경이다. 더구나 이 도시는 배수 시설이 지극히 열악하다. 폭우가 30분만 쏟아지면 뒷골목 저지대는 물에 잠긴다. 그렇게 한 시간쯤 지나면 콜카타의 최고급 호텔인 오베로이 그랜드 호텔 앞 보도까지 구정물이 흘러넘쳐 현관에 널빤지 다리를 걸쳐야 한다.

이 지역에서 우기의 비는 일본의 장맛비처럼 지루하게 내리지 않고 잠깐 퍼붓고 지나간다. 억수같이 쏟아지다가 이내 쨍하게 햇빛이 비친다. 그러면 지하수와 물웅덩이가 세균이 번식하기 딱 좋은 온도로 데워진다. 그 더러운 물을 보고 있으면 세균과 박테리아, 그 밖의 하등생물이 무럭무럭 자라는 모습을 확인할 수 있다. 몇 시간만 지나면 물에서 냄새가 나기 시작한다. 비릿하고 음울하고 불쾌한 냄새다. 그 냄새가 비 온 뒤의 거리에 충만하다.

거리를 걸으면서 계속 그 냄새를 맡다 보면 야릇한 공허감에 빠져들게 된다. 콜카타 인간이 된 듯한 기분이 든다. 말하자면 일개 박테리아가 된 듯한 기분인 것이다.

* *

횃불의 항적

—

나는 여행할 때 현지 분위기에 금방 익숙해지기 때문에 콜카타에 도착한 지 일주일도 지나지 않아서 그 박테리아 기분에 빠져들었다. 그리고 날마다 이유 없이 거리를 싸돌아다녔다. 그렇게 열흘이 흐르고, 저녁에 네루 스트리트를 걷다가 기이한 남자를 만났다. 인도 건국의 아버지 자와할랄 네루의 이름을 딴 그 거리는 콜카타의 메인 스트리트 중 하나다. 그곳에는 오베로이 그랜드 호텔과 영화관, 고급 제품을 파는 상점과 식당이 즐비해 저녁이 되면 살짝 화려한 모습으로 변신하면서 상당히 혼잡해진다.

그날 저녁 네루 스트리트를 걸어가다가 북적이는 사람들 저편에서 영문 모를 작은 횃불을 발견했다. 전방 50미터쯤 되는 길바닥에서 사람들의 다리 사이로 언뜻언뜻 모습을 드러내며 천천히 이쪽으로 다가오고 있었다.

나는 횃불을 응시하면서 앞으로 걸어갔다. 횃불은 인파의 반대 방향으로 움직이고 있었는데, 거리가 좁혀질수록 작아지고 약해지는 것처럼 보였다.

나는 발치에서 횃불을 본 순간 숨을 삼켰다. 솔직히 말하자면, 숨을 삼키고 말고 할 만큼 대단한 것은 아니었다. 그냥 거지였다. 하지만

어딘지 다르다. 일순 숨을 삼키게 만드는 뭔가가 있다.

몸은 딱정벌레처럼 오그라들고 머리만 다부진 어른 머리였다. 남자는 배영이라도 하듯이 굽은 등을 땅바닥에 비비면서 느릿느릿 움직이고 있었다. 힘줄이 불거진 두 다리로 거북처럼 지면을 차면서 앞으로 나아간다. 남자가 움직일 때마다 한 손에 들린 알루미늄 접시가 좌르르좌르르 소리를 낸다. 대여섯 명의 아이들이 남자 뒤를 졸졸 따라다닌다. 지나가다가 그 모습을 본 사람들은 어김없이 걸음을 딱 멈춘다. 냉정한 말처럼 들리겠지만, 사실 인도에서 그 정도 장애는 호들갑을 떨 만큼 대단한 것도 아니다. 그런데도 인도인들조차 숨을 삼킬 만큼 놀라는 모습이 역력했다.

바로 '횃불' 때문이었다. 새빨갛게 타오르는 횃불이 거지 남자의 존재 양상을 어떤 불가사의한 상징으로 바꿔놓고 있었다. 그것이 비극인지 희극인지 누구에게도 물어볼 수 없다. 아무튼 '횃불'이다. 이런 기이한 느낌의 횃불은 본 적이 없다. 횃불은 남자의 이빨 사이에 단단히 물려 있다. 마른 풀 다발을 종려나무 털 노끈으로 묶은, 50센티미터쯤 되는 횃불이 남자의 얼굴 위에서 타오르고 있다.

저녁 어스름 속에서 훨훨 타오르는 그 괴상한 불빛이 남자의 불가사의한 몸을 드러내고 있다. 지나가던 사람들이 숨을 삼킨 이유는 얼핏 그 불길 속에서 지옥의 색조를 보았기 때문인지도 모른다. 혹은 그 불가사의한 남자와 응축된 횃불의 관계에서 피할 수도, 물러설 수도 없는 인간 존재의 실상을 보았기 때문인지도 모른다.

너울거리는 불길이 남자의 반쪽 몸과 반쪽 얼굴을 또렷이 비추었다. 무더운 날씨에 횃불까지 입에 물고 있다 보니 남자의 온몸은 기름땀으로 번들거렸다. 왜 이런 짓을 하는 거지? 고행인가? '나는 여기에 있다'고 세상에 알리기 위해선가?

남자의 눈이 기묘하게 번득이며 허공을 보고 있다. 그 검은 눈동자에 작은 불꽃이 옮겨 붙어 흔들린다.

인파로 북적이는 저녁 거리에서 남자는 횃불과 눈빛의 항적을 그리면서 뒤집힌 딱정벌레처럼 굼틀굼틀 앞으로 나아간다. 코흘리개 사내아이들과 함께 나도 남자의 뒤를 따라갔다. 남자는 네루 스트리트에서 뒷골목으로 이어지는 길모퉁이에서 방향을 꺾더니 혼잡한 시장 앞을 가로질러 무슬림들이 사는 슬럼 지역으로 향했다. 그곳에서 멀리 내가 묵고 있는 호텔 건물이 보였다.

그때 문득 건물 옥상의 돗자리에 앉아서 이 광경을 보고 싶다는 생각이 들었다. 이유는 모르겠지만 그러고 싶어 견딜 수 없었다. 나는 서둘러 호텔 건물로 돌아가서 계단을 뛰어 올라갔다. 기세 좋게 6층 문을 열자 색색의 옷을 입은 음란한 여자들이 모여 앉아 시시덕거리고 있었다. 사다리를 타고 옥상으로 올라가는데 빡빡머리 무슬림 남자가 쫓아와서 "아래층에 방 있어!" 하고 뻐기듯 외쳤다. 방이고 뭐고 필요 없다고 대답하고 옥상 동쪽에 깔린 돗자리에 앉아 몸을 내밀고 하계를 보고 있으니 무슬림 남자가 따라와서 무슨 일이냐며 나란히 머리를 내밀고 하계를 내려다본다.

"저 불, 보이지? 쿠마르 스트리트 한복판에서 움직이고 있는 저 작은 불 말이야."

"……뭐, 저거 말이야? 누가 불이라도 질렀어?"

"멍청하긴. 저렇게 지나다니는 사람이 많은데 어떻게 불을 질러?"

"불꽃놀이치곤 너무 약한데."

"아냐, 횃불이야. 굉장한 횃불이라고. 사람이 불타고 있다니까!"
"뭐, 정말? 다들 이리 와봐. 사람이 불타고 있대. 돈 내고도 보기 힘
든 구경거리야!"

옥탑방 안에서 혹은 사다리 밑에서 화장을 떡칠한 여자들이 어디어
디 하고 달려왔다. 다니야도 있었다.
"저길 봐" 하고 나는 손으로 가리켰다.
그날 밤, 콜카타의 칠면조 색깔 건물 옥상에서 어수룩한 남자들과 여
자들이 돗자리 끝에 위태롭게 모여 앉아서 하계의 불을 바라보고 있
었다. 내 손가락이 가리키는 곳에는 무수한 도시의 불빛들이 반짝이
고 있었다. 그때 내 눈에는 그 불빛 하나하나가 횃불 남자의 얼굴 위
에서 활활 타오르는 업화業火처럼 보였다.

다가오는 도시…… 멀어지는 도시
도시는
사람은
그리고 여행은
두 번 다시 돌이킬 수 없다

02

* 　　　　지금의 미얀마. 1948년 '버마연방'으로 영국에서 독립했지만 1989년 군사 정부에
의해 '미안마연방'으로 개칭되었다. 2010년 신헌법에 따라 '미안마연방공화국'으로 개칭되어
오늘에 이른다. 이 책은 1982년에 출간되었으므로 원문을 살려 '버마'로 쓴다―옮긴이

문명의 끝, 필설筆舌의 저편, 티베트 산사에서 21일간,
식食 고업苦業의 원점, 보릿겨를 먹다.
버마*, 거대한 성탑聖塔의 황금빛 최면술.
치앙마이, 여자와 식물이 내뿜는 행복한 광기.
상하이, 뒷골목에서 맞닥뜨린 상하이 게의 참극.
홍콩, 돼지 내장이 바꿔버린 남자의 운명.
서울, 곰치 할멈과 벌인 노상 레슬링.
고야산高野山, 동양 여행, 이른 봄의 눈꽃에 지다.
산, 강, 숲, 도시, 여자, 승려, 동물, 음식, 송장.
극락, 지옥, 꽃, 도둑, 경찰, 그리마,
지렁이, 곤봉딱정벌레.
그 모든 것을 만났지만……,
그래도 인간이 가장 재미있다.

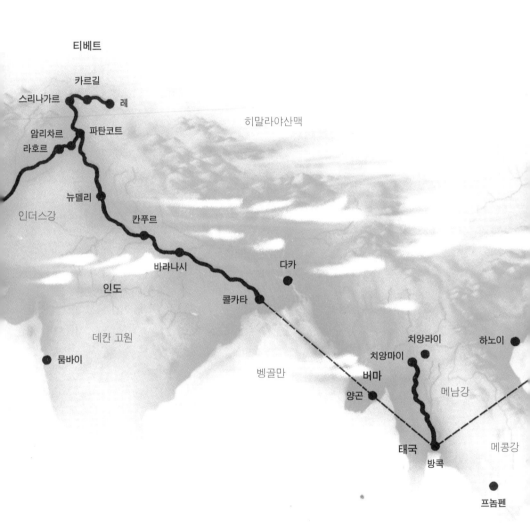

시장이 있으면⋯⋯, 국가는 필요 없다
— 서울의 시장에서

7장

심산

/ 티베트

이제 그만 떠나렵니다.

나는 말했다.

노승은 누운 채 내 얼굴을 보고 있었다.

순간, 나를 바라보는 노승의 눈빛을

사진에 담아야겠다고 생각했다.

그것은 노승과의 결별이기도 하고

경박한 내 신상에 대한

고백이기도 했다.

어느새 여행이 떠도는 풍수처럼 제멋대로 흘러가기 시작했다. 사실은 터키 이스탄불에서 시작해 수많은 도시의 인간 진창 속에서 허우적거리고, 인도 콜카타에 도착해 질리도록 악취를 맡고, 이제 슬슬 동남아시아로 떠나려는 단계에서 나는 갑자기 심호흡을 하고 싶어졌다. 변덕스럽게도 불현듯 속기를 벗어나고 싶어진 것이다. 그래서 나는 히말라야에 오르기로 했다.

그런데 히말라야 산속의 절이라고 하면 너무 막연하므로 도대체 그 절이 히말라야의 어디에 있고 왜 내가 그 절에 가려고 하는지 이유부터 설명하겠다.

히말라야는 설경이 멋진 풍류 넘치는 곳이 아니라 실제로는 황량하고 메마른 광물 세계라고 이해하는 편이 좋다. 말하자면 천상을 향해 솟아오른 사막이다. 그 거대한 광물 산맥이 인도 아대륙 북쪽에 동서로 2,000킬로미터에 걸쳐 뻗어 있다. 내가 가려는 산사는 그 산맥의 서쪽 끝에 있다.

라다크라고 불리는 이 산악 지방은 6년 전 외국인에게 개방된 이래 다양한 형태로 정보가 전해지고 있다. 이 고지대는 히말라야 뒤편 티베트 쪽에 있다. 실질적으로 티베트 고원 서쪽 끝에 위치해 인종과 문화는 티베트에 속하지만 지도상으로는 인도령이다. 요컨대 중국령 티베트와 인도령 티베트의 국경 지대라고 보면 된다.

이 땅이 국경 지대라는 것은 이번 여행에서 중요한 의미를 갖는다. 은둔의 땅의 보존에 관한 내 나름의 경험과 해석에서 보면, 세 나라의 국경이 겹치는 태국의 골든트라이앵글처럼 국경 지대는 자칫 아나키한 장소가 되기 쉽다.

현재 이 히말라야의 국경 지대는 북방에서 밀려드는 공산주의 문명

해발 4,000미터
천국에 가까운 라다크 고지

의 파도 앞에서 종의 보존을 위협받고 있다. 마찬가지로 남방에서 밀려드는 자본주의 문명의 파도 앞에서 또 다른 형태로 종의 보존을 위협받고 있다. 그리고 양쪽 문명이 서로 견제하느라 쉽게 손을 뻗치지 못하고 남아 있는 이 히말라야 국경 지대야말로 티베트 민족의 순혈이 보존되고 있는 마지막 준봉이다.

나는 5년 전에 라다크 지역에 들어가서 석 달 정도 머문 적이 있다. 다행스럽게도 중국과 인도의 국경 분쟁 덕분에 인도 북부의 스리나가르에서 라다크 지방까지 난관難關 절벽을 휘감아 도는, 실로 만만치 않은 군용도로가 깔려 있다. 험난한 길이지만 히말라야산맥을 자동차로 넘을 수 있는 전무후무한 유일한 길이고, 세계에서 가장 높은 곳을 통과하는 자동차 도로다.

아침 일찍 스리나가르를 출발해 히말라야 산속에서 하룻밤을 보내고 이튿날 꼬박 하루를 더 달려 라다크에 도착한다. 직선거리로는 400~500킬로미터에 불과하지만 히말라야 사막의 깎아지른 절벽과 계곡, 고갯마루를 누비며 조심조심 달려야 하기 때문에 이틀이 걸리는 것도 무리는 아니다. 더구나 이곳은 고지대여서 산소 분압이 낮고, 염분이 많은 바위땅이어서 식물이 거의 자라지 않는다. 자동차 엔진은 쉭쉭 바람 빠지는 소리를 내고, 승객은 승객대로 의식이 몽롱해져 운이 좋으면 더없이 기분이 좋고 경치가 천국처럼 보이지만, 반대로 운이 나쁘면 폐에 격렬한 통증을 느끼거나 두통과 현기증을 동시에 겪거나 구역질에 시달려 경치마저 지옥처럼 보인다.

**

하늘의 주거

—

이 고지에 들어서면 하늘의 영역 안에 있다는 느낌이 든다. 공기가 맑고 투명해서 하늘이 머리 위에서 덮쳐누르는 것 같다. 심해처럼 검푸른 하늘을 보고 있으면 높은 곳에 올랐을 때처럼 소름이 돋으면서 그 속으로 떨어지는 느낌이 든다. 백금색 햇빛이 바늘처럼 온몸을 찌른다. 손에 닿을 듯한 순백의 구름 덩이가 공중에 떠 있는 섬이나 혹성처럼 확실한 물량감을 갖고 천천히 움직인다. 지상에 드리워진 선명한 구름 그림자도 따라 움직인다.

지상에는 메마른 흙과 바위만이 끝없이 펼쳐진다. 그 메마른 흙과 바위의 평지가 멀리서 솟아올라 산이 된다. 다갈색과 진회색 단층을 드러내고 있는 산에도 초목의 흔적은 찾아볼 수 없다.

이 히말라야 사막의 고지에서 사람들은 그 메마른 민둥산이 겹쳐지는 골짜기에 모여 산다. 그곳에는 미미하나마 녹지가 있다. 겨울 동안 민둥산을 얇게 덮고 있던 눈이 봄이 되면 녹아서 흙 속으로 스며들어 계곡에 모인다. 그곳에 밭을 일구어 보리와 채소를 재배하고, 주변에 마을이 생겨난다. 마을 근처에는 어김없이 라마교 사원이 있다. 동네 절인 셈인데, 산비탈에 돌과 흙을 다져서 여러 층으로 승방을 짓는다. 벽면에 온통 회칠을 해서 얼핏 보면 요새 같기도 하다. 라다크 지방에는 그런 사원이 스무 곳 정도 있고, 사원마다 열 명에서 많게는 여든 명 정도의 스님이 살고 있다.

나는 5년 전에 순례라도 하듯이 그런 사원들을 찾아다녔다. 승려들

하늘, 구름, 바위산, 흙, 초목, 물, 집, 사람, 절

은 대처帶妻, 육식, 술, 담배를 일절 하지 않는다는 점에서 일본 승려들보다 훨씬 속세를 벗어나 있지만, 이곳에서 지내다 보면 본래 라다크 지역 자체가 속세와 거리가 멀기 때문에 그들이 대단한 계율을 지키면서 산다는 느낌이 들지 않는다. 그런 계율을 자연스럽게 여기고 나면 승려들의 생활이 온전히 보인다. 잘 관찰해보면 승려들은 상당한 속인이다. 라다크 지역의 사원들을 돌아다니는 동안 그에 대한 불만이 점점 커져갔다. 히말라야를 넘기 전 티베트 승려에 대한 기대가 너무 컸기 때문인지도 모른다.

＊＊

돌을 치다

—

어느 날 나는 레라는 도시에서 인텔리라고 할 수 있는 한 늙은 안과 의사에게 그 불만을 털어놓았다. 당연한 불만이라고 안과 의사는 말했다.

"동네 절의 스님들은 속세 근처에 살면서 매일 속인들을 만나니까 어쩔 수 없어요. 뭐, 속인들과 다른 점이라면 경을 욀 줄 안다는 정도겠죠. 어쩌면 속인들보다 더 호사스럽게 살지도 몰라요. 하지만 당신 같은 여행자가 갈 수 있는 절은 한정되어 있어요. 사실 라다크에도 당신이 가보고 싶어 하는 그런 속세를 벗어난 절이 한 군데 있긴 해요. 다른 절과는 전혀 다르죠. 깊은 산속에 외따로 있는데, 서른 명쯤 되는 스님이 살고 있는 모양이에요. 그분들은 지금도 400년 전의 티베트 승려들처럼 살고 있다고 해요."

안과 의사는 그렇게 말하고, 낡고 너덜너덜한 대형 지도를 가져왔다. 지도를 보고 나는 깜짝 놀랐다. 라다크 지방의 군용 지도였던 것이다. 라다크는 개방된 지 얼마 안 되는 데다 군사적으로 민감한 지역(일부 지역이지만)이기 때문에 인도 정부가 발행하는 특대 지도에도 상세한 내용이 실려 있지 않았다. 여행자들은 부득이 엉성한 바르톨로뮤 지도와 현지에서 발행하는 조잡한 활판 인쇄 지도를 대조해가며 현지에서 얻는 정보에 의지해 움직일 수밖에 없었다. 그렇다 보니 다들 상세한 지도가 아쉬운 형편이었다.

안과 의사가 가져온 군용 지도는 묘사는 어설프지만 실로 세세한 정보가 실려 있었다. 안과 의사는 지도를 촬영하면 안 된다고 다짐을 놓은 후, 의료용 회중전등을 가져와서 산사의 위치를 표시한 불탑 마크와 그 주변을 비추었다. 산사는 라다크의 중심인 레에서 동북쪽으로 100킬로미터쯤 떨어진 곳에 있다. 출입 금지 구역에 속한다. 안과 의사가 왜 이런 정보를 갖고 있느냐 하면, 이 지역 의사들은 대단히 궁벽한 곳까지 정기적으로 말을 타고 왕진을 가기 때문이다. 당연히 군인도 진료한다. 그가 군용 지도를 받은 것도 이상할 게 없다.

"라다크 지방에서 보기 드문 소승불교 계통의 사원이기 때문에 스님들은 속인들과 교류하며 불덕을 가르치기보다는 평생 속세와 인연을 끊고 수행 정진하는 데 힘씁니다. 그래서 이런 깊은 산속에 있는 거죠."

안과 의사는 그렇게 말하고 문득 생각난 듯 덧붙였다.

"5~6년 전에 산사 근처의 외진 마을에 왕진을 갔어요. 그 절에 아들을 맡겼다는 한 마을 남자를 만났는데, 재미있는 얘기를 하더군

바위산 골짜기에만 초목이 자란다
순무 잎을 뜯는 스님들

요. 그곳 스님들은 큰 소리 내는 걸 천하게 여긴답니다. 멀리 있는 스님에게 할 말이 있으면 발치에서 단단한 돌을 두 개 주워 들고 맞부딪쳐서 알린다고 해요. 그러고는 서로 다가가서 이야기를 나누는 거죠. 다가갈 때도 뛰거나 하지 않아요. 뛰는 것도 달가워하지 않는 모양이에요. 레도 꽤나 느긋한 동네지만 그 정도는 아닌데. 아무튼 느긋하기 짝이 없는 얘기죠."

나는 애석하다고 안과 의사에게 말했다. 여행을 대충 마무리하고 하계로 내려가기 이틀 전에 그 이야기를 들었던 것이다. 10월이면 눈 때문에 산악 도로가 막혀서 돌아갈 수 없다. 나는 정말로 운이 나쁘다고 푸념을 늘어놓았다. 그러자 안과 의사가 이상한 얘기를 했다.
"상심하지 마세요. 이렇게 된 것도 다 억세게 운이 좋아서 그런 거니까."
나는 지금도 가끔 그 안과 의사의 말을 곱씹어보는데, 여전히 그 수수께끼 같은 말의 의미를 모르겠다.

**

계곡의 문

—

나는 지금 덜컹거리는 트럭 짐칸에서, 5년 전 그 안과 의사가 오늘을 내다보고 그런 수수께끼 같은 얘기를 하지 않았을까 생각하고 있다. 이렇게 다시 이 땅을 밟을 기회를 얻어 저 '잔돌의 전설'이 전해지는 산사를 향해 가고 있으니 말이다.

그렇다면 역시 운이 좋다고 보아야 한다. 티베트에는 천상의 신이 천칭을 들고 인간의 운을 저울질한다는 미신이 전해진다. 천칭의 양쪽 접시에는 '행운'과 '불운'이 얹히는데, 불운이 쌓여서 무거워지면 균형을 맞추기 위해 천상의 신이 행운의 접시에 추를 올려놓는다고 한다. 그 반대의 경우도 있다. 어쩌면 이것은 미신이 아니라 인간의 행동 원리를 자세히 관찰해서 얻은 명제일지도 모른다.

하늘을 본다.

천칭을 든 투명한 신이 있다. 행운의 접시에 지금 쿵 하고 추를 올려놓은 것이리라. 그렇게 생각하고 싶다…….

거대한 하늘이다. 무시무시하도록 투명한 감청색 하늘이 머리 위에 있다. 이렇게 투명한 하늘을 보는 행복도 불행의 또 다른 얼굴일까. 문득 그런 생각이 든다. 앞으로 하계에 내려가면 어디에서 그 어떤 아름다운 하늘을 보더라도 평생 내 눈에는 탁하고 불완전한 하늘로 보일 수밖에 없을 것이다.

트럭은 도중에 차도를 벗어나서 길 없는 자갈과 모래 평지를 달린다. 고도계의 바늘이 3,400미터에서 4,000미터 사이를 오락가락한다. 그 중간인 3,700미터쯤 된다고 치기로 했다. 트럭은 길 없는 평지를 북동쪽으로 달리고 있다. 적갈색 광물의 세계다. 트럭 꽁무니에서 세차게 일던 황백색 흙먼지가 바퀴 자국을 따라 조용히 가라앉는다. 세상은 차갑게 느껴질 만큼 깨끗하다. 사암이 굴러다니는 단조로운 평지와 저 멀리 평지 색깔과 똑같은 산악. 적갈색 지표와 대치하는 새파란 하늘. 그것이 세계의 전부다.

도중에 작은 마을이 나타났다.

사람과 당나귀가 함께 탈곡을 한다

짐칸에서 전차(홍차나 녹차 부스러기를 쪄서 압착한 하등품 차)를 담은 큰 마대가 내려지고, 대신 기름때에 찌들어 온몸이 우엉 색깔로 번들거리는 덩치 큰 남자가 올라탔다. 남자가 내 얼굴을 보더니 혀를 내밀었다(이 지역에서는 경애의 표시로 혀를 내민다). 나도 혀를 내밀었다. 내심 마음이 놓였다. 이 작은 마을을 경계로 북쪽은 출입 금지 구역이기 때문이다. 이제 나는 불법 침입자 신세가 되었다. 하지만 실감이 나지 않는다. 태고의 모습을 그대로 간직한 히말라야 대지에서 불법 침입이라는 말 자체가 공허하다. 불법 침입자라고 뻐기는 것도 웃긴 일이고 죄의식을 갖는 것도 웃긴 일이다.

묘지 같은 작은 마을을 두 곳 더 지나갔다. 두 번째 마을에서 20킬로미터 정도 더 달려 오후 4시쯤 되었을 때 트럭은 아무 특별할 것 없는 민둥산과 평지 사이에서 멈추어 섰다. 인가도 사람도 보이지 않는다. 트럭이 고장이라도 난 줄 알았는데, 운전사가 내리더니 나에게 내리라는 몸짓을 했다. 짐칸에 함께 타고 있던 네 명의 티베트인이 내 얼굴을 빤히 쳐다보고 있었다.

"당신이 가려는 절은 이 계곡으로 들어가야 해."

운전사가 퉁명스럽게 말하고 산 쪽을 가리켰다. 하늘을 찌르며 솟아오른 거무스름한 암벽에 도끼로 내리찍은 것처럼 거대한 계곡이 뻐끔히 입을 벌리고 있다. 남북으로 뻗은 산들을 둘러보니 비슷하게 생긴 계곡이 무수히 많았다.

"정말로 여기로 들어가는 겁니까? 확실해요?"

나도 모르게 의심하는 말투가 튀어나왔다.

남자는 이미 운전석에 돌아가 앉아 있었다.

엔진 소리가 세차게 울리고 차체가 고철처럼 덜컹거렸다.

"정말로 여기예요?"

나는 고함치듯 물었다.

남자가 운전석 창밖으로 고개를 내밀고 턱짓을 하더니, "저걸 봐!" 하고 말하며 계곡 한편의 암벽을 가리켰다. 암벽 중턱에 바위가 깎여나간 널찍한 평면이 있었다. 운전사의 말을 듣고 비로소 바위 면에 새겨진 다 지워져가는 티베트 글자들이 눈에 들어왔다.

"뭐라고 적혀 있어요? 절 이름이에요?"

나는 큰 소리로 물었다.

"주문이야! 마귀를 쫓는 주문!"

운전사는 그렇게 말하고 한 손을 들어 보였다.

트럭이 움직이기 시작한다. 흙먼지가 날아오른다.

"뭐라고 적혀 있냐고요!"

나는 목청껏 외쳤다. 흙먼지 너머에서, 엔진 소리에 묻혀 알아듣기 힘든 운전사의 목소리가 들려왔다.

"악마, 악마는 이 계곡 입구에서 돌아가라, 그렇게 적혀 있어!"

트럭이 20미터쯤 가다가 멈추어 섰다. 운전사가 창밖으로 고개를 내밀고 뭔가 생각난 듯 큰 소리로 외쳤다.

"계곡을 따라 걸어가. 길이 아니야. 길이 나와도 그쪽으로 가면 안 돼, 알겠지?"

'알겠지?'라는 말이 광물의 산과 계곡에 메아리치면서 멀어졌다. 다시 요란한 엔진 소리가 들려왔다.

나는 "왜 그런데요?" 하고 두 번 크게 소리쳤다. 흙먼지가 역광을 받아 황금색으로 빛나면서 멀어져간다.

그리고…… 정적이 찾아왔다.

산양의 악의

—

정적 속에서 거대한 계곡의 입구를 보았다.

빼끔히 입을 벌린 계곡 안쪽으로 어둠의 기운이 감돌았다. 이 계곡 깊은 곳에 서른 명의 은둔승이 살고 있다니 상상이 가지 않았다. 사람의 흔적을 찾아볼 수 없었다. 그런 곳이기에 더더욱 은둔승들이 살고 있을 거라고 스스로를 타일렀다.

계곡으로 들어가서 걷기 시작했다. 길이라고 할 수 없는 길이었다. 계곡 사이로 15~16미터쯤 들어가자 갑자기 공기가 달라졌다. 소름이 돋았다. 고개를 돌리자 계곡 저편에 녹슨 쇠붙이처럼 붉게 빛나는 고원이 보였다. 아득히 먼 별세계 같다.

산사까지 계곡을 따라서 13킬로미터 정도 올라가야 한다. 그리 먼 거리는 아니지만 산소가 희박하기 때문에 열 시간은 예상해야 한다. 날이 어두워지고 있었지만 오늘 안에 두세 시간은 걸어둘 작정이었다. 다행히 계곡만 따라가면 되기 때문에 길을 잃을 걱정은 없었다. 계곡은 평지보다 어둠이 빨리 찾아온다.

세 시간쯤 걸었을 때 암벽 아래 우묵하게 팬 곳이 나타났다. 오늘 밤은 그곳에서 쉬어 가기로 했다. 누워서 바라보니 갈라진 계곡 틈으로 푸른빛을 머금은 하늘이 보였다.

그런데 암벽 아래에 누운 직후에 전율과 익살이 뒤섞인 작은 사건이 일어났다. 계곡의 정적을 깨고 난데없이 주먹만 한 돌 서너 개와 잔돌들이 내가 누운 자리 바로 옆으로 후드득 떨어진 것이다. 처음에는 산사태인 줄 알았다. 그러나 산사태치고는 규모가 너무 작고 누운 자리 옆에만 돌이 떨어진다는 것도 이상했다. 자리에서 일어나 암벽을 올려다보았다. 수직으로 깎아지른 50미터쯤 되는 암벽 꼭대기에 움직이는 작은 물체들이 보였다.

실루엣만 보고도 뭔지 금방 알 수 있었다.

산양의 머리다. 암벽 가장자리에서 커다란 야생 산양 머리 세 개가 튀어나와 이쪽을 보고 있다. 20~30초쯤 서로 빤히 쳐다보았을 것이다. 산양들이 다시 행동을 개시했다. 그중 한 마리가 앞발로 잔돌을 차서 떨어뜨린 것이다. 잔돌 소리가 계곡에 울려 퍼졌다. 한 호흡 두고 2미터쯤 떨어진 곳에 돌들이 후드득후드득 떨어지며 마구 튀어 올랐다. 나는 신변의 위험을 느끼고 암벽 쪽으로 바싹 붙었다. 산양은 싫증을 잘 내는 동물인지 그 후로 아무 일도 일어나지 않았다. 침낭 속으로 기어들어가 산양들의 기이한 행동을 어떻게 해석하면 좋을지 머리를 굴렸다. 어쩌면 산양들이 계곡 바닥에 누워 있는 정체 모를 동물을 발견하고 정탐을 나왔던 건지도 모른다.

새벽 6시경에 일어나서 네 시간을 걸었다. 가도 가도 메마른 계곡만 이어지자 슬며시 불안해졌다. 그때 갑자기 전방에 길이 나타났다. 계곡이 둘로 갈라지고, 오른쪽 산비탈에서 선을 그리며 내려온 가느다란 길이 오른쪽 계곡으로 이어졌다. 사막에서 오아시스를 만난 심정으로 그 길을 따라갔다.

10분쯤 걷다가 길이 나와도 그쪽으로 가지 말라던 트럭 운전사의 말이 퍼뜩 떠올랐다. 그러나 길의 유혹을 뿌리치지 못하고 머뭇거리면서 계속 그 길을 따라갔다. 그러다가 길에 떨어진 산양의 똥을 발견했다. 나는 어젯밤의 산양을 떠올렸다.

아차 싶었다. 이것은 사람의 길이 아니다. 산양의 길이다. 짐승의 길이다. 나는 계곡이 둘로 갈라지는 지점으로 돌아가서 길이 없는 왼쪽 계곡을 따라 다시 걷기 시작했다. 두 시간쯤 걸었을 때 개울물 소리가 들렸다. 이번에는 내려가는 방향으로 계곡이 둘로 갈라지고, 계곡 위쪽에서 흘러내려온 작은 개울이 새로 나타난 계곡으로 흘러가고 있었다. 나는 물길의 방향을 보고 그쪽으로 가면 산사가 나오리라고 확신했다.

개울물이 느리게 흐르는 평지에서 잠시 쉬기로 했다.

나는 투명한 물을 보고 야릇한 감동을 느꼈다. 투명한 고지의 햇빛 속에서 물은 더없이 청정해 보였다. 어디선가 그 물을 마시고 있을 청정한 승려들을 상상하고서 감동했는지도 모른다. 바위 뒤에 납빛 물거품이 떠 있는 것을 발견하고 몹시 실망했기 때문이다. 그 끈끈한 거품이 번뇌의 파편처럼 보였다. 그러나 승려도 사람이라고 생각을 돌이켰다. 제아무리 청초한 인간이라도 살아 있는 한 탁하고 끈끈한 배설물을 내놓을 수밖에 없다. 불가능하고 비현실적인 것을 바라는 성급함을 스스로 나무라며 다시 계곡을 올라갔다.

* *

음속의 돌

—

두 시간쯤 걷자 가파른 오르막으로 변했다. 좌우의 산자락들이 겹쳐지면서 계곡이 지그재그로 이어졌다. 숨이 차다. 세 번째 산자락을 돌아서 잠시 쉬려고 앉았을 때, 2미터 앞의 테이블처럼 생긴 평평한 바위 위에서 기묘한 것을 발견했다.

살구 씨다. 열한 개였다. 이 지역에서는 살구 씨를 먹는다. 나는 땅바닥에 떨어진 살구 씨 껍질을 보고 산사가 가까이 있다고 생각했다. 승려의 소행이 분명했기 때문이다.

누구나 살구 씨를 먹는다. 그러나 뒤에 오는 사람을 위해 살구 씨 몇 알을 남겨두고 떠나거나 하지는 않는다. 길고 무미건조한 보행 끝에 사람의 온기를 느끼는 순간이었다. 구원받은 기분이었다. 나는 돌로 살구 씨를 쪼갰다. 알맹이를 입에 넣고 깨물었다.

그런데 이게 웬일인가? 입 안 가득 쓰고 떫은 맛이 번지는 것이다. 혀가 얼얼했다. 곧바로 땅바닥에 뱉어버렸다. 영문도 모르고 당한 일이라 잠시 머릿속이 멍했다. 누가 부드럽게 머리를 쓰다듬어주다가 갑자기 머리통을 후려갈기는 느낌이었다. 한동안 그 자리에 앉아서 하늘만 바라보았다. 푸른 하늘 뒤에 악의가 감추어져 있는 것 같았다. 나는 자리에서 일어나서 씩씩거리며 계곡을 오르기 시작했다. 산자락 하나를 더 돌고 정면을 보았을 때 또다시 정신이 멍해져서 걸음을 멈추었다. 작은 샘이 있고 그곳에서 길이 뻗어 있었다. 길 끝의 산비탈에 부채꼴 형태로 펼쳐진, 거대하고 새하얀 빛 덩이가 시선을 사로잡았다.

산사다!

산사는 불시에, 그리고 홀연히 눈앞에 나타났다. 회색 산비탈에 세워진 새하얀 벽이 직사광선을 받으며 발광체처럼 눈부시게 빛났다. 여전히 입 안에 감도는 쓸쓸한 맛도 잊은 채 나는 그 부채꼴 형태의 빛을 보고 있었다.

한낮의 깊은 정적 속에서 내 거친 숨소리만 들렸다.

……사람이 보이지 않는다.

그 눈부신 광경을 보고 황홀해하면서도 마음 한편에서 가벼운 불안감이 고개를 들었다.

사람을 부르려다가 그만두었다.

산사의 위치를 알려준 지방 순회 의사의 말이 떠올랐던 것이다. '그곳 스님들은 큰 소리 내는 걸 천하게 여긴답니다. 멀리 있는 스님에게 할 말이 있으면 발치에서 단단한 돌을 두 개 주워 들고 맞부딪쳐서 알린다고 해요. 그러고는 서로 다가가서 이야기를 나누는 거죠. 다가갈 때도 뛰거나 하지 않아요. 뛰는 것도 달가워하지 않는 모양이에요.'

돌을 두 개 주워서 맞부딪쳤다. 광물의 계곡에 금속성 울림이 메아리쳤다. 정적 속에서 숨을 죽이고 산사를 응시했다.

풍경의 변화가 전혀 없다. 세 번 더 힘껏 돌을 부딪쳤다. 음속의 돌이 어지럽게 계곡을 날아다닌다.

암벽 위로 산양의 머리가 나타났을 때처럼 산사 중턱의 벽 위로 머리통 두 개가 불쑥 솟아올랐다. 거리가 멀어서 표정은 보이지 않는다. 머리통은 미동도 하지 않고 이쪽을 보고 있다. 10분쯤 그렇게 가만히 있었다. 그러는 동안 머리통은 네 개, 여섯 개, 여덟 개로 늘어났다. 그러나 여전히 아무 일도 일어나지 않았다.

나는 참다못해 손을 흔들었다. 아무런 반응 없이 다시 30분이 흘렀다. 그때 사원 아래쪽의 출입구 같은 곳에서 두 사람이 나타났다. 적갈색 망토 비슷한 것을 펄럭이며 두 사람이 지그재그로 산비탈을 내려온다. 다가올수록 키가 쑥쑥 줄어들더니 눈앞에 섰을 때는 머리가 내 가슴께밖에 오지 않는 천진난만한 두 명의 동자승이 되어 있었다. 거지 중처럼 얼굴에 땟국이 흐른다. 웃음을 건네자 불안하게 흔들리던 동자승들의 얼굴에 살짝 미소가 어린다. 동자승들은 이내 진지한 표정을 짓더니 돌아서서 산사를 향해 걸어갔다. 나는 동자승들의 뒤를 따랐다.

그날 이후 산을 내려갈 때까지 21일 동안 나는 산사에서 지냈다. 이곳은 라다크 지방에서 보기 드문 소승불교 계통의 절이다. 사람들에게 불법을 가르치는 일보다 승려 개인의 삼매에 치중하기 때문에 속인들과 교류하는 일은 거의 없다. 대부분의 승려는 이 심산의 절에서 일생을 마친다.

분명 외국인을 처음 보았을 텐데도 승려들은 내 존재에 별 관심을 두지 않았다.

그 무관심이 산사에 도착한 첫날 나를 불안에 빠뜨렸다.

나는 동자승의 안내를 받아 산사 중턱에 있는, 스물다섯 평쯤 되는 노대 옆 승방에 짐을 풀었다. 말이 승방이지, 기둥과 지붕에 널빤지만 둘러친 세 평쯤 되는 오두막이었다.

산사에 도착한 후 소금차 한 잔을 대접받았다. 너무 짜서 배 속이 아렸다. 차를 마시면서 바라보니 웅대한 풍경이 펼쳐지고 있었다. 투명한 천상의 빛 속에서 풀 한 포기 자라지 않는 광물의 산들이 멀리까지 첩첩이 이어지고 있었다. 내가 걸어 올라온 산비탈 길을 가로막는 산자락 뒤로 또 다른 산자락들이 끝없이 겹쳐진다. 마치 꽃잎으로 감싸인 연꽃 같다.

히말라야를 연꽃에 비유하는 이유를 알 것 같았다. 그 연꽃의 중심에 들어온 기분이었다. 이곳에서 평생을 보내는 것도 나쁘지 않겠다는 생각이 들었다.

그러나 그런 낭만적인 생각도 오래가지 않았다. 첫날부터 예상치 못한 고행을 겪어야 했기 때문이다. 오후 3시쯤 산사에 도착해서 차 한 잔을 얻어 마셨을 뿐인데 밤이 되어도 도무지 식사가 나올 기미가 없는 것이다.

이곳에 올 때 얼마간의 식량을 챙기긴 했지만 산사에 외부 물건을 들일 수 없다는 이야기를 들었던 터라 결계문結界門(불계와 속계를 나누는 문)밖의 돌 밑에 묻어두고 왔다.

그날 밤 나는 허기를 견디며 불안한 마음으로 거대한 어둠을 바라보고 있었다. 9시가 되고 10시가 되고 11시가 되었다. 아무런 기척이 없었다. 아무도 살지 않는 산속에 있는 느낌이었다. 이명이 들렸다. 계곡 쪽에서 참기 힘든 한기가 몰려왔다. 침낭에 기어들어가서 복잡한 심경으로 12시를 맞았다. 어쩔 수 없다고 체념한 순간 깊은 잠 속으로 빠져들었다.

* *

파파
—

이른 아침, 귓가에 들려오는 어떤 소리에 눈을 떴다. 마치 온 세상이 하늘 속에 있는 것처럼 푸른색으로 물들어 있었다. 속삭이는 듯한 염불 소리가 귓가를 스치고 지나갔다. 염불 소리와 함께 맨발로 땅을 밟는 소리가 자박자박 들려왔다.

염불을 외는 작은 목소리는 추위에 떨며 울먹이고 있었다.

한기 속에서 이가 덜덜 떨리는 소리도 들렸다. 그 목소리와 발소리는 내가 자고 있는 승방 옆 돌 회랑에서 들려왔다. 이 절의 승방들은 개별로 독립되어 있는데, 구불구불 뻗은 조잡한 돌 회랑이 승방들을 연결하고 있다. 떨리는 염불 소리가 열두어 번 귓가를 오락가락하더니 노대를 지나서 내 방 쪽으로 다가왔다. 염불 소리가 누워 있는 내 등 뒤에서 멈췄다. 사람의 숨소리가 들렸다. 나는 돌아누우며 그 모습을 보았다.

열 살도 채 안 된 맨발의 동자승이 서 있었다.

동자승의 뺨에 검은 눈물 자국이 있었다. 마치 여러 번 손으로 비벼서 검댕이 번진 낡은 팔레트 같았다. 동자승의 왼손에는 아이에겐 버거워 보이는 큰 놋쇠 들통과 국자가 들려 있고, 그 뚜껑 사이로 김이 모락모락 나고 있었다.

오른손에는 얼굴과 마찬가지로 검댕이 묻은 흐르르한 종이 몇 장이 쥐어져 있고, 거기에는 경문이 적혀 있었다. 동자승은 무표정하게 방 한쪽에 엎어놓은 목제 그릇을 가져와서 내 앞에 놓더니 들통 속의 김이 나는 액체를 부었다. 동자승은 뭐라고 짧게 경을 외웠다. '맛있게 드세요'라는 말로 이해했다.

나는 "고마워요" 하고는 동자승의 뒷모습을 보았다. 푸른 새벽 공기 속에서 동자승의 등이 왼쪽으로 심하게 기울어져 있었다.

아마도 그 어린 동자승은 동트기 전부터 일어나 살을 에는 추위 속에서 아침 공양을 짓고, 그것을 큰 들통에 담아서 승방을 돌며 나눠주고 있는 것이리라. 염불처럼 경을 웅얼거리는 것은 한 손에 쥐어져 있던 종이의 경전 구절을 외는 것이 그날의 숙제이기 때문인지도 모른다. 동자승의 검은 눈물 자국이 뇌리에서 떨쳐지지 않았다.

나는 목제 그릇에 든 것을 마셨다. 아무 맛도 느껴지지 않는 풀 냄새 나는 죽 비슷했다. 잘게 썬 순무와 무청이 들어 있고 쌀겨를 풀었는지 국물이 약간 걸쭉했다. 어젯밤보다, 잠들었던 시간만큼 허기가 더 심했음에도 혀와 목구멍은 그 불쾌한 맛을 받아들이지 않았다. 건더기만 겨우 건져 먹었다. 아침밥은 그것이 전부였다. 계곡 동쪽에서 떠오른 해가 중천에 이를 때까지 나는 공복 상태로 방 안에 앉아 있었다.

11시가 되자 계곡에 돌 소리가 울려 퍼졌다. 그 소리는 일정한 리듬으로 반복되었다. 그것을 신호로 돌 회랑을 따라 독경 소리가 꿈틀거렸다. 그 소리는 한 방향으로 움직이고 있었다. 노대의 널빤지 문이 열리고 아침의 동자승이 고개를 내밀더니 손짓을 했다. 동자승을 따라서 열 평쯤 되는 움막 같은 방으로 들어갔다. 방 양쪽에 각각 열두어 명의 승려가 앉아 있고, 정면에는 높은 방석만 놓여 있었다.

나는 말석에 앉았다. 잠시 후 널빤지 문이 열리고 처음 보는 동자승이 거름통 비슷하게 생긴 통을 짊어지고 들어왔다. 통에서 김이 나고 있었다. 좋지 않은 예감이 들었다. 통 속의 내용물이 상석부터 차례로 승려들 앞에 놓였다.

그것은 멀리서 보면 갓 구운 프랑스빵처럼 보이고 가까이서 보면 콩고물을 묻힌 커다란 떡처럼 보였다. 그러나 눈앞에 놓이자 흙덩이로밖에 보이지 않았다. 나는 그것을 음식이라고 생각하지 않았다. 흙덩이 옆에 초록색 국물이 든 작은 그릇이 놓였다. 그것은 색깔도 냄새도 새 모이와 똑같았다.

배식이 끝나자 독경이 시작되었다. 모두 편한 자세로 앉아서 콧노래를 부르듯 경을 외기 시작했다. 흙덩이에서 피어오르던 김이 점차 짧아지다가 이윽고 사라졌을 때 독경이 끝났다.

승려들은 일제히 흙덩이로 손을 뻗었다. 그리고 조금 뜯어서 양손으로 비비더니 차례차례 방 한가운데로 던졌다. 나는 그 모습을 보고 몹시 안심했다.

……역시 이것은 음식이 아니라 식사 전에 손을 닦는, 이를테면 물수건 같은 것이다. 그렇게 생각하고 나도 그 흙덩이를 뜯어서 손바닥으로 비비고 바닥에 던졌다. 특이한 풍습에 동참했다는 뿌듯함을 느꼈다.

옆에서 쩝쩝거리는 소리가 났다. 고개를 돌리자 기름때로 번들거리는 승려의 옆얼굴이 눈앞에 있고 뺨이 불룩했다. 여기저기서 쩝쩝거리는 소리가 들렸다. 나는 무참한 광경을 보았다. 승려들이 조금 전까지 김이 나던 그 흙덩이 비슷한 것을 손으로 떼어 입에 넣고 있었다. 이따금 그것을 새 모이에 찍어서 입에 넣기도 했다.

그것은 내 간절한 바람에도 불구하고 역시나 음식이었다. 눈앞의 흙덩이 같은 것을 보니 식욕이 싹 달아났지만, 승려들의 입가와 관자놀이로 통하는 근육의 움직임을 보고 있으려니 갑자기 공복감이 파도처럼 밀려왔다.

한 입 먹었다. 아니, 입에 넣었다. 씹으면서 혀로 건드려보고 굴려보았다. '밥을 먹으면서 자살을 생각하는 사람은 없다.' 내 나이 열아홉 살에 생각해낸 유치한 명언(?)인데, 그날 밤 추운 방 안에서 '밥을 먹으면서 자살을 생각했다'라는, 늙은이의 고언苦言 같은 구절을 여권 비자 페이지 공란에 휘갈겨 썼다. 그 흙덩이 같은 것('파파'라고 한다)이 어떤 맛인지 별로 떠올리고 싶진 않지만 이해를 돕기 위해 설명해보겠다. 그것은 톱으로 목재를 켤 때 바닥에 소복이 쌓이는 톱밥을 사흘 정도 머릿기름(동백기름 같은 것)에 담가두었다가 화학조미료를 살짝 뿌리고 반죽해서 한 시간쯤 쪄낸 맛이라고 생각하면 된다.

한번 맛보고 싶은 사람은 이렇게 하면 된다. 채소를 절일 때 쓰는 쌀겨보다 등급이 낮은 보릿겨나, 말여물을 만들 때 짚에 섞는 밀기울을 그냥 물로 반죽해서 쪄내면 완성이다. 만약 그 녹색 소스도 만들어보고 싶다면, 채소 가게에 가서 내버리는 순무 잎을 주워다가 강판에 갈아서 물을 더하기만 하면 된다.

**

야식 충수蟲獸
—

'밥을 먹으면서 자살을 생각했다'라고 농담을 휘갈겨 쓴 날 밤, 나는 공복과 산소 결핍으로 인한 현기증에 시달렸다. 내 앞의 거대한 어둠이 옅어지면서 낮에 보았던 산악 풍경이 눈앞에 펼쳐지는 듯한 착각이 들었다.

나는 그 풍경 속에서 크래커 세 봉지와 삶은 달걀 네 개와 육포 300그램과 시든 오렌지 세 개의 환영을 보고 있었다. 그것은 환영이 아니라 결계문 밖 2미터 지점의 돌 밑에 실제로 묻혀 있다. 그러니까 이 불계에서 속계를 향해 단 네 걸음만 내디디면 된다. 7시, 8시, 9시

티베트 고지에는 범어를 새긴 자연석이 도처에 널려 있다

까지 기다려도 저녁 식사를 하라는 기별은 없고, 정적만 깊어가는 산사에서 10시, 11시가 지났을 때 나는 그 거대한 어둠을 거지처럼 애처로운 얼굴로 바라보고 있었다. 그리고 12시가 지나고 1시가 지나고 2시가 지났을 때 거지의 얼굴 그대로 잠들었다. 이튿날 밤, 나는 노랗게 질린 아귀 같은 얼굴로 어둠을 응시하다가 잠들었고, 나흘째 밤에는 붉은 도깨비 같은 얼굴로 어둠을 노려보다가 잠들었고, 닷새째 밤에는 창백한 악마 같은 얼굴로 잠들었다.

나는 엿새째 날 경험한 혀의 혁명을 아직도 잊지 못한다. 생명력의 신비에 지금도 놀라고 있다. 그날 나는 저 커다란 흙덩이 같은 것을 남김없이 먹어치웠다. 갑자기 맛이 느껴지고 맛있게 느껴졌던 것이다. 그러자 지금까지 나에게 관심을 보이지 않던 승려들이 빙그레 웃었다. 그 모습을 보고 내심 가슴이 철렁했다.

그날 밤, 내 어두운 배 속에 한 줄기 빛이 비쳐들듯이 어두운 밤하늘에 초승달이 떴다.

고지대의 달은 잘 벼린 칼처럼 선연히 빛나고 있었다. 캄캄한 계곡에 푸른 달빛이 비치면서 밤의 산악이 모습을 드러냈다. 계곡 아래쪽에 어렴풋이 결계문이 보였다. 그 결계문 밖의 음식들이 먼 환영처럼 느껴졌다. 저녁밥을 거르는 것에 대한 분노와 조바심 같은 감정이 옅어졌다. 제정신이 든 기분이었다. 그곳에 밤의 산악을 아름답다고 느끼는 내가 있었다.

그때 문득 의문 하나가 고개를 들었다. 이 절에서는 왜 저녁밥을 먹지 않을까 하는 의문이었다.

이튿날 점심 공양을 들고 나서 나는 한 노승에게 그 이유를 물어보았

산사다! 산사는 불시에 그리고 홀연히 눈앞에 나타났다

다. 노승은 이렇게 답했다. "400년 전부터 이 절에서는 태양이 중천을 지나면 밤이 되었다고 여기지. 그리고 예로부터 밤에는 음식을 먹지 않는 게 규칙이야." 왜 밤에는 음식을 먹지 않느냐고 물어도 규칙이라고만 대답할 뿐 아무도 납득할 만한 대답을 해주지 않았다. 그때는 그냥 대수롭지 않게 넘겼는데 이 주일 후 한밤중에 그 의문에 대해 생각해볼 기회가 찾아왔다.

이곳에 와서 일주일 동안 정적이 너무 깊어서 밤마다 이명에 시달려야 했다. 그러다가 음식을 먹을 수 있게 된 다음 날 이명이 사라졌다. 그날 밤부터 등잔불 타는 소리까지 들릴 만큼 귀가 예민해졌다. 어느 날 밤 나는 잠결에 기이한 소리를 듣고 눈을 떴다.

바사삭바사삭 뭔가를 긁는 것 같은 소리가 벽 쪽에서 들렸다. 나는 등잔에 불을 붙여 가까이 가져갔다. 주변을 살펴보니 그 소리는 밥을 먹으면서 자살을 생각했다고 적었던 여권 안에서 나는 것 같았다. 여권을 집어 들었다. 그러자 생전 처음 보는 작은 벌레 두 마리가 여권 갈피에서 툭 떨어지더니 허둥대며 달아났다. 연갈색이 도는 회색 벌레였는데 다리가 스무 개, 서른 개는 되는 것 같았다. 태고의 바다 그림에 나오는 하등한 다족류 벌레처럼 생겼다.

그 벌레를 본 순간 나는 어떤 그림을 떠올렸다. 라다크 지방의 한 사원에서 보았던 17세기 지옥도. 그 그림에 이 벌레와 똑같은 벌레가 그려져 있었던 것이다.

처음에는 그 옛날 지옥도에 나오는 벌레를 직접 보았다는 사실에 적잖이 감동했다. 듣던 대로 이 절은 여전히 17세기에 머물러 있고 나도 지금 17세기를 살고 있다는 생각이 들었다. 기분 좋게 잠을 청하는데 별안간 머릿속에 떠오르는 것이 있었다. 『법화경』의 한 구절이었다.

도마뱀, 뱀, 살무사, 전갈, 지네, 그리마, 도롱뇽, 딱정벌레, 족제비 같은 온갖 악충들이 제멋대로 뛰어다니고, 똥오줌 냄새 나는 곳에는 오물이 흘러넘치고, 그 위에는 구더기가 들끓고, 여우와 승냥이가 송장을 짓밟고 물어뜯어 뼈와 살이 흩어지고……

평소에 불경을 잘 읽지 않지만 몇 년 전에 '하등동물도감'이라는 책을 만들려고 준비할 때 누가 알려주어서 『법화경』의 일부를 읽게 되었다.

그 밤에 문득 이 구절이 떠오르면서 어떤 사실을 깨달았다. 하등동물은 야행성 동물이 압도적으로 많다는 것이다. 나는 그런 사실과 이 절의 식사 규칙을 연관 지어 생각해보았다.

그날 밤 저 이상야릇한 벌레 소리에 잠을 깨는 바람에 하나의 해답을 얻었다. 즉 야행성 동물은 당연히 야식을 하고, 야식 동물은 하등하고 천박하고 부정하기 때문에 신성한 승려들은 야행성 동물처럼 야식을 해서는 안 된다는 것이다. 그냥 내 생각이 그렇다는 말이다.

일본에도 옛날에는 '비시계식非時戒食'이라고 해서 정오 이후에는 음식을 입에 대지 않는 풍습이 있었다고 들었다.

훈계의 산봉우리

—

이 주일쯤 지나서 저 파파라는 괴상한 음식도 어려움 없이 삼킬 수 있게 된 어느 날, 나는 하루하루가 천체의 운행처럼 똑같이 반복되는 산사의 일상에 작은 이변이 일어난 것을 알아차렸다.

이 절에는 다섯 명의 동자승이 있는데, 요 며칠 한 동자의 얼굴이 보이지 않는 것이다. 다와라는 소년인데, 열서너 살쯤 될 것이다. 그는 매일 산사에서 2킬로미터쯤 내려가야 하는 밭에서 순무 잎을 뜯어오고, 부엌일을 하고, 하루에 두 번 샘에서 물을 길어오는 일을 했다.

이 고지에서 물 긷기는 고된 노동이다. 나도 밥만 축내기 미안해서 물 긷는 일을 몇 번 도왔다. 고지에 익숙한 다와가 물을 세 번 길어오는 동안 나는 겨우 한 번 물을 길어왔다. 나는 다와가 물을 길어오는 모습을 노대에서 내려다보곤 했는데, 요 며칠 동안 다른 동자승들은 보였지만 그의 모습은 보이지 않았다.

"요 며칠 다와가 보이지 않는데 집에 다니러 갔습니까?"
나는 경문을 잘 쓰는 예순 살쯤 된 승려에게 물어보았다.
"달아났어."
노승이 대답했다.
"다와가 달아났다고요?"
"그래. 다와는 이 절에서 도망쳤어."
"왜요?"

내가 기거하던 승방의 노대에서 바라본 산악
소리가 없는 세계다

식료품과 연료는 3킬로미터 떨어진 산 아래에서 짊어지고 온다

"이유 같은 건 없어. 그냥 도망친 거야. 속계가 그리웠거나 산이 싫어졌거나 둘 중 하나겠지."

노승은 그다지 화난 기색이 아니었다. 웃지도 않고 화내지도 않고 그저 담담한 어조로 그렇게 말했다.

나는 쫓아가서 붙잡아 와야 하는 것 아니냐고, 멍청한 질문을 했다.

"이 산은 들어오는 것도 나가는 것도 자유야. 들어오는 사람을 막지도 않고 나가는 사람을 붙잡지도 않아. 하지만 다와는 그걸 나쁘다고 생각했던 거지. 산길이 잘 보이는 보름달 밤에 짐을 챙겨서 달아났어. 대낮에 떠나겠다고 해도 아무도 막지 않았을 텐데……."

"그렇군요……. 도망쳤군요. 속세가 이곳보다 훨씬 나은 것도 아닌데……."

나는 노승을 보며 다시 물었다.

"혹시 돌아오진 않을까요? 도시 생활이 잘 안 맞거나 생각을 고쳐먹거나 해서……."

"……그런 일은 없어."

먼 산을 바라보며 노승이 단호하게 말했다.

"한번 속인이 되면 다시는 중이 될 수 없어. 이건 규칙이야. 다와는 이제 산으로 돌아올 수 없어. 돌아온다고 해도 저 문을 들어서는 건 허용되지 않아."

노승이 손가락으로 가리킨 곳에는 내가 크래커를 묻어둔 결계문이 있었다.

"그럼 도망친다는 건 평생 승려가 되기를 포기한다는 건가요?"

"그래. 평생 포기하는 거지……."

"그렇군요……."

그렇게 중얼거리며 나는 산 쪽으로 눈길을 돌렸다.

멀리 광물의 산들이 첩첩으로 솟아 있었다.

서쪽으로 기울기 시작한 태양 밑에서 산들이 검게 빛나고 있었다.

그 광물 산계의 가장 가까운 산비탈에 다와가 도망친 가느다란 길이 구불구불 뻗어 내려가다가 산자락을 돌면서 사라졌다.

한때 겹겹이 싸인 연꽃잎처럼 보이던 그 산들이 갑자기 눈앞에서 거대한 벽처럼 보였다.

나는 그 산들을 바라보면서 달밤에 다와가 타박타박 산길을 내려가는 모습을 상상하고 있었다.

그것은 어딘지 모르게 슬프면서도 더없이 우스꽝스러운 모습이었다.

나도 모르게 웃음이 났다. 그때 문득 야반도주하는 상상 속 다와의 모습에서 이상한 점을 발견했다.

다와가 얼마 안 되는 짐과 함께 널빤지로 철한 경전을 등에 짊어지고 있었던 것이다.

나는 또다시 멍청한 질문을 했다.

"다와는 자신의 경전을 갖고 갔나요?"

"중노릇을 그만두는 판에 경전이 뭐 필요 있겠어? 다와는 자기 방을 말끔히 치우고 경전도 제자리에 두고 갔어. ……한데 3년 전에 달아난 툰덴이라는 자는 별나게도 자기 경전은 물론이고 본당 경전까지 한 권 챙겨서 달아났어. 속세에 내다팔려고 챙겼는지도 모르지."

**

미혹의 독경

—

노승의 입에서 두 번째 도주승의 이름을 듣고 나는 조금 놀랐다. 산
사에서 도망치는 승려가 많으리라는 생각을 못 했기 때문이다. 나는
다시 물었다.

"달아난 사람이 더 있었군요. 그런데 스님께서는 이 절에서 40년 가
까이 사셨는데, 그동안 달아난 스님들의 얼굴을 기억하세요?"

노승은 눈을 감았다. 조금 있다가 왼손에 쥔 염주를 돌리면서 뭐라고
중얼거리기 시작했다. 처음에는 경을 외는 줄 알았는데 가만 보니 사
람의 이름을 웅얼거리고 있었다. 그리고 도주승의 이름을 기억해낼
때마다 염주 알을 하나씩 돌렸다.

노승은 무서울 만큼 기억력이 좋았다.

과거 40년 동안 이 절에서 도망친 승려의 이름을 모조리 외우고 있
었다.

그것은 사람의 이름을 빌린 훈계의 독경처럼 들렸다.

도주승의 이름은 물론이고 나이까지 정확히 기억하고 있었다. 어쩌
면 이 무시무시하도록 단조로운 산속 생활에서 별로 놀라운 일도 아
닐 것이다.

노승은 내 눈앞에서 염주 알을 다시 헤아려보였다. 염주 알은 전부
서른여섯 개였다.

노승의 기억대로라면 과거 40년 동안 거의 그 햇수와 맞먹는 서른여
섯 명의 승려가 도망쳤다는 이야기다. 나는 그 서른여섯 명의 연령에

흥미를 느끼고 물어보았다.

그리고 놀랄 만한 결과를 듣게 되었다. 나는 이번에 다와의 도주사건을 목격했고 상식적으로 생각해도 소년승의 도주가 가장 많으리라고 짐작하고 있었다. 그런데 짐작과 달리 다와의 예는 지극히 드문 경우였던 것이다.

희한하게도 그 서른여섯 명 중 사십 대 초반이 스물네 명이고 나머지는 제각각이었다. 십 대는 다와를 포함해 지금까지 두 명밖에 없었다. 일흔세 살이 한 명 있었다.

사십 대 초반의 도주자가 압도적으로 많다는 사실이 유난히 마음에 걸렸다.

"왜 사십 대가 그렇게 많은 거죠?"

나는 물었다.

"자신의 한계를 깨닫는 시기거든. 부처님의 가르침에 얼마만큼 다가갈 수 있을지, 그 나이가 되면 스스로 깨닫게 돼. 그 한계를 뛰어넘는 자에게만 평안이 찾아오지. 미혹 없는 평안 말이야……."

……미혹?

은근히 찔리는 말이다.

나 같은 속인은 미혹투성이다. 그러나 깊은 산속 부처의 품속에서 수행에 평생을 바치는 승려에게도, 그 인생의 절반 이상을 살고도 미혹이라는 것이 있을까?

"스님이나 저희 같은 속인이나 미혹에 빠지기 쉬운 건 마찬가지라는 말씀인가요?"

"똑같아. 오히려 우리 같은 중들이 미혹에 더 빠지기 쉬운지도 몰라. 나도 그런 때가 있었어. 벽이 막아서는 거야. 마흔을 넘겼을 즈음, 앞

파파(보리개떡)와 순무 잎 간 것
오늘은 제일祭日이어서 딱딱한 빵과 시든 사과가 곁들여졌다
산사에서 가장 풍성한 식탁이다

천수관음

으로 어떻게 수행을 하고 부처님의 가르침에 얼마나 다가갈 수 있을지 훤히 보이더군. 무서운 일이지. 그때 마음속 깊이 묻어둔 해묵은 미혹들이 터져 나오지. 그건 고기도 여자도 도시도 사람도 모르고, 한 번도 속세를 경험하지 못하고 산속에서만 살아온 자신에 대한 미혹이야. 중으로서 자신의 한계를 깨닫는 순간 속세에 대한 미혹이 다시 머리를 드는 거지. 지금 달아나지 않으면 두 번 다시 기회가 없을 거라는 생각이 들어.

7년 전 어느 날, 역시 달밤이었어. 길이라는 마흔네 살 먹은 중이 한밤중에 갑자기 큰 소리로 불경을 외기 시작했어. 실로 우렁찬 목소리였지. 모두가 잠든 조용한 산중에 독경 소리가 메아리칠 정도였어. 한데 그 목소리에서 삿된 기운이 느껴졌어. 울고불고 아우성치는 독경이었지. 길은 그때 자신과 싸우고 있었던 거야. 나는 잠자리에서 그 소리를 들었지.

그때 이곳에는 마흔두 명의 중이 있었는데 다들 그 소리를 듣고 있었을 거야. 깜박 졸다가 다시 눈을 떴더니, 여전히 불경을 외고 있는데 힘이 쭉 빠진 목소리였어. 동자승이 아침밥을 가져갔을 때는 이미 떠나고 없었지⋯⋯."

태양은 서쪽으로 더 기울어 있었다. 산속에서는 오후 3시만 지나면 해가 서쪽 산봉우리 뒤로 넘어간다.

서쪽의 산 그림자가 산사를 향해 다가왔다.

어느새 절과 노승과 나는 그 푸른 그림자 속에 들어가 있었다. 해가 넘어가자 한기가 몰려왔다.

그때 정적 속에서 비밀스러운 소곤거림 같은 독경 소리가 승방 여기저기에서 들려왔다. 이 시각이 되면 승려들은 각자의 방에서 눈앞의 정적과 밀려드는 한기에 맞서듯 홀로 불경을 왼다. 순간 내 귀에는 그 독경獨經 소리가 여느 때와 다르게 들렸다.

노승이 천천히 일어났다.

그리고 노래처럼 경을 흥얼거리면서 자신의 암자로 돌아갔다…….

저 사람에게는 이제 미혹이라는 것이 없겠지, 그런 생각을 하면서 나는 노승의 뒷모습을 바라보았다.

늙은 승려의 적갈색 가사의 등에 사방 광물 세계의 적막한 기압이 밀려들고 있었다.

**

등 뒤의 빛
—

내가 산사를 떠난 것은 다와의 도주 사건이 있고 일주일쯤 후였다.

산사에 온 지 19일째 되던 날, 나는 원인 모를 극심한 설사병을 앓았다. 그리고 21일째 되던 날, 체력이 회복되기를 기다려 산사를 내려가기로 결심했다.

나는 노승의 방을 찾아갔다. 노승은 어둑한 승방에 누워 있었다.

"이제 그만 떠나렵니다."

노승은 누운 채 잠시 내 얼굴을 쳐다보았다. 나는 그때 나를 쳐다보는 노승의 얼굴을 사진에 담아야겠다고 생각했다. 노승의 눈동자에 내 모습이 비치는 것 같았다. 나는 피할 수도 물러설 수도 없는 그 순간의 내 모습을 사진으로 남겨야겠다고 생각했다.

저는 이다지도 경박한 인간입니다…….

저는 지금 당신을 배신하고 산을 내려가려 합니다…….

그런 상황에서 카메라를 든 것은, 나와 노승과 주변 모든 것의 인연에 반발하는 내 나름의 안간힘이기도 했다.

나는 그저 잠깐 쉬어가려는 가벼운 목적으로 이 산에 들어왔다. 그럼에도 어느새 압박감을 느끼고 있는 나 자신을 발견했다.

노승은 천천히 일어나 미소를 지었다.

갑자기 온몸의 힘이 스르르 풀리는 느낌이었다.

노승의 미소는 무섭도록 조용히 나를 허용하고 있었다. 나는 또 그 모습을 사진에 담았다. 그의 미소는 동요하지 않았다. 셔터를 누르면서 나는 노승에게 지고 있다고 생각했다.

동자승 셋의 배웅을 받으며 나는 산사의 비탈길을 내려왔다. 결계문을 지나서 한동안 걷다가 산모퉁이에서 산사를 돌아보았다.

햇빛 속에서 산사가 새하얗게 빛나고 있었다. 처음 왔을 때와 마찬가지로 사람의 기척이 느껴지지 않는 고요한 풍경이었다. 나는 그 눈부신 빛을 뇌리에 또렷이 새겼다. 연꽃잎처럼 겹쳐진 산자락들을 돌아서 계곡을 내려가기 시작하자 연꽃의 중심에서 점차 멀어지고 있다는 느낌이 들었다.

산사를 나서서 20분쯤 걸어 내려갔을 때였다. 돌이 무너져 내린 전방의 비탈에서 돌 색깔과 비슷한 다갈색 물체가 움직이는 것을 발견했다. 산새의 새끼들이었다.

새끼 새들이 돌 사이를 빠져나가 산 쪽으로 보르르 달아났다. 보드라운 솜털이 햇살에 하늘거렸다.

갑자기 입 안에 생침이 고였다. 내 혀는 그것을 원하고 있었다. 동시에 내 하복부가 그 새끼 새들을 보고 발기하기 시작했다.

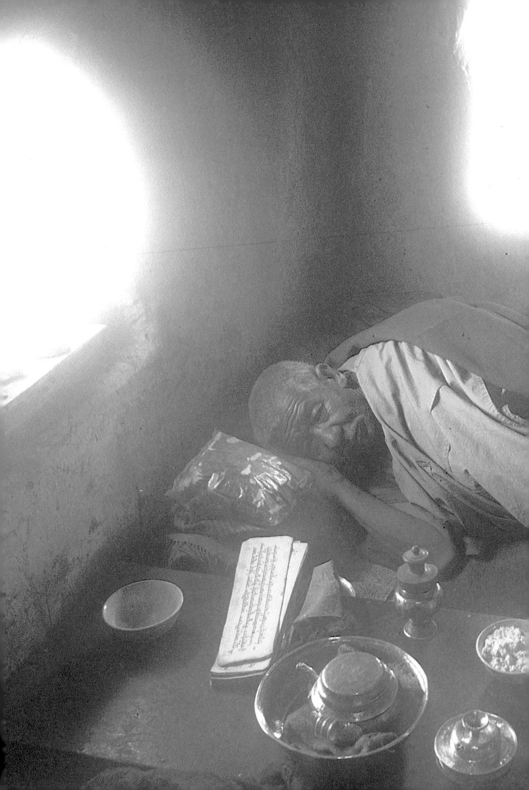

"이제 그만 떠나렵니다"
노승은 누운 채 잠시 내 얼굴을 쳐다보았다
나는 노승과의 결별을 결심하기 위해 카메라를 꺼냈다……

8장

황금빛 최면술
/ 버마

사람들은 양곤의 황금빛 탑 아래,
자신이 태어난 요일의 별의 집에서
평안한 시간을 보낸다.
이 지구의 사바세계로부터
잠시 떠나는 것이다.
……무슨 까닭인지 그 일곱 요일 중에는
지구가 없기 때문이다.

이스탄불을 떠날 때는 혹한의 겨울이었는데 중근동, 인도, 티베트를 거쳐 버마에 다다를 즈음에는 한여름이었다. 여행의 지도 속에 사계절의 변화가 보이기 시작했다. 계절의 변화는 자칫 느른해지기 쉬운 장기 여행에 활력을 준다.

대륙성 한랭기단에 덮인 터키 아나톨리아 내륙을 남하해 시리아의 평탄한 사막에서 연노란색 한해살이풀을 보았을 때 희미한 식욕과 성욕을 느꼈고, 이란의 토막을 달리다가 초여름의 전조인 거센 모래바람을 만났을 때 별안간 흥분한 나머지 밤잠을 설쳤다.

파키스탄 카라치에 도착해 더없이 농밀한 향기를 내뿜는 새빨간 페르시아 장미를 보던 날, 나는 광물 세계를 여행하면서 저절로 몸에 밴 답답하고 금욕적인 기분에서 해방되어 보름달 밤에 거리로 뛰쳐나가 유랑극단 패거리 가운데에서 어설픈 연주 실력을 뽐냈다.

우기가 한창인 콜카타의 오탁 속에서 기어 나와 히말라야 산속에서 21일간 보릿겨만 먹는 단식에 가까운 생활을 하면서 서아시아 도시들을 떠돌며 더러워진 위장과 머리를 씻어낸 뒤, 또다시 콜카타로 돌아가서 일본으로 이어지는 동아시아 여행을 시작했다.

지금 생각으로는 콜카타에서 버마로, 버마에서 태국으로, 태국에서 상하이로, 상하이에서 기차로 홍콩에 들렀다가 최종적으로 한반도를 둘러보고 현해탄을 건너서 일본으로 돌아갈 예정이다.

예정대로라면 홍콩, 상하이에 도착할 무렵에는 가을이 한창일 것이다. 그리고 한반도를 여행할 무렵에는 이번 동양 여행을 시작할 때 터키에서 만났던 시베리아 기단이 또다시 밀려 내려와 있을 것이다.

쌍발비행기가 버마 상공에 접어들어 두꺼운 먹구름을 빠져나왔을 때
돌연 풍경은 어두운 모노크롬으로 변하고
지표 전체가 옅은 빛을 머금고 있었다
처음에는 바다나 호수인 줄 알았다
그러나 그것은 우기의 드넓은 무논이었다
그 물거울의 대지를 보고
비로소 동아시아에 왔다는 생각이 들었다
서쪽 동양의 광물 세계에서 동쪽 동양의 식물 세계에 왔음을 실감했다

물거울

—

콜카타에서 UB230(유니온 버마 에어웨이)이라는 생소한 50인승 쌍발 비행기를 타고 동아시아 여행을 시작했다. 버마까지 두 시간 반의 비행이다. 좌석이 50석 정도에 불과한데도 텅 빈 것이, 나와 열두어 명의 유럽 단체 관광객이 승객의 전부였다.

유럽 관광객들은 비행기가 30분 늦게 이륙하자 아이들처럼 박수를 치며 개방된 조종실로 우르르 몰려가서 수선을 피웠다. 독일어를 말하고 꽃분홍색 셔츠나 바지를 입은 사람이 많은 것을 보면 동독 관광객들이 틀림없다. 평소에 수수하게 차려입는 사회주의나 공산주의 국가 사람들은 지금처럼 국제무대에 나올 기회가 생기면 꽃분홍색 옷을 즐겨 입는다. 여태껏 다양한 장소에서 이런 종류의 분홍색 옷을 입은 공산권 국민들을 많이 보았다.

이륙한 지 두 시간쯤 지났을 때, 한시도 가만있지 않고 시끄럽게 떠들어대던 분홍색 단체 관광객들이 비행기 왼편 창가로 몰려가더니 지상을 내려다보기 시작했다. 콜카타와 방글라데시 상공을 덮고 있던 두꺼운 잿빛 구름이 흩어지면서 버마의 대지가 모습을 드러낸 것이다.

하늘에 드문드문 떠다니는, 수증기 덩이 같은 흰 구름이 지표에 선명한 그림자를 드리우고 있었다.

거대한 황토색 강이 나타났다. 우기에 불어난 강이 대지를 크게 침식하면서 반안나무의 공기뿌리처럼 여러 갈래로 뻗어나가고 있었다.

풍요로운 범람이다. 이토록 풍부한 강물의 범람은 본 적이 없다. 황토색 옥토가 펼쳐진, 정맥이 흐르는 대지의 육질 부분은 숨 막히도록 짙은 녹색이다. 여름 햇살 속에서 물과 젖은 흙과 녹음이 피워 올리는 흥건한 생명의 냄새가 기내에까지 흘러넘치는 것 같다.

하계의 농밀한 물과 녹음의 풍경을 보면서 이 동양 여행의 서쪽 절반의 풍경을 떠올리지 않을 수 없었다. 이스탄불에서 파키스탄의 카라치까지 버스와 기차를 타고 달리며 매일 바라본 그 메마른 광물적 풍경 말이다. 동양의 중간 지점인 인도 아대륙에 도착했을 때 나는 이런 글을 썼다.

'이스탄불에서 일본에 이르는 동양은 인도 아대륙을 경계로 서아시아의 광물 세계, 동아시아의 식물 세계라는 형태로 그 원질을 달리하는 것이 아닐까?'

그 차이를 육안으로 확인했다. 내가 굳이 말하지 않더라도 동양 전역을 여행한 사람이라면 그 차이를 금방 알아차릴 것이다. 그런데 지금 동양의 식물적 세계에 발을 들여놓으면서 보니 동양의 광물 풍토와 식물 풍토의 단절, 낙차, 그리고 대립 양상은 처음에 내가 예상했던 것보다 훨씬 더 극적이다. 이 엄청난 풍토의 원질 차이는 신의 어떤 의지마저 개입된, 지상에 있어서의 하나의 대위법이 아닐까 하는 생각이 들 정도다.

이 풍토의 대위법은 당연히 그곳에 사는 사람들의 생각과 정감의 대위법으로 이어진다. 종교로 말하자면 광물 세계의 이슬람교와 식물 세계의 불교의 대립이다. 내 얕은 지혜와 부족한 경험에 비춰보더라도 세상에 이슬람교와 불교만큼 서로 무관하고 단절된 정신 양식도

파고다 안의 회랑은 정토다
속세의 티끌 하나 없이 항상 깨끗이 쓸고 닦는다
이 나라에서는 불상 주변을 청결히 하는 것도 학생들의 수신 교육의 하나다

없을 것이다.

사람을 예로 들면, 식물 세계 불교인들의 표정은 아미타여래의 염화미소를 밑바탕에 깔고 있고, 그 정조는 이웃집 마루 밑으로 뿌리를 뻗은 무화과나무나 숲속에서 사차원적으로 번식하는 덩굴풀처럼 신비롭고 애매하다.

반면에 광물 세계 이슬람인의 표정은 핏발 선 눈으로 사람을 노려보는 분노상 같고, 그 정조는 거대한 집체를 이루면서도 한 알 한 알 메마르고 고립된 사막의 모래처럼 냉철하고 결코 애매함을 용납하지 않는다…….

황토색 강의 범람을 보고서 30분쯤 더 동쪽으로 비행해 버마의 수도 양곤 근처에 이르렀을 때 하늘은 또다시 두꺼운 진회색 구름에 덮여 있었다. 비행기가 고도를 낮추며 구름 속으로 돌진했다. 한동안 시계 제로 상태로 활공하던 비행기는 구름을 빠져나오자 날개를 크게 기울이며 왼쪽으로 선회했다. 창밖으로 비스듬히 다가오는 먹구름 밑 세상은 수묵화처럼 아련한 모노크롬 풍경이었다. 기우뚱하게 펼쳐지는 평탄한 지면 일대가 요염한 미광을 발하고 있다. 저게 뭐지? ……미광이 비행기와 함께 옅은 먹색 풍경 속의 지면을 천천히 달린다. 미광을 발하는 지면은 10킬로미터, 20킬로미터 저편까지 연연히 이어진다. 흐릿한 시각 속에서 나는 그것을 잔물결이 일렁이는 바다라고 추측하고, 조금 있다가 강일 거라고 짐작하고, 그러다가 호수일지도 모른다고 생각을 바꾸었다.

비행기는 천천히 그 수면을 향해 나아갔다. 은회색 미광이 비행기를 따라 달렸다. 멀리 활주로가 보일 때까지 호수일 거라는 내 억측은 무너지지 않았다. 그러나 활주 직전에 호수 속에서 붉은 옷을 입은 여자를 보았다. 여자 옆에는 검은 소가 있었던 것 같다. 그리고 수면을 가르는 직선이 보였다.

여자와 소와 직선을 보고 나는 호수일 거라는 추측을 취소했다. 그리고 물을 채운 거대한 무논 지대가 머릿속에 떠올랐다. 물거울 같은 나라군…… 하고 생각했다.

반년 동안 메마른 광물 세계의 풍경만 보아온 내 눈에는 드넓은 무논이 펼쳐진 이 동아시아의 대지가 적잖은 충격으로 다가왔다.

* *

비에 젖은 다홍색 씨앗
—

양곤의 밍글라돈 공항에 내렸을 때 나는 또다시 공기에서 변조를 느꼈다.

앞서 여행한 이슬람권이나 인도, 티베트의 공기와는 확연히 달랐다. 공기의 음악이 달라진 것이다.

때마침 우기여서 공기 중에 습기가 많았다. 그러나 콜카타의 습기와는 다르다. 부드러운 식물 향기가 감돈다. 콜카타의 비가 칼리 여신의 후텁지근한 땀 같다면, 이곳의 비에서는 부처의 눈물 같은 자비가 느껴진다.

콜카타에서 비가 내리면 사람들이 앞다투어 건물 처마 밑으로 대피한다. 그러나 이곳에서는 천수天水의 애무를 받듯 사람들이 쏟아지는

파고다 입구는 동서남북 사방에 있다
이 긴 진입로는 깨달음의 공간에 이르는 하나의 과정이다

빗줄기에 몸을 맡긴다.

공항에서 양곤 시내로 가는 버스 안에서 오후의 스콜 속을 걸어가는 '다홍색 씨앗'을 보았을 때, 내가 이곳의 공기에서 어떤 변조 또는 음악을 느낀 이유를 깨달았다. 이슬람권, 힌두권, 라마교권을 거쳐 마침내 일본인인 내 체질과 통하는 불교권에 왔기 때문이다.

비에 젖은 다홍색 씨앗은 바로 승려였다.

차창 밖으로 한 승려가 지나갔던 것이다.

그는 억수 같은 스콜 속을 걷고 있었다.

버마의 승복은 다홍색이다. 승복은 인도에서는 진홍색, 티베트와 버마에서는 약간 칙칙한 다홍색, 태국에서는 노란색, 그리고 중국과 한국에서는 회색, 일본에서는 검정색이다. 마치 천상의 신神인 진홍색 태양이 인도에서 휘발하면서 서서히 채도를 낮추다가 마침내 일본에서 무채색 어둠이 되는 그런 느낌이다.

그때 버마의 홍의승은 억수 같은 스콜 속에서 우산도 쓰지 않고 저 멀리 솟아오른 황금빛 파고다를 향해 걸어가고 있었다. 머리에 홍의를 뒤집어쓰고 있어서 얼굴은 보이지 않았다. 회청색 풍경 가운데 그 모습은 유난히 붉고 선명한, 어떤 식물의 씨앗처럼 보였다. 비에 젖은 다홍색은 더욱더 깊고 강렬했다.

창밖으로 그 비에 젖은 다홍색 씨앗을 보면서 마침내 불교권에 왔음을 실감했다.

식물 귀족

—

버마의 수도 양곤에는 보족아웅산(아웅산 장군) 거리라는 번화가가 있다. 양곤의 긴자(일본 도쿄에 있는 번화가—옮긴이)다. 요컨대 버마 전체에서 가장 화려하고 분주한 거리라고 생각하면 된다. 그러나 내 눈에는 화려해 보이지도, 분주해 보이지도 않았다. 가게들은 시골 점방 같고 지나다니는 사람은 많지만 한적한 느낌마저 든다. 사람들의 움직임이 느리다. 마치 공휴일이나 일요일 같은 분위기다.

일하는 사람들도 느긋하게 산책을 즐기는 것처럼 보인다. 세 시간 전에 지나갔던 길모퉁이를 다시 지나가면, 처마 밑에 앉아서 따분한 표정으로 콧구멍을 후비고 있던 사람이 여전히 비슷한 행동을 하고 있다. 공업국 사람들과는 동작의 옥타브가 다르다. 그것은 농경민, 즉 식물 세계 사람들의 움직임이고 리듬이다. 식물의 느긋한 생명의 리듬이 사람들의 세포 속까지 스며들어 있다.

이 버마의 긴자 거리마저 그렇다. 보족아웅산 거리뿐만 아니라 버마에는 담배 귀족이 많다. 옷차림이 아무리 허름한 사람이라도 길고 멋진 시가를 피운다. 본래 시가라는 것이 담뱃잎을 그냥 말아놓은 것이니 이런 식물 세계에서는 공짜나 다름없다. 사람들은 체룻이라고 불리는 길이가 20센티미터나 되는 시가를 입에 물고 다닌다.

남자도 여자도 바지 차림은 찾아보기 어렵다. 남자는 롱지, 여자는 타메잉이라고 하는 날염한 긴 치마를 허리에 둘러 입고 다닌다. 걸어가다가 가끔 허리에 겹쳐 두른 롱지 자락을 양손으로 펼쳐서 다시 여

좌불을 보고 있으면 몸도 마음도 가벼워진다

열반불 앞에서 기도를 드리고 있으면 스르르 잠이 온다

미는 것이 버릇이다.

부리처럼 체룻을 빼물고 날개처럼 롱지를 펼치고 걸어가는 모습이 게으른 새 같다. 보통 담배는 3분이면 다 피우지만 체룻은 20분 넘게 걸린다. 이것이 버마의 생활시간이라고 보면 된다. 덧붙이자면 체룻은 불이 잘 꺼진다. 불이 꺼진 체룻을 입에 물고 있는 사람도 있다. 이따금 생각난 듯이 다시 체룻에 불을 붙이고 꺼질 때까지 피운다. 그들이 마침내 짤막해진 체룻을 입에서 떼는 것은 해가 지고 갑자기 저녁 식탁이 머릿속에 떠올랐을 때다. 정말이지 한가롭고 느긋한 귀족이다.

＊＊

버마 카레
—

"쌀이죠."

남자가 말했다. 버마에 온 지 나흘째 되는 날, 오후 3시경에 노점에서 점심을 먹고 있을 때 내 옆에는 2차 대전 당시의 일본어를 구사하는, 예순 살 전후의 중국계 버마 남자가 앉아 있었다. 나는 이 남자에게, 보아하니 버마 사람들은 별로 일을 하지 않는 것 같은데 도대체 뭘 해서 먹고사느냐고 물어보았다.

'쌀'이라는 말을 듣고 납득이 갔다. 나는 밍글라돈 공항에 내렸을 때 보았던, 끝없이 펼쳐진 싱그러운 무논 풍경을 떠올렸다.

"그럼 농민들만 열심히 일을 하는 건가요?"

나는 다시 물었다.

"농민들도 별로 일을 하지 않아요. 논두렁길에 이렇게 뒷짐을 지고 서서 말이죠……."

남자가 몸짓을 곁들인다.

"이렇게 하고 논을 바라봐요. 비가 오고 해가 나고, 그러면서 벼는 저 혼자 자라죠."

"하지만 모내기도 해야 하고 벼 베기나 탈곡도 해야 하잖아요?"

"그런 일들은 인도 동부의 아삼이나 나갈랜드 사람들이 그때그때 국경을 넘어와서 다 해줘요."

"그럼 버마 농민들은 평생 뒷짐을 지고 논만 바라보는 건가요?"

"뭐, 얼추 그렇다고 할 수 있죠."

나는 남자와 이야기를 나누면서 김이 모락모락 나는 쌀밥에 끼얹은 버마 카레를 먹고 있었다.

버마 카레는 인도에서 한 발짝 중국이나 일본에 가까워진 만큼 일본적이기도 하고 중국적이기도 하다. 간장 맛 카레라고 생각하면 된다. 고추의 매운맛보다 간장의 짠맛이 강하다. 지금까지 여러 차례 인도를 여행하면서 인도 전역의 카레를 맛보았다. 그리고 그 분야에서 더 이상 새로운 경지는 없다고 체념하고 있었는데, 이곳에서 너무나도 쉽게 새로운 종류의 카레를 만났다.

바로 '톳 카레'다. 이런 조리법이 있다니 감탄이 절로 나왔다. 톳과 함께 가늘게 썬 돼지고기가 보인다. 인도 카레가 카레의 본래 모습이라고 한다면, 이 카레는 작은 위반을 범하고 있다. 인도 카레에서는 소고기와 돼지고기가 금기이기 때문이다. 톳 카레를 한 입 먹으면 멀리 쿠로시오 해류(타이완 남쪽에서 발생해 일본 남해안과 동해안을 북쪽으로

비구니
분홍색 승복이 신선하다

흐르는 난류—옮긴이)의 향수와 인도 아대륙의 햇볕에 그을린 12음계의 불협화음이 혀 위에서 뒤섞이면서 어느 쪽으로도 치우치지 않는 심경에 빠져들게 된다.

각종 카레가 담긴 원통 냄비를 늘어놓고 팔던 노점 여주인에게 카레 이름을 물었더니 '구에따'라고 웃으며 대답하고 작은 접시 두 개를 더 주었다.

버마 사람들은 물건을 건넬 때 물건을 든 오른팔에 왼손을 살짝 갖다 댄다. 운치 있다. 불교의 가르침에서 온 동작인 듯싶은데, 같은 불교국 사람인 일본인 눈에는 생소하다. 작은 접시에 담긴 음식을 맛보고 주인 여자가 나를 놀리는 줄 알았다. 생선 젓갈과 가다랑어 후리카케였다. 후리카케는 고추가 들어가서 상당히 매웠지만 젓갈은 일본 것과 조금도 다르지 않았다. 그리하여 톳 카레에 가다랑어 후리카케를 뿌리고 생선 젓갈을 얹어서 먹는, 진귀하다 못해 희한한 음식이 카레의 새로운 레퍼토리로 추가되었다. 세상의 품속은 바닥을 알 수 없을 만큼 깊다.

＊＊

보살

—

노점에서 식도락을 즐기는 동안 슬며시 마음에 걸리는 일 한 가지가 있었다.

노점 의자에 한 시간쯤 앉아 있는데, 접시 씻던 아이 두 명이 내 왼쪽 어깨에서 30센티미터쯤 떨어진 곳에 나란히 서서 줄곧 나를 바라보고 있는 것이다. 자주 겪는 일이지만 아이들이 너무 오래, 그리고 너무 바싹 붙어 서 있었다. 더구나 시간이 지날수록 더 가까이 다가서며 조금씩 내 등 쪽으로 돌고 있다. 나는 톳 카레를 먹으면서 아이들의 거동을 수상하게 여겼다. 카메라 기재를 은근슬쩍 무릎 위로 옮겨 놓고, 바지 오른쪽 호주머니에 든 120차트(4,800엔)에 신경을 곤두세웠다. 혹시 아이들이 뭔가 먹고 싶어 저러는 건가 하는 생각도 들었다. 나는 이 꺼림칙한 상황에 종지부를 찍고 싶어 이야기 도중에 뒤돌아보고 아이들에게 가다랑어 후리카케를 내밀었다. 필요 없다고 했다. 내가 쓸쓸하게 웃으며 주인 여자를 보고 난처하다는 표정을 지었더니, 얼굴에 타나카라는 일본 인명 같은 나무의 가루(버마 여성들이 얼굴에 바르는 가루인데, 고운 피부의 비결이라고 한다)를 잔뜩 바른 그녀가 뺨을 비틀고 웃으면서 내 등 뒤를 가리켰다. 손가락이 가리키는 방향을 보니 양곤 시내와 우거진 잡목들을 비추는 오후 4시의 눈부신 여름 햇살만 가득했다.

무슨 뜻인지 몰라 팔짱을 끼고 의아한 표정을 짓고 있었더니, 반쯤 잠든 상태로 안마를 받고 있던 예의 중국계 버마 남자가 말했다.

"그 애들은 '응달'을 만들고 있는 겁니다."

나는 무슨 말인지 잠시 생각하다가 물었다.

"그 '응달'이라는 게 뭔가요?"

남자가 눈이 휘둥그레져서 되물었다.

"요새 일본인들은 '응달'이라는 말을 몰라요? '해님의 그늘' 말이에요."

순간적으로 그림자놀이가 떠올랐다.

"버마에서는 아이들이 해님의 그늘에서 놀아요?"

남자가 답답하다는 듯 말했다.

"아니, 그게 아니라 해님의 그늘을 만들어서 더위를 막아주려는 겁니다."

"그렇군요. 음식의 부패를 막으려고 저러는 거군요. 끈기가 필요한 일이겠네요."

남자는 나를 가리키며 목소리를 높였다.

"당신 몸에다 해님의 그늘을 만들어서 더위를 막아주려는 거라고요."

남자의 말투가 은근히 고압적이었다.

나는 두 아이를 쳐다보았다. 아이들은 이마에 구슬땀을 흘리며 수줍게 웃었다.

내 몸에 아이들의 그림자가 선명하게 투영되고 있었다.

이 아이들이 이방인을 위해 한 시간 동안이나 태양의 운행을 따라가며 그늘을 만들어주고 있었단 말인가……?

어이가 없었다.

이것은 도대체 무슨 '예절'이란 말인가?

누가 아이들에게 이런 예절을 가르쳤을까? 태양일까? 아버지나 어머니일까? 부처일까? 나는 과거에 이런 그림자를 가진 적이 있는가? 이런 '사람 그늘'이 저 타는 듯한 광물 동양에 존재했던가? 지금의 일본이나 미국에는 이런 '사람 그늘'이 존재하는가?

그런 생각을 하면서 나는 희생의 미덕이 어쩌고 하는 감상에 빠졌다기보다는 그 어린 사람 그늘에 대해 일말의 두려움을 느꼈다. 태양의 후광을 받고 서 있는 아이들의 실루엣에서 문득 보살의 환영을 본 듯한 착각이 들었다.

남쪽 하늘에 먹구름이 피어올랐다.
바닷물에 먹물을 풀어놓은 듯한 새카만 구름이 부풀어 오른다.
양곤의 여름 하늘은 저녁 무렵이면 남서쪽에서 뭉게뭉게 솟아오른
먹구름에 뒤덮인다. 두꺼운 먹장구름이 태양을 가리고, 도시는 온통
잿빛으로 물든다.
멀리서 은색의 비가 몰려온다.
굵은 빗줄기 속에서 도시가 웅웅 울리기 시작한다.
사람들이 비를 맞으며 걸어간다.
사람들이 비를 애무한다.

호우는 순식간에 지나가고 가랑비 사이로 햇살이 비친다.
호우 뒤에 가랑비가 내리는, 이 소박한 풍경이 너무나도 강렬한 인상
으로 다가왔다.
노점 식당의 저 카레 냄비들 안에도 가랑비가 내린다.
음식 위로 부드럽게 내리는 비.
카레 국물에 빗방울이 그려내는 작은 동그라미.
그것은 희한하게도 운치가 있는 광경이다.
가랑비가 내리는 시간이면 나는 노점 앞에서 오래도록 그 광경을 바
라보았다. 카레 냄비에 빗물이 고이면 노점 주인은 아무렇지도 않게
국자로 휘젓는다. 사람들은 가랑비 속에서 카레를 먹는다.
하늘의 물을 믿는 사람들이 먹고 있는, 이 가랑비 내리는 시간의 카
레만큼 진귀한 음식도 없을 것이다. 나는 그것을 버마의 '가랑비 카

322
－
동
양
방
랑

레'라는 이름으로 내 카레 메뉴에 새롭게 등록했다.

하늘과 땅과 사람의 합작품이다.

버마에 이르러 카레는 불처럼 강렬한 힌두적인 음식에서 가랑비처럼 순한 불교적인 음식으로 변한다. 부처의 하늘에서 내리는 작은 눈물이 카레 속의 불기운을 잠재운다.

＊＊

황금의 화신

—

상냥하고 의젓하고 마치 미모사처럼 살아가는 이 불교국 사람들을 볼 때면, 그들의 등 뒤에 부처가 있다는 느낌을 받는다.

그들이 신앙하는 부처는 버마인의 절, 즉 파고다 안에 있다. 그 붉은 옷의 승려가 비를 맞으며 향하던 황금빛 탑(파고다)이다.

버마에서 가장 큰 쉐다곤 파고다는 높이가 100미터 가까이 된다. 양곤 시내 어디에서나 이 거대한 황금빛 파고다가 보인다.

나는 쉐다곤 파고다를 전파탑이라고 혼자 몰래 생각하고 있다. 선진국 도시에서 볼 수 있는 텔레비전탑이 사람들의 가정에 향락의 전파를 끊임없이 내보내고 있다고 한다면, 저 황금빛 탑은 어떤 정신성의 전파 혹은 에테르를 이 도시에 유포하고 있을까? 탑은 인민의 마음을 보여준다. 탑을 보면 인민의 정신의 형상을 알 수 있다.

승려의 뒤를 따라서 불탑에 올라가보자.

양곤 외곽의 언덕에 세워진 쉐다곤 파고다는 언덕 높이가 해발 58미

터, 파고다 높이가 98미터이므로 156미터의 위용을 자랑한다.

탑은 15세기부터 역대 왕과 왕비, 그리고 왕자가 자신의 몸무게와 똑같은 양의 순금을 기부해 조성되었다. 얇게 편 순금을 탑 꼭대기에서 아래쪽으로 내려오면서 붙였다고 하니 현재 그 대부분이 순금으로 덮여 있는 터무니없는 건축물이다.

거대한 불탑에 어떤 권력이 어떤 방법으로 순금을 입혔든 간에 그 아름다움은 인간의 모든 의도로부터 괴리되어 있다. 아름다움이란 절대적이다. 양곤 외곽의 쉐다곤 파고다는 지금까지 인간이 순금에 부여해온 그 어떤 형상보다도 거대하고 황홀하다. 일본을 방문한 적이 없는 마르코 폴로가 일본을 두고 순금으로 지붕을 얹은 나라라고 견문록에 적고 있는데, 나는 멀리서 그 순금의 탑을 바라보면서 어쩌면 마르코 폴로가 버마를 지팡구(마르코 폴로의 『동방견문록』에서 일본은 지팡구Zipanku로 유럽에 소개된다—옮긴이)로 잘못 알았던 것은 아닐까, 그런 생각을 했다.

우기의 나날 동안 쉐다곤 파고다는 내가 방문할 때마다 천체의 부산한 움직임에 따라 갖가지 빛의 변화를 보여주었다.

멀리 푸른 새벽 공기 속에서 바라본 탑은 황매화 나무 색깔을 지우고 빛을 머금은 창백한 탑의 '기운'을 드러냈다. 스콜 속에서 그 황금의 빛은 물방울 주름을 매달고 몽환적인 자태를 뽐냈다. 구름이 걷히고 아열대의 강렬한 햇살이 비치면 탑은 그 빛을 반사하며 불시에 망막을 꿰뚫는 날카로운 직사광을 던졌다. 석양빛 속에서 황금이 녹아내리면 그 빛에 의해 황금 안의 황금이 서서히 표면으로 배어나오는 것처럼 보였다.

그 변용을 지켜본 사람이라면 순금이라는 광물이 외계의 변화에 예민하게 반응하는 생물 같다는 사실을 알 것이다.

* *

하늘의 음악

—

탑이 솟아 있는 거대한 기단에 이르려면 동서남북으로 이어진 지붕 딸린 긴 돌계단을 올라가야 한다. 폭이 10미터쯤 되는 계단 양옆에는 점포들이 늘어서 있고, 그곳에서는 제단에 바칠 꽃, 종이 조화, 의식용 양산, 불상, 왕좌, 상아 빗, 불전, 선향, 인형, 골동품 같은 다양한 물건을 판다.

맨발로 어두운 돌계단을 올라가서 기단으로 나가면 하늘이 열리고 눈부신 햇빛이 쏟아진다. 황금빛 탑은 6만 제곱미터에 이르는 광대한 기단 한가운데 솟아 있다. 탑을 빙 두르는 넓은 회랑 주위에는 크고 작은 파고다 60기와 부처를 모신 수많은 불당들이 있다.

하늘에서 음악이 들려온다. 그것은 바람 소리기도 하고 광물 소리기도 하다. 멋진 연출이다. 98미터 높이의 황금빛 탑 꼭대기에 그 음악의 전당이 있다. 탑 꼭대기에는 창처럼 생긴 풍향계가 여러 개 튀어나와 있고, 거기에 금은으로 만든 풍경과 방울, 보석이 무수히 매달려 있다. 그것이 바람에 흔들려 소리를 내고 때로 침묵한다. 중심부의 둥근 수연 안에는 76캐럿짜리 다이아몬드를 비롯해 총 4,351개, 1,800캐럿의 각종 보석들이 매달려 있다. 하늘의 극락정토에 가면 온갖 보석 나무들이 화려하게 빛나며 음악을 연주하고 있다는 저

이라와디강
버마에서 가장 큰 강이다

『정토경』속의 한 구절이 떠오른다.

파고다 공간은 지상에 구현된 천상의 정토라는 생각이 들었다. 계절의 꽃을 든 사람들이 그 황금빛 보음寶音이 울려 퍼지는 정토 위에서 황홀한 표정으로 느릿느릿 걸어 다닌다.

그들은 당연히 이슬람교도와 반대로 시계 방향으로 탑을 돈다. 느긋하게 걷다가 불상이나 쌍체의 사자, 웃고 있는 마술사, 땅의 여신, 용, 부처 이전의 스물여덟 명의 기괴한 신들 앞에서 무릎을 꿇고, 그리고 다시 걷는다.

햇볕이 강한 날에는 대리석 바닥이 뜨겁게 달궈져 발바닥이 화끈거린다. 이따금 회랑 층계참에 깔아놓은 대마 돗자리 위로 피신해 잠시 맨발이 식기를 기다린다.

그리고 나서 사람들은 '칠요일의 집'으로 향한다. 탑 둘레에는 사람들을 위한 여덟 곳의 휴식의 집이 마련되어 있다. 사람들은 자신이 태어난 요일의 집에서 휴식하거나 예배를 드린다. 월요일에서 일요일까지 칠 일인데 휴식의 집이 여덟 곳인 이유는 무슨 까닭인지 수요일이 오전과 오후로 나뉘기 때문이다.

남쪽, 수요일 오전, 수성—코끼리

남서쪽, 토요일, 토성—용

서쪽, 목요일, 목성—쥐

북서쪽, 수요일 오후, 수성—코끼리

북쪽, 금요일, 금성—두더지

북동쪽, 일요일, 해—새

버마풍 치킨 카레
큰 냄비 안에 쌀과 치킨이 섞여 있다

동쪽, 월요일, 달─호랑이
남동쪽, 화요일, 화성─사자

사람들은 이곳에서 자신이 태어난 별로 돌아간다.

그렇다면 지구를 떠난다는 말이 아닌가?

칠요일에는 지구가 포함되지 않기 때문이다. 사람들은 지구가 아닌 다른 천체, 자신이 태어난 별로 돌아간다. 예토에서 정토로 가는 것이다. 이것은 지극히 불교적 낭만으로 가득한 천체 토착 사상에 바탕을 두고 있다.

내가 태어난 요일의 집에 앉아서 그런 생각을 했다. 사바세계를 여행하는 동안 나는 몇 번의 아주 짧은 휴식을 가졌다.

이때의 휴식은 잊을 수 없다. 누가 고안했는지 몰라도 이 파고다 공간의 건축 연출은 마음이 훈훈해지는 하나의 사상이다.

그 훈훈함의 극치라고 할 만한 것이 열반의 집이다.

죽음의 부처다.

열반의 집에는 엷은 미소를 지으며 열반에 드는 부처님이 누워 있다. 사람들은 종종 열반불 앞에서 부처님처럼 길게 드러누워 한여름 낮잠을 즐긴다.

광물 세계의 불교인 티베트 불교에는 그런 '잠든 형상'이 없다. 대신 야만타카(인도 베다 신화에 나오는 죽음의 신인 야마를 정복한 밀교의 분노존상─옮긴이) 같은 분노상이 있다.

불교에도 광물 세계의 불교와 식물 세계의 불교가 있다. 티베트 불교는 이 남방 불교에 비해 이슬람적이라고 할 수 있다. 그래서 티베트에는 불교도의 도시에 티베트 이슬람교도가 많이 산다. 북쪽의 강건

한 불교와 남쪽의 온유한 불교는 따로따로 뻗어나가다가 일본에서 만나 절충된다.

양곤 외곽에 우뚝 솟은 이 황금빛 탑이 사람들에게 어떤 전파, 혹은 어떤 에테르를 발하고 있는지 이제 알았을 것이다.

그렇다, 그것은 황금빛 최면술이다.

보족아웅산 거리의 느긋한 사람들의 흐름은 결국 저 불탑 아래 별의 집에서 얻는 평온과, 그리고 열반이라는 정신 구조와 보이지 않는 실로 연결되어 있다.

위 불살생의 계율. 절 입구의 거북 연못. 작은 연못에 거북이 1,000마리 정도 산다. 채식도 한다
왼쪽 중간 향채
왼쪽 아래 메기
오른쪽 아래 실거리 부엌

왼쪽 위 빤(씹는담배) 열매. 혀가 얼얼할 만큼 떫다
오른쪽 위 아주 작은 길거리 가게
오른쪽 중간 지름이 3센티미터나 되는 콩나물 콩
오른쪽 아래 이라와디강에서 잡은 생선

9장

풀의 창루

/ 치앙마이

……그날 밤, 정액이

강을 향해 흘러갔다.

그 어둠의 늪에서

연분홍색 연꽃 봉오리를 보았다.

……문득 어둠 속의

그 꽃봉오리가 부모 잃은

영아의 화신이 아닐까 하는 생각이 들었다.

8월.

태국의 수도 방콕에서 기차를 타고 북쪽으로 열두 시간, 치앙마이에 도착한다. 인구 100만을 거느린 태국 제2의 도시라고 하기엔 너무나도 조용하다.

방콕은 인구 400만의 도시지만 사람과 차량의 열기로 인해 1,000만 도시처럼 느껴진다. 치앙마이는 그 반대다. 피부에 와 닿는 느낌이 인구 10만에서 20만의 지방 도시 같다. 해발 300미터 고원에 위치해 공기가 맑아서 그런지도 모른다. 주위를 600~900미터의 산들이 에워싸고 있어서 치앙마이 시내 어디에서나 녹음 짙은 부드러운 능선이 보인다.

버마 국경 쪽에서 몰려온 먹구름이 주위의 산들에 갇혀 며칠씩 치앙마이 상공에 정체하는 경우가 있다.

사흘 동안 내리던 가랑비가 그쳐가던 어느 날 오후, 마을 시장에 가까운 창러 로드의 허름한 식당에서 공심채(줄기 속이 대나무처럼 빈 메꽃과 잎채소-옮긴이) 볶음과 오리구이를 먹었다. 식사를 마치고 시청에서 얻은, 등사기로 찍은 시내 지도를 펼쳤다. 지금 묵고 있는 폰핑 호텔이 시설에 비해 숙박비가 너무 비싸서 게스트하우스로 옮기려고 지도 위의 숙소 이름에 붉은 줄을 쳤다.

RUANTHAI · GUESTHOUSE
CHIANGMAI · GUESTHOUSE
SRILANNA · GUESTHOUSE

그때 지도 위에 희미한 그림자가 드리워졌다. 고개를 들자 한 남자가

●

여자는 자연을 닮는다
바다의 여자는 기질이 거칠다…… 바다 때문인지도 모른다
산의 여자는 온화하다…… 식물 때문인지도 모른다
산간 도시 치앙마이에서 온화한 분홍색 꽃을 보았다

·

이 고장 여자의 심성은 이 꽃을 닮았는지도 모른다고 생각했다서 있었다.

머리가 벗어지기 시작한, 동글동글한 얼굴에 살빛이 흰 중년 남자였다. 아마 중국계일 것이다. 멜라닌 색소가 빠지기 시작한 성긴 콧수염이 입가에 늘어져 있다.

"유원쿠킨……."

남자가 꺼져 들어가는 목소리로 그렇게 말했다.

싸구려 증류주와 말린 생선과 코코넛 오일과 푸성귀가 뒤섞인 역겨운 입 냄새를 풍겼다.

남자는 내 얼굴을 보지 않고 고개를 외로 꼰 채 식탁 위의 빈 접시를 보고 있다. 왼쪽 귀만 열어놓고 내 반응을 살핀다. '유원쿠킨'이라고 말하면서 살가죽이 늘어난 굵은 집게손가락으로 지도 한 곳을 톡톡 두드린다.

태국 영어는 말끝을 죄다 잘라먹는다. '유원'은 'YOU WANT'이고, '베리구'는 'VERY GOOD'이고, '호테'는 'HOTEL'을 말한다.

'쿠킨'이 무슨 뜻인지 몰라서 물어보니 남자는 오른손 엄지손톱을 콧구멍 밑으로 가져가서 슉 하고 코로 숨을 들이마셨다. 그리고 황홀한 표정을 지으며 작은 소리로 '쿠킨'이라고 말했다.

심한 태국식 억양의 영어 발음이지만 그 동작에서 쿠킨이 코카인임을 알 수 있었다. 남자가 처음으로 살피듯 내 눈을 쳐다보았다. 외모와 어울리지 않게 갓 태어난 새끼 돼지처럼 귀염성 있는 눈동자다.

오후 4시쯤 되자 비가 완전히 그치고 흩어진 구름 사이로 노란빛이 감도는 푸른 저녁 하늘이 나타났다.

남자가 지도에서 가리킨 곳은 치앙마이의 변두리 동네였다. 개골창이 흐르는 습지대로, 주변에 하층민의 고상가옥이 드문드문 들어서 있었다. 개골창과 나란히 포장되지 않은 큰길이 뻗어 있었다. 폭이 넓은 길이어서 당연히 지도에도 나와 있지만 무슨 이유인지 길 이름은 적혀 있지 않았다.

남자는 잡화와 함께 과일이나 채소를 파는 큰길가의 작은 판잣집으로 나를 데려갔다. 매대 너머 마루방에 앉아 있던 웃통 벗은 팔자눈썹의 청년이 썩어가는 바나나가 담긴 바구니를 들고 왔다. 바나나 송이를 치우자 바닥에 가로세로 5센티미터쯤 되는, 흰 가루가 든 비닐봉지 두 개가 있었다. 남자는 봉지 하나를 벌려 내게 내밀었다.

바구니에서 튀어나온 대쪽을 꺾어 가루를 떠서 엄지손톱 위에 얹었다. 때마침 구름 사이로 석양이 비치면서 가루가 하얗게 발광했다. 가루 표면에 미세한 진주색 광택이 드러났다.

석영이나 붕산 가루를 섞어 양을 늘린 모양이다. 식물성 가루를 섞으면 효력이 급격히 떨어지기 때문에 양을 속이기 위해서는 보통 무미무취의 광물 가루나 붕산 같은 화학적 결정을 섞는다. 이런 장사에는 속임수가 따르게 마련이다. 그러나 가짜라고 해도 약간의 각성 효과는 있겠지 하고 생각하면서 단번에 콧속 깊이 들이마셨다.

몇 분 후, 눈 뒤쪽의 시신경이 미세하게 떨리는 느낌이 들더니 자극이 목구멍을 타고 내려왔다.

혀뿌리에 이물감을 느끼고 침을 뱉었다.

독물처럼 쓰디쓴 침이 햇볕 냄새를 풍기는 흙바닥에 스며들어 축축한 갈색 반점으로 변했다.

창루에 뿌리를 내린, 반들반들 윤이 나는 식물

**

보름달

—

길을 걷다가 바람에서 어떤 냄새를 맡았다.

달콤하다. 그 냄새의 기억이 몸속 어딘가에 잠들어 있는데 도무지 떠오르지 않았다. 나는 조바심을 내며 걸음을 멈추고 멀리 산등성이의 흐릿한 능선을 바라보았다.

다시 미풍이 불고 그 냄새가 코끝을 스쳤다.

천화분(하눌타리 뿌리를 말려서 만든 가루—옮긴이) 냄새다…….

그 희미한 천화분 냄새는 어린아이 냄새와 비슷한데, 다시 맡아보니 금목서 향기 같기도 하다.

근처에 금목서 꽃이 피어 있나 하고 둘러보니 미풍이 불어오는 방향으로 10미터쯤 떨어진 곳에 금목서 꽃과는 달라도 너무 다른, 만개한 진분홍색 부겐빌레아 꽃이 석양빛을 받으며 붉게 빛나고 있었다. 나는 부겐빌레아 꽃 아래로 걸어갔다.

불꽃나무도 그렇지만 이 열대의 꽃 부겐빌레아는 인도나 아프리카 근방의 건조지대에서는 노란색이 옅어지면서 드라이한 붉은색을 띤다. 동남아시아의 부겐빌레아는 습기를 한껏 빨아들여 더욱더 영롱하다.

사진을 찍으려고 파인더를 들여다보았다. 화면을 가득 채운 분홍색 꽃송이를 홀린 듯 바라보고 있을 때 눈앞에서 사람의 기척이 느껴졌다. 나는 파인더에서 눈을 뗐다.

새빨간 잔영이 겹쳐진 흰 꽃송이 비슷한 것이 눈앞에 어른거렸다.

당신, 어디서 왔어?
서쪽에서……
아라비아에서? 남자가 말했다

여자의 얼굴이었다.

여자는 얼빠진 표정으로 나를 보고 있었다.

나는 여자가 예쁘다고 생각하지 않았다.

오히려 기묘한 얼굴이라고 생각했다. 그리고 우스꽝스럽다고 생각했다. 결국 참지 못하고 웃음을 터뜨리고 말았다.

여자는 가슴 언저리부터 목 그리고 둥글고 오동통한 얼굴까지 밀가루를 뒤집어쓴 것처럼 새하얗게 분을 바르고 있었다. 눈썹과 입술에도 분칠을 했다.

내가 웃자 여자의 얼굴에도 방심한 듯한 웃음이 차올랐다.

농밀한 천화분 냄새는 여자에게서 풍겨왔다.

렌즈 방향을 부겐빌레아 꽃에서 여자의 얼굴로 돌렸다. 파인더를 들여다보니 여자의 하얀 얼굴은 바람처럼 사라지고 없었다. 부겐빌레아 덤불과 활짝 열린 나무문이 여자가 떠난 자리를 차지하고 있었다. 봄안개 자욱한 밤하늘에 뜬 부연 보름달 같은 얼굴에, 고양이처럼 날랜 여자였다.

그때만 해도 나는 그 여자를 별로 염두에 두지 않았다.

거리의 찻집에서 새우깡 비슷한, 생선 맛 나는 과자를 먹고 콜라를 마시다가 저녁놀을 보았다.

도시를 둘러싼 서쪽 산 뒤로 해가 넘어가고 서서히 어둠이 내리더니 20분쯤 지나자 갑자기 반전하며 하늘이 불타오르기 시작했다.

태양이 숨은 곳에서 저녁놀이 방사상으로 퍼져나가며 눈 깜짝할 사이에 온 하늘을 덮었다. 전율이 일 만큼 선명한 진홍색 놀이었다.

문득 태양에서 흘러나온 선혈 같다는 생각이 들었다. 내 심장 박동이 옮겨가 그 선혈 같은 진홍색 하늘이 콩닥콩닥 맥박 치는 것 같았다.
나는 서산 너머에서 하루의 임종을 맞고 있는 태양을 생각했다.
저녁놀 속에서 도시 전체가 옅은 적자색으로 물들었다. 손바닥을 펴
보니 똑같은 색깔이다. 옅은 적자색 손바닥 위에서 생명선이 포물선
을 그리며 뻗어 올라가다가 손가락 밑에서 뚝 끊어진다.

**

미친 꽃

—

자리에서 일어서려다가 길 건너편을 보니 사람들이 삼삼오오 모여
있고, 그중 한 사람이 내 눈길을 끌었다.
멀리서도 그 작은 사람 형체는 다른 사람들보다 묵직해 보였다.
마치 주위의 빛을 흡수하듯 검게 빛나면서도 어딘지 모르게 슬프고
우스꽝스러운 느낌을 주었다. 혹시 미친 사람이 아닐까 하는 예감이
들었다.
미친 사람은 보통 사람들 속에서 유난히 빛나거나 독특한 중량감을
발산해서인지 몰라도 멀리서도 시선을 끌어당긴다. 그 사람 형체는
폭이 10미터쯤 되는 길 한복판을 빠른 걸음으로 걸어오고 있었다.

여자였다.
여자는 이 더운 여름에 한겨울 옷차림으로 한껏 멋을 부리고 있었다.
초록색과 검은색 장미꽃 무늬가 들어간 두툼한 벨벳 이브닝드레스

유곽에 내리는 스콜
함석지붕을 때리는 빗소리가 천둥소리 같다

위에 해지고 털이 숭숭 빠진 은색 숄을 두르고 있었다. 머리에는 짙은 삼원색 머릿수건을 썼다.

우스꽝스러울 만큼 교태를 부리며 걷는다. 인력거꾼, 바람 쐬러 나온 사람, 니파 야자수 지붕을 얹은 노점 식당 요리사 등, 눈에 띄는 사람 모두에게 요염한 표정으로 웃음을 던지고 고개인사를 건넨다. 나에게도 고개를 까닥여 보였다.

얼굴만 보아도 실성한 여자라는 것을 금방 알 수 있었다. 화려한 옷차림에 어울리지 않는 늙은 여자의 얼굴이었다. 주름진 얼굴에 덕지덕지 분을 바르고, 눈썹을 낫 모양으로 새파랗게 그렸다. 쥐 잡아먹은 입술처럼 립스틱이 입가에 번져 있고, 양쪽 뺨에 보름달처럼 동그랗게 볼연지를 발랐다.

여자가 지나가면서 인사를 건네면 사람들도 인사로 답하고, 흐뭇한 표정으로 여자의 뒷모습을 바라본다.

300미터쯤 걸어가서 인적 없는 거리 끝에 이르자 여자는 급한 볼일이라도 생각난 사람처럼 걸음을 멈추더니 미인도 속의 여자처럼 고개를 살짝 비틀고 뒤를 돌아보았다.

저녁놀 속에서 여자의 얼굴은 한껏 고양된 내면과 마찬가지로 발갛게 달아올라 있었다.

사람들은 여전히 그녀를 쳐다보고 있었다. 여자는 사람들을 둘러본 후 빠른 걸음으로 되돌아왔다. 이번에는 인사를 건네지 않는다. 새침한 표정에 흡족한 미소가 번진다.

사람들은 만삭의 오리처럼 안짱걸음으로 걸어가는 여자를 놀리기는커녕 따뜻한 눈빛으로 지켜보고 있었다. 사람들은 이따금 여자에게 말을 걸었다.

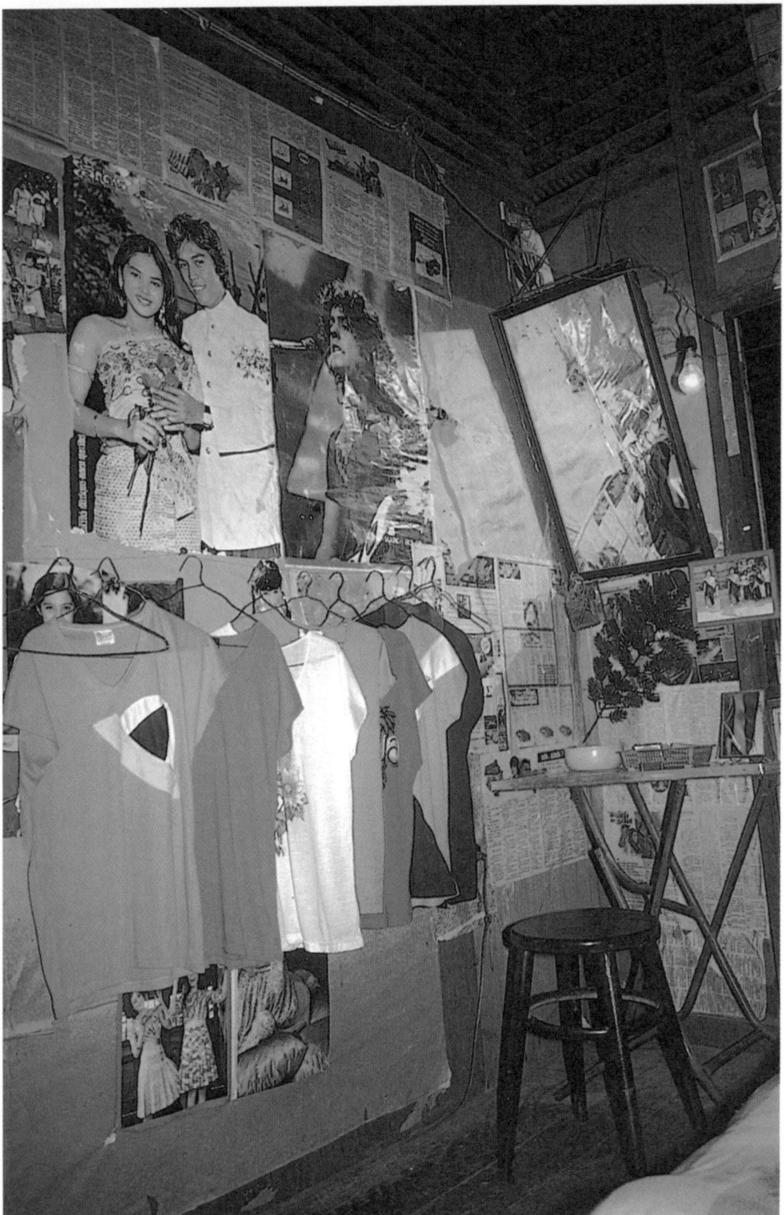

"스님, 오늘도 예쁘네요."

"남자들이 내버려두지 않겠는데요, 스님."

"스님, 오늘은 누구한테 가세요?"

무슨 이유인지 사람들은 여자를 스님이라고 불렀다.

사람들이 말을 걸자 여자는 가벼운 황홀감을 느끼는 듯했다. 늙은 여자는 짙은 화장 밑에서 홍조를 띠며, 때때로 참지 못하고 말을 건 사람을 향해 입술을 비틀며 배시시 웃었다.

금니와 이 빠진 잇몸이 드러난 입가에 침이 번들댔다.

치앙마이의 저녁놀은 놀랍도록 찰나적이었다.

그 강렬한 진홍색 광채는 시간을 수축시키고 색채를 압축시켜 한순간에 절정에 도달한 후 눈 깜짝할 사이에 사라졌다.

저녁놀은 실성한 늙은 여자가 거리 저편에서 점경으로 출현했을 때 시작되었고, 거리 끝에서 돌아보았을 때 여자와 함께 절정에 도달했고, 여자가 다시 점경으로 사라졌을 때 소멸했다.

연노랑 여운을 남긴 채 다 타버린 창백한 하늘은 겨울 하늘보다 추워 보였다.

혹시나 하는 기대감으로 거리 저편을 한참 바라보았지만 여자는 되돌아오지 않았다. 창백한 하늘 밑에서 거리는 서서히 어두워지고 있었다.

**

비자나무

—

"그 여자가 정말로 스님인가요?"

나는 찻집 주인에게 물었다.

"십 대 시절에 방콕의 절에서 비구니로 지냈다는 소문이 있고, 본인도 그렇게 말하면서 경을 외고 다녀요. 하지만 실성한 여자 말을 누가 믿겠어요?"

주인은 그렇게 말하고 웃었다.

"16년 전에 이 동네에 와서 저기서 2년, 저기서 5년, 저기서 1년, 그리고 저기서 8년을 살았어요."

주인이 8년이라고 말하며 가리킨 곳은 아까 내가 사진을 찍었던 부겐빌레아 꽃이 피어 있는 집이었다.

"깨오파라는 여자인데 목을 매는 게 특기죠. 그 바람에 저 집에 구급차가 뻔질나게 드나들었죠. 진짜로 죽겠다고 목을 맸다가 입에 거품을 물고 난리를 친 적도 여러 번 있어요. 시늉만 하는 거라면 몰라도 정말로 죽을 작정을 하고 목을 매면 대부분 죽는대요. 깨오파는 수십 번 목을 매고도 저렇게 살아 있으니 아마 죽을 마음이 없었던 거겠죠."

"살고 싶어서 목을 맸을 수도 있어요. 어쩌면 남보다 자신을 더 소중하게 여기는 사람들이 자살을 하는 건지도 몰라요."

"맞는 말이에요. 깨오파는 다른 여자들보다 외로움을 많이 탔어요. 죽겠다고 난리를 피우면 사람들이 보살펴주고 챙겨주니까 금방 좋아서 헤헤거리고 다니죠. 하지만 그런 일이 반복되면 또 저러나 보다 하고 사람들도 심드렁해져요. 그러면 또다시 반쯤 죽을 작정으로 목을 매는 거죠. 그럴 때면 본인도 위험하다는 걸 아는지 비명을 질러서 사람들을 불러 모아놓고 실신해버려요. 한번은 어떤 스님이 찾아와서 아이를 낳으면 나아질 거라고 말했는데, 깨오파는 난소가 없어요. 무슨 일이 있었는지 모르겠지만 젊어서 비구니가 될 때 전부 들어냈다나 봐요."

"요즘도 목을 매나요?"

"몇 년 전에 죽다가 살아난 후로 딴사람이 된 것처럼 명랑해져서 다들 안심하고 있었죠. 그러다가 1년쯤 지나서 갑자기 머리가 이상해져서는 매일 저러고 다녀요. 뭐, 주변에 민폐도 끼치지 않고 본인도 즐거워하니까 목을 매는 것보다야 낫겠죠."

거리에 밤이 찾아왔음을 알리는 바람이 불었다.

바람은 어둠의 색깔을 띠고 있다.

바람이 불어올 때마다 거리에는 어둠이 쌓여갔다. 바람에서 풀 냄새가 났다.

손바닥을 펴도 손금이 보이지 않을 만큼 어두워지자 거리에 하나둘 불이 밝혀졌다.

다홍색과 분홍색을 섞은 듯한 흐릿하고 약한 불빛이었다. 찻집 주인이 '저기서 2년, 저기서 5년, 저기서 1년, 그리고 저기서 8년'이라고 가리킨 곳에도 불이 밝혀져 있었다.

'저기서 2년'이라고 말한 곳은 함석 울타리를 둘러친, 흐릿한 납색 불을 밝힌 집이었다. '저기서 5년'은 비자나무가 우거진 판잣집이고,

'1년'은 붉은 흙을 쌓아올린 제방에 기대듯 서 있는 이층집이었다. 그리고 8년 동안 살았다는 부겐빌레아 꽃이 피어 있는 집 울타리 안에도 불이 밝혀져 있었다.

그 불빛은 한 시간 전에 사그라든 선혈처럼 붉은 저녁놀 색깔을 닮았다. 미친 듯이 타오르던 진홍색 하늘에서 불똥처럼 튀어 꺼지지 않고 남아 있는 것 같았다.

* *

풀의 창루

—

나는 깨오파라는 미친 여자가 여러 번 목을 맸다는, 부겐빌레아 꽃이 만발한 집을 찾아갔다.

나무 대문 안은 도로보다 한 단 낮은, 진녹색 잡초가 우거진 마당이었다.

마당으로 들어서자 머리 위에서 달콤한 냄새가 풍겼다. 올려다보니 이 고장 특산인 꼬탑나무가 열매를 주렁주렁 매단 채 마당을 뒤덮을 기세로 가지를 뻗고 있었다. 꼬탑 열매를 입에 넣고 깨물면 부드럽고 달콤한 과육이 터져 나온다. 그러나 가벼운 독성이 있어 사람들은 먹지 않는다. 방치된 채 무르익어 곯기 시작한 꼬탑 열매는 한층 더 관능적인 냄새를 풍기며 사람의 후각을 유혹한다.

꼬탑나무의 가지 끝이 닿을락 말락 한 곳에 긴 단층 건물이 있었다. 낡은 베니어판 외벽에 함석지붕을 얹은 허름한 목조 건물이었다. 불빛은 그 건물 출입구 근처의 창문과 벽 틈에서 새어 나오고 있었다. 나는 작은 꼬탑 열매를 한 알 입에 넣고 그 건물의 문턱을 넘었다.

동물의 심장 안으로 들어선 것처럼 방 안은 붉은 광채로 가득했다. 일고여덟 평쯤 되는 방의 안쪽 벽을 따라 의자들이 놓여 있고, 예닐 곱 명의 여자가 그 의자에 앉아 있었다. 한눈에 창녀라는 사실을 알 수 있었다.

피처럼 붉은 전등 불빛에 물든 여자들 맞은편에 막노동꾼처럼 보이는 남자 너덧 명이 서거나 앉아 있었다. 남자들은 가무잡잡하고 번들거리는 얼굴 가득 피를 뒤집어쓴 것처럼 시뻘건 광채를 반사하며 흐리멍덩한 눈으로 여자들을 쳐다보고 있었다.

남자도 여자도 현지인이므로 당연히 피부색이 같을 텐데 불빛에 물든 남자들의 피부색은 더러운 동맥혈처럼 검붉다.

그와 달리 여자들의 얼굴이나 팔다리, 가슴 같은 노출된 부위의 피부색은 정맥을 흐르는 피의 색깔보다 더 붉고 깨끗한, 눈이 번쩍 뜨이는 선홍색이었다.

그것은 저녁 무렵에 보았던, 구름을 물들인 진홍색 놀 빛깔과 흡사했다. 아마도 여자들의 피부를 두껍게 덮고 있는 분이나 천화분 때문일 것이다.

그렇다고 해도 눈앞이 아찔할 만큼 선명한 피부색이다. 그 선홍색 피부만 보고는 여자의 나이를 정확히 맞히기 어렵다. 두껍게 바른 분이 여자들의 출생, 나이, 성장 과정, 성격, 추억, 희망, 애증, 욕망 같은 모든 인간적인 면모를 덮어 감추고 있었다. 인간의 모조품을 보고 있

풀이 무성한 창루의 덩굴 문

는 느낌이다. 여자의 모형을 보고 있는 느낌이다.

아니, 모형이라기보다는 영상에 가깝다. 붉은색 공기에 비친 여자의 영상 같다. 코의 붉은색 그림자, 턱의 붉은색 그림자, 젖가슴의 붉은색 그림자, 옆구리의 붉은색 그림자, 아랫배의 붉은색 그림자, 무릎의 붉은색 그림자, 손가락의 붉은색 그림자, 바닥에 떨어진 여자의 붉은색 그림자. 그곳에는 붉은색 그림자로만 조형된 여자의 필름이 공기에 투영되고 있다. 이마나 뺨이나 어깨처럼 그림자가 생기지 않는 부분은 단순한 붉은색 빛의 면 같은 투명한 느낌을 준다. 그러나 아름답다. 붉은색의 빛과 그림자만으로 만들어진 존재감 없는 여자의 형상이 더없이 사랑스럽다.

그러나 여자들에게는 눈이 있다. 눈은 사라지지 않는다. 붉은색 공기 속을 둥둥 떠다니며 이쪽을 보고 있다. 눈은 무겁다. 눈은 지워지지 않는다. 눈은 말하고 거절한다. 몇 년 전에 흘린 눈물이 아직도 마르지 않고 피막에 어려 있는 듯한 눈, 얼빠진 눈, 명랑한 눈, 눈만은 사라지지 않고 그곳에 남아 있다.

나는 한 여자의 눈을 보았다.

굶주린 눈이다.

뭔가에 굶주려 있다.

나는 그 눈을 보고 깨오파를 떠올렸다. 눈앞의 여자의 얼굴에 붉은 놀에 물든 실성한 여자의 부괴한 얼굴이 겹쳐진다. 어쩌면 저 여자는 깨오파가 난소를 들어내기 전에 낳은 아이가 아닐까, 그런 터무니없는 생각이 뇌리를 스치고 지나갔다.

젊은 여자가 내 시선을 느꼈는지 희미하게 눈으로 웃고 뺨으로 당황

했다. 나는 눈길을 돌리며 이마의 땀을 닦았다.

* *

목 매 다 는 침 대
—

방 안은 찌는 듯이 더웠다.

방 한구석에서 낡은 선풍기가 털털거리며 돌아가고, 회전할 때마다 널빤지 벽에 걸린 일력이 팔락거렸다. 일력도 붉게 물들어 있었다. 붉은 불빛 속에서 나타났다 사라지는 5와 3과 8 같은 검은 숫자들이 종잇장 위에서 숫자 모양으로 뚫린 구멍처럼 보였다.

속으로 저 여자들 중에서 누가 매일 일력을 뜯어서 버릴까 하는 실없는 질문을 던졌다.

그때 추레하고 인상이 험악한 남자가 고래고래 소리를 지르며 방으로 들어왔다. 만취한 남자의 입가와 몸 여기저기에 누런 토사물이 들러붙어 있었다. 남자는 바닥에 발이 걸려 비틀거리더니 벽에 부딪혀 뒤로 나자빠지면서 뒤통수를 찧었다.

둔탁한 소리가 났다. 남자는 고통에 일그러진 얼굴로 일어나려다가 앞으로 고꾸라지면서 바닥에 양 무릎을 찧었다. 방 안에 술 냄새와 토사물 냄새가 진동했다.

철제 접이의자 등받이를 붙든 채 남자가 숙적이라도 만난 듯한 표정으로 여자들을 노려보았다.

여자들의 눈이 굳어졌다.

나는 오늘 밤 그 남자에게 선택될 여자의 얼굴을 보고 싶지 않아서 곧바로 방을 나왔다.

이곳에는 단층 목조 건물 두 채가 나란히 있고, 두 건물 사이에 널빤지를 엉성하게 잇대어 깔아놓은 폭이 1미터 50센티미터쯤 되는 복도가 있었다. 두 건물을 합하면 열네 개의 방이 있는데, 방의 외짝 문은 모두 복도로 나 있었다.

복도에서 화장품 냄새와 젖은 부토 냄새가 났다. 색색의 샌들과 슬리퍼가 바닥에 어지럽게 널려 있고, 벌어진 널빤지 틈에 아슬아슬하게 걸려 있는 슬리퍼도 보였다. 부토 냄새는 어두운 널빤지 바닥 밑에서 풍겨왔다.

눈꼬리가 치켜 올라간 탐이라는 남자가 실실거리며 "여긴 람의 방이야", "여긴 뎅의 방이고", "여긴 깨우의 방이야" 하고 방문을 가리키면서 알려주었다. 탐이 방문 앞에 벗어놓은 남자 샌들을 발견하고 "어이, 넝폰, 잘 지내지?"라며 짓궂게 방문을 두드리자, 안에서 농담 섞인 욕설로 받아치는 여자의 앙칼진 목소리가 들려왔다.

탐이 손으로 가리키고 방문을 두드리며 알려준 바에 따르면 이 잡초 무성한 유곽에는 '똔, 뎅, 람, 완, 넝폰, 넝, 찌얌, 깨우, 메오, 마리, 암'이라는 열한 명의 여자가 살고 있다.

왼쪽 건물의 안쪽에서 두 번째 방문에 반쯤 녹슨 자물쇠가 채워져 있었다. 탐은 열쇠를 사용하지 않고 망치로 자물쇠를 부숴버렸다.

방문을 열자 갇혀 있던 곰팡이 냄새가 복도로 쏟아져 나왔다. 냄새 대신 탐이 방 안으로 빨려 들어가고, 잠시 후 방 안에서 망치 소리가 났다.

쾅 하는 소리와 함께 방 안으로 푸르스름한 빛이 비쳐들었다. 그 빛은 방문 맞은편 널빤지 벽에 뚫린 네모난 창에서 비쳐들고 있었다.

웃통을 벗은 채 창문 앞에 선 탐의 검은 그림자가 하아하아하아하아하고 바람 빠지는 소리를 내며 웃었다.

그림자 뒤에서 미적지근한 바람에 실려, 풀 냄새 섞인 메탄가스 냄새가 풍겨왔다. 개골창 냄새였다.

"하아하아하아, 당신도 참 어지간히 가난뱅이로군. 여자를 살 돈도 없고, 호텔 대신 이런 더러운 방에서 지내겠다니."

이 유곽에는 세 명의 남자가 살고 있다. 별채에서 부인과 녹이라는 갓난아이와 함께 살면서, 피부병을 앓는 마라는 개를 키우는 유곽 주인 남자. 알코올중독으로 살가죽이 다 늘어진, 허드렛일을 맡아 하는 중년 남자 앤디. 그리고 손님과 아가씨들을 엮어주고 말썽이 생기면 해결사 노릇까지 하는 이 탐이라는 남자.

"외국인은 이런 데 오질 않아. 당신이 나처럼 불교 신자고 돈이 없다고 하니까 받아주는 거지. 하하하."

탐은 내가 돈이 없다고 말한 것이 몹시 마음에 드는 눈치였다.

"깨오파 씨는 이 방에서 몇 년쯤 살았어요?"

내가 물었다.

"3년쯤 살았을걸. 깨오파처럼 될까 봐 무서워서 아무도 이 방을 쓰려고 하질 않아. 뭐, 방이 서너 개 비어 있으니까 괜찮긴 하지만."

남자는 의자 위에 올라가서 30와트짜리 전구를 소켓에 끼웠다. 전기 불이 들어오자 방 안이 모습을 드러냈다. 살풍경한 방이었다. 세 평쯤 되는데, 천장은 함석지붕이 그대로 드러나 있었다. 창문이 있는 벽을 제외한 삼면의 벽에는 낡은 베니어판이 덧대어져 있고, 바닥에는 복도와 마찬가지로 널빤지가 깔려 있었다. 가구라고는 방 한구석에 놓인 거울과 작은 책상, 그리고 방에 어울리지 않는 크고 튼튼한 목제 침대가 전부였다.

천장에는 목을 맬 만한 들보도 없었다. 깨오파가 어디에 목을 매달았느냐고 묻자 탐은 또 하아하아 하고 웃으며 침대를 가리켰다.

"이걸 세워서 말이지, 등받이에 끈을 매달아서 목에 걸고 소리를 지르면서 버둥거렸지, 하아하아하아하아……."

탐이 다시 말을 이었다.

"여기 불탄 흔적이 있는 작은 구멍 보이지?"

침대 등받이의 목제 프레임에 송곳으로 뚫은 것 같은 구멍이 두 개 있고, 구멍 가장자리에 불탄 흔적이 있었다.

"여기에 향을 꽂아서 피워놓고 목을 매달기 전에 염불을 했어. 향냄새가 나면 다들 또 저러는구나 했지. 그래도 뭐, 죽진 않으니까 그냥 내버려뒀어."

**

어둠 속의 연꽃

—

자정이 지나자 손님의 출입이 잦아지면서 건물 전체가 삐걱거렸다. 창밖의 개골창 쪽에서 들리는 개구리 울음소리가 한층 커졌다. 이곳의 개구리들은 갓난아이나 새끼 고양이처럼 운다. 복도를 지나가는 여자에게 저게 무슨 소리냐고 물었더니 '히얏' 하고 대답하며 자지러지게 웃었다. 탐에게 '히얏'이 무슨 뜻이냐고 물으니 개구리라고 했다. 아무리 들어도 질리지 않는 기묘한 음색이었다.

나는 바람도 쐴 겸 창가에 서서 그 소리에 귀를 기울였다. 이따금 근처에서 나는 물소리가 개구리 울음소리를 지웠다. 내 방 건너건너에 수돗가가 있는데, 여자들은 손님을 받은 후에 그곳에서 뒷물을 했다.

나는 창밖의 어둠을 바라보면서 물소리가 들릴 때마다 인간의 정자가 올챙이처럼 개골창을 향해 흘러가는 장면을 상상했다. 그러면 그 장면과 저 괴상한 개구리 울음소리가 기묘하게 겹쳐졌다.

물소리가 끊어진 새벽 두 시 반쯤에 나는 낮에 흘린 *끈끈한* 땀을 씻어내기 위해 수돗가로 갔다.

큰 물독에 에메랄드색 비닐 호스가 걸쳐져 있고, 독을 채우고 흘러넘치는 물이 침침한 알전등 빛을 반사하고 있었다.

바닥에는 색색의 비누가 흩어져 있었다. 미끈미끈한 널빤지 바닥 틈으로 질퍽한 부토가 보이고, 거기에도 불어 터진 비누들이 떨어져 있었다.

옷을 벗고 물독에서 물을 뜨려는데 문 없는 입구에서 불쑥 여자가 들어왔다. 상반신을 드러낸 채 허리에 큰 타월을 두르고 있었다. 여자는 나를 보고 멈칫했지만 곧바로 부끄러운 기색 없이 돌아서서 타월을 풀었다. 여자가 호스를 건네달라고 말했다. 몇 분 전에 내가 그녀에게 무슨 빚이라도 진 양, 무척이나 고압적인 말투였다. 나는 호스를 건네주었다.

여자는 등을 돌린 채 쭈그리고 앉아 호스를 음부로 가져갔다.

에메랄드색 비닐 호스가 뱀처럼 젖은 바닥을 기면서 여자의 음부 속으로 들어갔다. 여자의 등에 맺힌 미세한 땀방울이 반짝였다. 젖은 머리카락 한 올이 여자의 등을 타고 옆구리까지 굼실굼실 올라가고 있었다.

여자의 음부 속을 씻은 물이 바닥 밑으로 흘러내렸다. 바닥에서 1미터 50센티미터 아래의 부토 일대에서 물줄기는 여러 갈래로 흘러가다가 어둠 속으로 사라졌다. 물줄기를 따라가니 늪지가 나오고, 곳곳에 토란이 자라고 있었다.

개골창은 생각보다 집 가까이에 있었다. 어둠 속에서 수면이 자체 발광하는 것처럼 옅은 빛을 머금고 있었다.

개골창과 토란이 자라는 늪지 사이에서 꽃을 보았다.

어둠 속에서 연분홍 꽃봉오리가 밤하늘을 찌를 듯이 뾰족하게 솟아 있었다.

혹시 연꽃이 아닐까 하는 생각에 나는 어둠을 응시했다.

그것은 어둠 속에 버려진 부모 없는 영아처럼 보였다.

10장

신이 없는 대성당
/ 상하이

덩치 큰 남자가

양손으로 간신히 안아 올릴 만큼

큰 돌을 들고 있었다.

그리고 그 돌을

몇 번이고 패대기쳤다.

나는 땅바닥을 보고 기겁했다.

'게'다.

상하이 게의 참극이다.

도시는 납빛 하늘 아래 있었다.

어제까지 계속 가랑비가 내렸다.

오늘은 틀림없이 갤 것이다.

차는 상하이 시 동쪽을 흐르는 황푸강을 따라 달렸다.

황푸강과 나란히 뻗은 중산 로의 북쪽 끝에 이르자 눈앞에 바이두 교
白渡橋라는 다리가 보였다.

다리는 황푸강으로 흘러드는 지류의 하나인 우쑹강에 걸쳐져 있다.

다리 건너편에 회갈색의 높은 빌딩이 보인다.

상하이 빌딩上海大厦이다.

상하이에서 가장 높은 빌딩인데, 옥상에 올라가면 상하이 전체를 조
망할 수 있다.

차는 바이두 교를 건넜다.

상하이는 어떤 거리나 골목을 걸어도 무표정한 느낌이 든다.

공업 도시여서 그렇기도 하겠지만 도시에 색깔이 없다. 빽빽하게 들
어선 고풍스러운 양식의 벽돌 건물이나 콘크리트 건물은 하나같이
회색이 감도는 적갈색이다. 세피아 톤의 오래된 단색 사진을 보고 있
는 느낌이다. 그러나 향수를 불러일으킨다기보다는 그냥 살벌하다.
쾌청한 푸른 하늘 아래에서 상하이는 더더욱 그런 느낌이 강하다. 일
주일 전, 상하이에 도착했을 때 색맹의 눈에 비친 세상이 이런 색깔
은 아닐까 하고 생각했다.

상하이 빌딩 옥상에서 내려다본 상하이의 모습은 그 회갈색 색약의
세계를 한층 더 광막하게 펼쳐놓은 것 같았다.

지금까지 거쳐온 동양의 도시들 중에서 인간의 정감이나 색채가 가
장 심하게 억제된 도시일 것이다.

태국, 싱가포르, 인도네시아, 필리핀 같은 다양한 나라에서 다양한 중국인 동네를 보았고 또 그곳에서 살아보기도 했다.

그런 동네들 역시 칙칙하지만 이면에는 언제나 원색의 느낌을 간직하고 있었다. 그 칙칙함은 온갖 색채가 뒤섞여 혼돈에 빠져들다가 마침내 죽음의 이미지마저 감지될 만큼 포화 상태에 이른 생명력에서 오는 것 같았다.

중국인들이 사는 동네는 대체로 그렇다.

술과 돼지비계와 탄 기름 냄새, 땀 냄새, 향냄새와 시큼한 지폐 냄새. 여자 냄새, 무두질한 가죽 냄새, 부패물 냄새⋯⋯. 거리와 사람을 뒤덮은 인간 세상의 온갖 냄새들 한편에서 그 농밀한 사바의 냄새를 달래듯 언제나 말향(불공을 드릴 때 쓰는 가루 향─옮긴이) 비슷한 전단향 냄새가 에테르처럼 피어오른다.

상하이에는 그런 색깔과 냄새가 없다.

건전한 산소. 광물을 가공하고 연금할 때 나오는 이산화탄소, 미량의 아황산가스, 산화암모니아, 기계기름, 미풍에 실려 오는 마로니에 가로수 냄새. 그리고 무색무취에 가까운, 표백된 듯한 회색의 미세한 진애塵埃⋯⋯.

**

상하이 빌딩
─

상하이 시 전경을 사진에 담으려고 파인더를 들여다보다가 묘한 사실을 알아차렸다.

가랑비가 개고 상당히 멀리까지 시야에 들어왔지만 카메라를 어느 방향으로 돌려도 사각의 파인더 위쪽 절반에 새의 모습이 잡히지 않는다. 문득 지난여름, 상하이 빌딩에서 서남쪽으로 3,000킬로미터 떨어진 콜카타에서 지금처럼 높은 빌딩 옥상에 올라가 조감 촬영을 하던 때가 떠올랐다.

그때는 사진을 찍는 동안 시끄러울 만큼 까마귀들이 모여들었다. 도시 위 하늘의 어디를 어떻게 잘라내도, 날아다니고 떼 지어 몰려다니는 새들의 모습이 파인더에 잡혔다.

"도시가 참 조용하군요."

뒷짐을 진 채 상하이 시내를 내려다보고 있던 통역사 천陳 씨에게 나는 작은 목소리로 말했다.

"조용하다고요?"

천 씨는 의아한 표정으로 내 얼굴을 보았다.

"도쿄나 콜카타, 홍콩 같은 동양의 대도시들보다 훨씬 조용한데요. 마치 산에 올라온 것 같아요."

"그래요? 조용하다고요……. 후지와라 씨는 조용한 걸 좋아하십니까?"

"예, 뭐, 싫어하는 건 아니지만……."

상하이의 소리를 듣기 위해 귀에 손을 갖다 댔다. 멀리서 버스 엔진 소리, 선박의 배기가스 소리가 들려온다. 그러나 거대 도시를 뒤흔드는 땅울림은 들을 수 없었다.

이 '상하이 빌딩 조감 전경 시찰'도 그렇지만 상하이에 도착하자마자
내 앞에는 빡빡한 여행 일정이 자동적으로 준비되어 있었다.

관광 비자로 개인 여행을 한다는 것, 게다가 상하이에만 열흘간 체류
한다는 여정은 단체로 중국 각지를 전전하는 유람이 기본인 중국 여
행에서 상당히 변칙적인 경우인 듯했다. 혼자서 자유롭게 상하이 거
리를 돌아다니고 싶다는 내 바람은 멋지게 빗나가고, 너무나도 중국
적인 여행이 나를 기다리고 있었다.

상하이 시 공인문화궁工人文化宮 시찰
상하이 박물관 시찰
상하이 공업전람관 시찰
상하이 자딩 구 인민공사 시찰
상하이 서커스 시찰
상하이 요이 상점 시찰
상하이 공예미술연구소 시찰
상하이 빌딩 조감 전경 시찰
위푸스玉佛寺 시찰
루쉰기념관 시찰
위위안豫園 시찰
핀샹펑웨이차이品賞風味菜 국제 빌딩 시찰

이미 이만큼의 시찰 스케줄을 소화했다. 이런 여행이 익숙한 사람이
라면 괜찮겠지만 나처럼 마음 내키는 대로 여행 다니는 사람에게는
고행이다. 죄수가 된 기분이다.

매일 아침 7시 반이면 진장 반점 현관 앞에 공무용 차인 '상하이'가 도착하고, 나는 그 차를 타야 한다. 이 '상하이'라는 승용차는 중형이지만 상당히 투박하고 차체 무게가 대형차 이상이므로 배기량도 대형차와 맞먹는다. 생산 대수가 적기 때문에 가격이 400만 엔이나 한다. 중국 노동자의 월평균 임금이 만 엔 정도니까 월급을 전액 저금한다고 해도 차를 사려면 33년이 걸린다.

그래서 중국에서는 일반인이 차를 소유하는 경우가 드물다. 우리가 여객기를 사겠다는 생각을 하지 않는 것처럼, 중국인들도 자동차를 산다는 비현실적인 꿈을 꾸지 않는다. 나는 이 비현실적인 승용차를 타고 상하이를 보고 싶지는 않다. 그러나 나처럼 어디서 굴러먹던 말뼈다귀인지도 모르는 사람에게도 중국 정부는 외국인 여행자라는 이유만으로 매일 이 비현실적인 차량을 제공한다. 게다가 보호자 같은 통역사와 안내인까지 붙여준다. 숙박 시설도 정해진 곳만 이용해야 하고 특별한 경우를 제외하고는 식사도 정해진 곳에서만 해야 한다. 여행은 완전히 관리되고 감시당하고 있다.

상하이 빌딩에 올라간 날 오후, 나는 품행이 방정한 여행자로 간주되었는지 그동안의 포위에서 풀려날 수 있었다.

* *

눈의 도시

—

나는 거리를 걸었다.

이대로 걸을 수 있을 만큼 걸을 생각이었다. 기이하게 탈옥수 같은 기분이 들었다. 나는 상하이 빌딩을 내려와서 다시 중산 로로 돌아간 다음 서쪽으로 꺾어 난징 로에 들어섰다.

난징 로는 상하이 시를 동서로 달리는, 상하이에서 가장 번화한 거리다. 그런데 거리를 걸어가는 사람들이 이상하다. 말없이 걷는다. 무표정하다. 육성이 들리지 않는다. 거리를 걸으면 걸을수록 보고 싶은 것을 볼 수 없고 만나고 싶은 것을 만날 수 없는 조바심과 욕구불만만 더해간다. 거리는, 사람들은 단단히 무장하고 있었다.

내가 외국인이어서 그런 것은 아니다. 나는 상하이 사람으로 교묘하게 위장했다. 헌옷을 구해서 입고, 닳아빠진 신을 신고, 호텔 욕실에서 가위로 대충 머리를 자르고, 수염도 깎았다. 영락없이 상하이 변두리 공장에서 일하는 보잘것없는 선반공의 모습이었다. 보기만 해도 우울해지는 몰골이었다.

거리에서도 누구 하나 내 정체를 알아차리지 못했다. 길을 묻는 사람도 몇 명 있었다. 그러나 도시와 사람들의 민낯을 보기 위해 공장 노동자로 위장하고 인파 속으로 들어간 순간부터 도시와 사람들은 완전히 표정을 잃었다.

사람들은 이제 그 어떤 호기심도 보이지 않고, 친근한 웃음도 건네지 않고, 손뼉도 치지 않고, 길도 비켜주지 않았다.

요컨대 사람들이 내 눈앞에서 그들의 일상으로 돌아간 결과가 '무표정'이었다.

다만 내 모습에는 한 가지 다른 점이 있었다. 왼손에 카메라가 들려 있다는 것이다. 지금까지 여러 해를 여행하면서 나는 이 카메라를 들고 숱한 도시, 숱한 아수라장을 지나왔다. 그 결과 나도 모르는 사이

상하이 사람들의 눈은 무척 조심스러우면서도 신경질적이다 싶을 만큼 호기심으로 가득하다
한번은 중심가인 난징 로를 걸어가는데 어떤 남자가 다가와서 내 손에 뭔가를 쥐어주더니
굳은 미소를 남기고 총총히 사라졌다
종이에는 남자의 이름과 주소가 적혀 있었다
그 남자는 도대체 나에게 무엇을 기대한 걸까……

에 카메라의 존재를 지우는 방법을 터득했다. 기술적인 이야기를 하자면, 나는 웬만한 경우가 아니고서는 카메라를 여러 대 가지고 다니지 않는다. 그리고 카메라 한 대와 렌즈 하나로 어떤 장면에도 대응할 수 있는 눈과 기술을 자연스럽게 터득했다. 카메라는 당연히 목이나 어깨에 메지 않고 손등으로 가리듯이 해서 왼손에 쥔다. 행위의 손인 오른손은 왼손보다 사람들의 주목을 끌기 쉽기 때문이다. 그런 방법으로 태국인이나 아프리카 인종 같은 낙천적인 사람들 속에서는 20센티미터 코앞에서 셔터를 누르고도 들키지 않고 유유히 그 자리를 떠나곤 했다. 극단적인 예긴 하지만, 아무튼 나는 어떤 나라에서든 공기 같은 존재가 될 수 있었다.

그러나 상하이에서만은 달랐다.

지독하게 눈치가 빠르다. 흡사 소매치기처럼······.

요컨대 거리를 걸어가는 사람들은 상하이의 일개 선반공인 내 왼손 손등에서 좌우로 5센티미터쯤 튀어나온 35밀리 카메라를 10미터 전방에서 발견한다.

그때만 해도 나는 사람들의 시선이 왜 그렇게 재빠른지 생각하지 않았다. 막연히 상하이 사람들을 냉혹하고 무감정한 인종이라고 여겼을 뿐이다. 그리고 10미터 전방에서 내 왼손부터 살피는 상하이 사람들의 눈을 지켜보고 있는 내 눈 역시 냉혹하다는 사실을 깨닫고 씁쓸하게 웃었다.

공기 사진가와 냉혹 상하이인은 먼저 시선으로 맞섰다.

싸움

—

난징 로를 서쪽으로 한 시간쯤 걷다가 거리의 중간쯤에서 십자로 교차하는 시장 로를 남쪽으로 꺾었다. 40분쯤 걸어가자 화이하이 로라는 길과 만났다. 그곳에서 동쪽으로 꺾자 큰 순환도로에 둘러싸인 오래된 서민 동네가 나왔다.

나는 그 서민 동네의 시장에서 상하이에 도착한 이후 처음으로 인간적인 광경을 보았다.

싸움이다.

남자 두 명이 금방 드잡이라도 할 것처럼 씩씩대며 마주 보고 있었다. 중국에서는 보기 드문 광경이다. 바로 옆 회색 담벼락 밑에서는 여자 두 명이 엉거주춤한 자세로 앉아서 서로 노려보고 있었다. 남자 둘과 여자 둘은 각각 부부인 듯했다. 주위에 구경꾼들이 빙 둘러서서 지켜보고 있는데, 아무도 싸움을 말리려고 나서지 않았다.

욕설이 오가는 말다툼은 20분쯤 이어지다가 점차 수그러들어 불씨마저 꺼지고 말았다. 구경꾼들은 뿔뿔이 흩어졌다. 그러나 여자들의 숨 막히는 싸움은 계속되고 있었다.

담벼락 쪽에 앉은 여자는 진흙이 묻은 큰 마대의 주둥이를 양손으로 틀어쥐고 있었다. 마주 보고 앉은 여자는 낡은 비닐봉지를 들고 있었다. 비닐봉지 속에는 등딱지 너비가 5~6센티미터쯤 되는 작은 게가 열 마리 넘게 들어 있었다. 참고로 이것이 그 유명한 '상하이 게'인데, 장강에서 초가을부터 겨울에 걸쳐 많이 잡힌다. 내장이 특히 맛

시장은 진검승부의 장이다
물건을 팔고 사는 사람들은 땅콩 몇 알을 두고 15분 동안이나 언쟁을 벌이기도 한다

있으며, 상하이 길거리 어디에서나 팔고 있다.

여자들의 싸움은 지극히 단순하고 어이없도록 사소한 재량에 관한 것이었다. 비닐봉지에 든 열 마리 넘는 게들 중에서 한 마리가 유독 살집이 적다는 것이다. 여자의 손에 들린 그 게는 확실히 다른 게들보다 등딱지가 얇았다. 다른 손님이 와서 담벼락 쪽에 앉은 여자가 마대 주둥이를 벌리자 맞은편 여자가 살집이 적은 게를 얼른 마대 속에 던져 넣었다. 담벼락 쪽에 앉은 여자가 화를 내며 마대 주둥이에 고개를 처박고 100마리가 넘는 게들 중에서 어렵사리 그 게를 찾아내어 맞은편 여자 앞에 내동댕이쳤다.

두 여자가 식식거리면서 그런 행동을 무한 반복하고 있는 동안 게는 죽은 듯이 축 늘어져 있었다. 그럴수록 두 여자는 그 게를 상대에게 떠넘기려고 더 기를 쓴다. 가만히 서서 구경만 하기에도 어처구니없을 만큼 사소한, 이해득실을 둘러싼 투쟁이었다.

＊＊

게의 참극

—

시장을 나와서 그 서민 동네를 두 시간쯤 돌아다니다가 돌아가려 할 때였다. 나는 또다시 그 시장을 지나다가 전보다 더 기묘한 사태를 목격했다.

땅거미가 내리기 시작하자 가게들도 대부분 문을 닫고 지나다니는 사람도 많지 않았다. 그런데 시장 출구 쪽에 아이를 포함해 대여섯 명의 사람들이 모여 있고, 그 가운데서 한 덩치 큰 남자가 기이한 연기를 펼치고 있었다. 가까이 가보니 덩치 큰 남자가 양손으로 간신히 안아 올릴 만큼 큰 돌을 들고 있었다. 그리고 그 돌을 몇 번이고 패대기쳤다. 나는 땅바닥을 보고 기겁했다.

'게'다.

상하이 게의 참극이다.

50~60마리쯤 되는 상하이 게가 보기에도 무참하게 등딱지가 깨지고, 내장이 튀어나오고, 다리가 뜯겨나간 채 땅바닥에 흩어져 있었다. 그 광경을 목격하고 처음에는 깜짝 놀랐지만, 어쩌면 특이한 중국 요리를 만들기 위한 재료 손질 중인지도 모른다고 생각했다.

그런데 남자의 행동이 점점 더 이상해지기 시작했다. 더러운 장화를 신은 발로 상하이 게들을 밟아 뭉개는 것이다. 남자는 혼잣말처럼 뭐라고 웅얼거리고 있었다. 갑자기 이상한 느낌이 들어 주위 사람들의 얼굴을 둘러보았다.

……무표정하다.

어쩌면 상한 게일지도 모른다고 생각했지만 땅바닥에 흩어진 게들을 보니 간혹 발을 버둥거리는 녀석도 눈에 띄었다. 설령 상한 게라고 해도 일부러 밟아 뭉개서 버릴 필요는 없다.

도무지 이해할 수 없는 상황 앞에서 난감해하고 있는데, 덩치 큰 남자가 또 다른 기이한 연기를 시작했다. 근처 길가에 있는, 썩은 물이 고인 거무죽죽한 시궁창에 장화를 담그는 것이었다.

그리고 시궁창 물이 묻은 장화 발로 또다시 게들을 밟아 뭉개기 시작했다. 몇 번이고 그러기를 반복했다. 게 더미가 순식간에 시궁창 색깔로 변했다.

소나무 따라 하기

퍼뜩 어떤 직감이 떠올랐다. 역시 이것은 지극히 특이한 중국 요리를 만들기 위해 반드시 거쳐야 하는 지독히도 불결한 밑손질의 일종이라는 생각이 든 것이다.

그러나 몇 분 후, 허망하게도 이 배려 넘치는 직감은 단순한 착각에 불과했다는 사실이 밝혀졌다.

덩치 큰 남자가 뭐라고 웅얼거리며 돌아갈 채비를 하더니 그대로 가버린 것이다. 그리고 무참하게 짓뭉개진 더러운 상하이 게 더미만 덩그러니 남겨졌다. 구경꾼들은 변함없이 무표정한 얼굴로 그 광경을 보고 있다.

게 더미를 보고 있자니 탐구심이 불끈불끈 솟구쳤다. 이 불가사의한 수수께끼를 풀지 못한다면 중국에 온 보람이 없다는 생각이 들었다. 나는 사람들이 그곳을 떠나기 전에 내가 일본인이라는 사실을 밝혔다. 그리고 근처 가로등 밑에서 기나긴 필담이 시작되었다. 다행히 사람들은 이 안타까운 사태에 대해 설명해주고 싶었던지 필담에 응해주었다.

장황하게 쓰기도 그러니 필담의 요지를 간추려보면 이렇다.

1. 그 덩치 큰 남자는 천陳 씨인데, 어느 공장에서 일하고 있다.
1. 그리고 일주일에 한 번 이 자유 시장(개인적인 여가를 이용해 자유롭게 장사해도 되는 시장)에 게나 생선을 팔러 온다.
1. 저 게는 팔고 남은 것이다.
1. 팔고 남은 게를 떨이로 팔아치우지 않고 버린 이유는, 그렇게 했을 경우 조금만 기다리면 게를 싸게 살 수 있다는 소문이 돌면서 사람들이 제값을 주고 게를 사지 않게 되고, 결국 그 남자의 게는

상
하
이

더 팔리지 않게 된다.

1. 예전에 이 시장에서 두세 번 남은 물건을 떨이로 팔았다가 장사를 말아먹은 사람이 두 명 있었다.
1. 팔고 남은 물건을 사람들에게 공짜로 주면 물건은 더더욱 팔리지 않게 된다.
1. 남은 게를 챙겨서 돌아가지 않고 땅바닥에 패대기치고 밟아 뭉갠 것은 사람들에게 본때를 보이기 위해서다.
1. 한 마리도 남김없이 게를 폐기한 것을 보면, 아마 그 남자의 집에는 집안 식구가 총출동해서 잡은 상하이 게가 수북하게 쌓여 있을 것이다.
1. 마지막에 시궁창 물을 끼얹은 것은 사람들이 게를 주워 가서 먹지 못하게 하기 위해서고, 또 분풀이의 의미도 있을 것이다.

참으로 중국적이라고 할 만한 사태다.
나는 필담 도중에 피식 웃음이 났지만, 그곳에는 도저히 웃을 수 없는 싸늘한 공기가 감돌고 있었다.

* *

대성당

—

맑은 하늘에 선명한 음력 8월 보름달이 떴다.
그 푸른 가을 달빛 아래에서 나는 여러 번 기이한 장면을 목격했다.

서민 동네를 빠져나와 숙소로 돌아가는 길에 화이하이둥 로에서 한 거지를 만났다. 중국에 와서 처음 보는 거지였다. 일흔 살쯤 되어 보이는 뼈대가 억센 노파였다. 해진 옷을 여러 겹 껴입은 노파는 한 손에 더러운 폴리에틸렌 양동이를 들고 다른 손에 지팡이를 짚고 있었다. 노파는 빵집 앞에서 팔다 남은 빵 두 개를 오래도록 보고 있었다. 이윽고 느릿느릿 걸음을 옮기더니 노점 튀김집 앞에 멈춰 서서 튀김을 사 가는 사람들을 한참 쳐다보았다. 또다시 느릿느릿 걸어가던 노파가 이번에는 만두집 앞에서 유리문 너머로 슈마이를 빚는 모습을 넋을 놓고 바라보았다. 그러나 아무런 의사 표시도 하지 않았다. 그저 말없이 쳐다보고 있을 뿐이다.

구걸을 하지 않으니 거지라고 부를 수 없을지도 모른다. 그러나 구걸하지 않는 거지가 있다는 사실이 문득 살벌하게 느껴졌다. 상하이에서는 구걸이 통하지 않을지도 모른다는 생각이 들었던 것이다.

문득 한 시간 전에 시장에서 보았던 상하이 게의 참극이 떠올랐다. 나는 한 가지 추측을 해보았다. 만약 게를 밟아 뭉갠 그 덩치 큰 남자가 여기 있다면 거지 노파에게 게를 줄까? 현장을 지켜본 사람으로서 내 대답은 유감스럽게도 '노'다. 아마 그 남자는 노파에게 게 다리 하나 주지 않을 것이다…….

시장 로를 지나서 다시 난징 로를 서쪽으로 꺾어 한 시간쯤 걸었을 때, 나는 또 다른 장면을 목격했다. 행인이 드문 길 한편에서 술 냄새가 풍기고, 남녀가 바닥에 웅크리고 앉아 있었다. 부부였다. 여자는 갓난아이를 업고 있었다. 커다란 종이 가방의 밑이 찢어지는 바람에 내용물들이 길가에 쏟아지면서 술병이 깨진 것이다. 음력 8월 보름날을 축하하기 위해 술을 사서 돌아가는 길이었으리라. 부부는 속상해하며 유리 조각을 치우고 있었다.

지나가는 사람들은 하나같이 걸음을 멈추고 그 광경을 지켜본다. 무표정하다. 누구 하나 도와주려는 사람이 없다.

나는 사람들의 눈을 보았다.

……저 눈이다.

사람들은 1~2분쯤 그 자리에 서 있었다. 요컨대 1~2분 동안 한밤의 노상에 흩어진 가방 속 물건을 살펴보았다. 그리고 어떤 물건인지 확인한 후 그곳을 떠났다.

바로 그 '눈빛'이다.

오늘 낮에 불가해하다고 느낀 상하이 사람들의 눈빛. 내 왼손에 들린 카메라를 발견하던 그 재빠른 눈빛의 정체를 알 것 같았다.

상하이 사람들은 내가 들고 있는 카메라를 본 것이 아니다. 10미터 앞에서 걸어오는 남자가 왼손에 숨기듯이 들고 있는 '물건'을 본 것이다.

말하기 거북하지만 이것은 사실이다. 보통 사람과 사람이 만나면 서로의 눈을 보는데, 상하이 사람들은 먼저 상대의 손에 들린 물건부터 의식하고 시선이 그 뒤를 따른다.

상하이 사람들이 무표정하고 눈빛이 차가워 보이는 것은, 그들이 사람의 눈을 보지 않고 끊임없이 물건을 의식하고 살피기 때문이 아닐까 하는 생각이 들었다.

일본 역시 2차 대전이 끝나고 물자가 부족하던 시절에는 사정이 비슷했을지도 모르지만 경험이 없으니 뭐라 말할 수 없다. 다만 중국의 경우에 그것은 물질의 결핍 때문이라기보다는 일정 부분 중국인의 피 혹은 민족성에서 기인하는 것이 아닐까? 왜냐하면 나는 지금까지

상하이보다 훨씬 더 물질이 부족한 나라와 도시들을 여행한 경험이
있기 때문이다.

인도의 한 지역을 예로 들자면, 상하이보다 열 배는 더 물자가 부족
하다. 당연히 그들은 물건을 갖고 싶어 한다. 그러면서도 그들은 내
눈을 똑바로 쳐다본다. 그들은 '물질'을 보기보다는 정신성을 보기
위해서 태어난 인종이다. 그것은 '피'에서 오는 것이지 사회적 환경
에서 오는 것이 아니다.

저 빈곤한 인도에서 힌두이즘이라는 거대한 종교의 금자탑이 탄생
한 것도 그 '피' 때문이다. 그리고 한 힌두교 종파의 사원에 가보면
정신의 상징인 거대한 신의 눈이 새겨진 탑을 볼 수 있다.

인적 드문 난징 로를 서쪽으로 계속 걸었다. 푸른 달빛 아래에 거대
한 탑 세 개가 우뚝 솟아 있다. 중간에 있는 가장 높은 탑은 밤하늘을
찌르며 황금색으로 빛나고 있다. 건축 형태는 자이나교의 사원 양식
과도 비슷하고 이슬람교의 모스크와도 비슷하다.

옌안 로 근처에서 처음 이 거대한 건물을 보았을 때 마침내 상하이에
서 인간의 정신을 투영한 건물을 발견한 느낌이었다. 그 건물이 무엇
인지 나는 내심 기대하고 있었다.

그러나 나는 이미 며칠 전에 그곳에 갔었고, 종교적인 느낌마저 드는
저 금자탑이 무엇을 의미하는지 알고 있다.

건물 안에 들어서면 마치 유럽의 중세 사원 같다는 인상을 받는다.
눈앞이 아찔할 만큼 높은 돔 형태의 천장, 스테인드글라스로 둘러싸
인 거대한 입구, 그리고 웅장한 반원형의 대성당. 그러나 이곳에는
사교좌도 십자가도 신의 눈도 없다. 그 어떤 신격도 존재하지 않는

다. 흰 벽으로 둘러쳐진 거대하고 막막한 공간에서 금속 냄새가 난
다.

거대한 바닥을 본다.

그곳에 상하이의 신, 그리고 중국의 신들이 진좌한다.

상하이 공업전람관의 성스러운 물질 전시회다.

그곳에는 표면 온도 섭씨 6도의, 거대한 회색 공업 기계들이 관처럼
연면히 줄지어 놓여 있다.

물질이다.

중국의 신이다.

상하이에서 광둥으로 가는 기차
차창 밖 풍경

상하이에서 광둥으로 가는 기차
차창 밖 풍경
오리를 쫓는 소년

11장

보름달 밤, 바다의 둥근 돼지
/   홍콩

……걱정 마, 저건 홍콩의 불빛이야!

나는 큰 소리로 말했어.

어두운 바다 한가운데서

동생이 기쁜 얼굴로 고개를 끄덕였어.

그러고는 흐느껴 울더군.

많이 흥분했던 거지.

좋아, 해보는 거야.

저 불빛 아래에서 큰 부자가 되겠어!

나는 죽을힘을 다해 헤엄치기 시작했어.

상하이에서 기차를 탔다.

서남쪽으로 1,800킬로미터, 중국 대륙의 하복부 홍콩으로 간다.

광저우까지 32시간, 다음 날 광저우에 도착해 홍콩행 열차로 갈아타고 네 시간을 더 가면 홍콩의 주룽 반도에 도착한다.

중국에서는 상하이에만 있었다.

모래를 씹는 것처럼 살벌한 도시였다.

과거로 되돌아간 듯한 향수 어린 기차 기적 소리가 칙칙한 회갈색 도시의 벽에 메아리친다. 왕 씨와 천 씨가 창밖에서 손을 흔든다. 상하이에서의 내 보호자다. 보호자이기도 하고 감시자이기도 하다. 과보호 여행에서 간신히 해방되었다. 나도 웃으면서 손을 흔들었다. 왕씨와 천 씨도 웃었다. 하지만 기차 안팎에서 웃음을 주고받는 눈빛에서 격의가 느껴졌다. 무리도 아니다. 나는 걸핏하면 그들의 눈을 피해 자취를 감추었고, 중국인처럼 위장하고 서민 동네를 싸돌아다녔다. 이 기차 위에서의 작별은 어딘지 모르게 국외 추방 같은 느낌도 들었다……

상하이를 벗어나자 전원 풍경이 나타났다.

끝없이 이어지는 논밭 위로 드넓은 하늘이 펼쳐졌다.

쏟아지는 햇살 속에서 녹음이 빛났다.

간간이 산과 강이 모습을 드러내고 호수가 반짝였다.

흙색 마을이 지나가고 대숲이 흔들렸다.

삼밭이 냄새를 풍기고 연못이 검게 빛났다.

흰 감자 꽃이 지천으로 피고 거위 떼가 몰려다녔다.

사람이 우두커니 서 있고 수풀 옆에서 보랏빛 연기가 피어올랐다.

흘러가는 구름 밑으로 물소의 등이 보였다.

* *

미경美景과 악몽

—

칙칙한 적갈색의 상하이만 보다가 나는 그 미경에 놀랐다.

사람도, 거위도, 소도, 집도, 논밭도 소박하고 꾸밈없는 아름다움을 발산하고 있었다. 이번 동양 여행에서 만나지 못했던 질감의 미경이 그곳에 있었다.

미경을 마주할 때면 나는 늘 똑바로 보지 못하고 멈칫거린다. 비뚤어진 마음이 금방 드러나기 때문이다. 그래서 미경을 보면서 환성을 지르거나 눈물을 글썽이지 않는다. 언제나 곁눈으로 본다. 가능하다면 눈길을 돌리고 싶다.

한때 표고 4,000미터의 티베트에서 비할 데 없이 푸른 하늘을 보면서 지냈다. 하계에 내려온 후 어떤 고장에서 어떤 하늘을 보아도 탁하게 보이는 숙병을 얻었다.

티베트의 하늘은 내 안구에 지울 수 없는 새파란 얼룩을 남기고 말았다. 여행할 때는 똑바로 보지 않도록 조심해야 할 것들이 많다. 눈앞의 길조는 악몽과 표리일체의 관계다. 악몽을 보지 않으려면 항상 눈을 흐릿하게 뜨고 감수성을 무디게 해두어야 한다. 이것이 내가 터득한 장기 여행의 비결이자 장수의 비결이다.

그러나 이미 보았다면 어쩔 수 없다. 안구에 또 하나의 불우한 얼룩이 생겼다고 체념하는 수밖에 없다.

흔들리는 기차 안에서 백치처럼 흐리멍덩한 눈으로 흘러가는 미경을 본다. 차창 밖에 어둠이 내리고, 감시인인 왕 씨와 천 씨가 옆 침대에서 실눈을 뜨고 자고 있는 황당한 꿈에 시달리다가 아침을 맞았다. 그런데 상쾌한 기분으로 하품을 하다가 나는 그만 차창 밖으로 스쳐 지나가는 악몽을 보고 말았다.

상하이를 출발한 기차는 1,100킬로미터를 달려 헝산 근처를 지나고 있었다.

일순 창밖으로 어떤 장면이 쏜살같이 지나갔다.

반사적으로 카메라를 들었다. 그러나 카메라가 눈 위치에 도달하기도 전에 그 장면은 지나가고 말았다. 부질없는 짓인 줄 알면서도 미친 듯이 셔터를 눌렀다.

타이밍을 놓쳤다는 것은 알고 있었다. 손가락이 충동적으로 움직였을 뿐이다. 사진에는 담지 못했지만 그 장면은 내 뇌리의 필름에 명료하게 감광되었다. 0.5초 만에 지나가버린 그 풍경을 내가 생각해도 놀랄 만큼 선명하게 기억하고 있다.

새벽의 산수 속에서 두 명의 유동遊童을 보았다.

일곱 살과 여섯 살의 연년생 형제였다. 나는 그렇게 상상했다. 아이들은 어른 여자 옷 자투리를 꿰매어 누빈 옷을 입고 있었다. 형은 대나무 낚싯대를 들고 풀밭에 앉아 있고, 동생은 왼손에 긴 조릿대 가지를 쥐고 형 뒤에 서 있었다. 조릿대 가지에는 작은 떡붕어 일고여덟 마리가 양 눈이 꿰어져 매달려 있다.

아이들 앞에는 깊은 호수가 있었다. 호수는 영혼을 빨아들일 듯한 미묘한 빛깔을 띠고 있었다. 천 년의 물이끼로 덮인 청록색 호수 면은 천공의 보랏빛이 어려 존재와 비존재를 넘나드는 비현실적인 광채를 내뿜고 있었다. 얼핏 보기에는 호수가 아닌 것 같았다. 미묘한 색조의 천체가 떠 있는 것처럼 보였다. 형의 낚싯대 끝에서 눈에 보이지 않는 낚싯줄이 내려와 천체 속으로 가라앉고 있었다. 아이들은 호수를 바라보고 있었다. 호수는 그곳에 아무것도 없는 것처럼 고요했다. 아이들도 호수처럼 숨을 죽이고 있었다. 아이들 등 뒤로 칼끝처럼 예리한 바위산이 바짝 다가서 있었다. 산꼭대기를 시야에 담은 순간, 소년과 호수와 떡붕어는 보이지 않을 만큼 작아졌다.

그리고 그 장면은 갑자기 전경前景으로 나타난 대숲 뒤로 사라졌다.

＊＊

국경 열차
—

나는 멍하니 대숲을 바라보고 있었다. 또다시 악몽을 보고 말았다.
'천동天童'이다…… 하고 생각했다.

어쩌면 두 아이는 낚시의 명인이고 삼매의 명인이 아닐까?

티베트의 새파란 하늘을 본 후로 그 어떤 하늘도 탁해 보였던 것처럼, 그 광경을 본 순간부터 그 어떤 낚시의 명인이나 삼매의 달인도 내 눈에는 온전해 보이지 않을 것이다. 나는 또 하나의 작은 불운을 짊어지고 말았다는 허탈감에 빠졌다. 내가 지금의 처지와 환경을 버리고 몇 십 년 후에 저 천동의 경지에 도달할 수 있을까? 그런 생각을 하면 저 일순의 광경은 말 그대로 나에게는 악몽일 수밖에 없었다.

이튿날 아침 광저우에서 출국 절차를 마치고 홍콩행 국경 열차에 올랐다. 열차는 최신 두랄루민(강하고 가벼운 알루미늄 합금—옮긴이) 여행 가방 안처럼 청결하지만, 오한이 들 만큼 살벌하고 무성격하다. 신형 열차인 탓도 있지만 어쩌면 '땅'이나 '인간의 삶'과 직결되어 있지 않아서 그럴 것이다. 열차 안은 중국령도 홍콩령도 아니다. 어느 나라에도 속하지 않는 무성격한 국경 지대 같다. 승객들도 정체가 모호하다. 나일론 실 같은 백발에 햄 냄새 비슷한 체취를 풍기는 백인 노인들이 단체로 타고 있다. 세계 각지에서 온 화교도 있다.

객차 정면에 설치된 텔레비전 화면에 요란하게 치장한 미국인들이 연기하는 발레극 〈신데렐라〉가 무성으로 나오고 있다. 열차 전용 비디오 같은데, 친절하게도 극 중간중간에 홍콩 광고까지 삽입된다. 광고에 등장하는 상품은 하나같이 외국산이다. 홍콩 정청政廳에서 관할하는 열차일 거라 짐작했더니 프로그램이 중단되고 등장한 여자 아나운서가 중국 관복을 입고 있다. 차장도 중국 본토인이다. 차창 밖도 여전히 광저우의 농촌 풍경이다. 남방 지역이어서 햇살이 뜨거워 보이는데 열차 안은 냉방을 너무 세게 틀어서 실감이 없다. 궁합이 맞지 않는 음식을 먹어서 배 속이 불편할 때처럼, 이 국경 열차 좌석에 앉아 있으면 공산주의 중국과 자본주의 중국의 시차가 뒤죽박죽되어 머릿속에서 작은 소용돌이를 일으키고, 귀의 반고리관이 고장 나면서 존재감이 희박해진다. 이런 때에는 자기 확인을 위해 소변이라도 보아야 한다. 대변이라면 더할 나위 없다.

발레극은 신데렐라가 유리 구두를 신고 왕자님과 춤추는 장면에서 종착역에 도착하도록 설정되어 있는 것 같았다. 못된 언니들에게 괴롭힘을 당하던 가엾은 신데렐라가 자유와 행복을 손에 넣는 해피엔

딩과 사인방 재판(문화혁명을 이끈 공산당 지도자 장칭, 장춘차오, 야오원위안, 왕훙원, 이 사인방이 중형을 선고받은 1981년 재판—옮긴이)이 모종의 관계가 있을지도 모른다는 생각을 하고 있을 때, 갑자기 차창 밖이 어두워지고 열차는 주룽 역의 거대한 빌딩 지하로 빨려 들어갔다.

* *

혼혈 반도

—

홍콩은 중국 대륙과 육지로 연결된 주룽 반도와 홍콩 섬, 그리고 주변의 크고 작은 235개의 섬들로 이루어진다. 섬들은 대부분 무인도다. 450만 명의 주민 대부분은 주룽 반도와 홍콩 섬에 살고 있다. 특히 주룽 반도의 끝부분인 침사추이, 유마디, 몽콕 지구는 1제곱킬로미터에 무려 16만 명이 살고 있는 세계 최고의 인구 밀집 지역이다. 이 지구에는 지저분한 고층 아파트들이 한 치의 틈도 없이 빼곡히 들어차 있다. 건물들은 실내 공간을 넓히기 위해 하나같이 외벽을 터서 달아내고, 건물 옥상에 새로 3층씩, 4층씩 마구잡이로 건물을 지어 올리고, 그 건물들 역시 증축을 거듭하고 있다.

주룽 반도의 유마디나 몽콕 근처를 걷다 보면 야금야금 부풀어 오르는 홍콩의 모습을 확인할 수 있다.

본래 이 지역은 아편전쟁 당시만 해도 주민이 6,000명도 안 되는 한적한 시골이었다. 그러다가 영국 통치령으로 편입되어 상업이 발달하면서 대륙 여기저기에서 사람들이 모여들었다. 홍콩은 망국적인 분위기를 풍기는 인종의 잡탕 찌개 같다.

초기에 광저우나 지방 농촌에서 이주해 온 펀티本地라고 불리는 본토 중국인. 전쟁 난민. 이주 금지령이 내린 후에도 중국 각지에서 몰려든 막대한 수의 밀입국자들. 마약 유통을 독점하고 있는 차오저우인潮州人. 광대한 스텝 지역에서 온 덩치 큰 몽골인. 고산 지역에서 온 티베트인. 중국인이지만 돼지고기는 먹지 않고 양고기를 먹는 북방 회교도. 녹색 눈을 가진 중국령 투르키스탄 출신의 행상인. 산둥이나 베이징에서 온 난민. 동중국해에서 모여든 수상 거주자. 홍콩 섬 노스포인트北角에 거점을 둔 잇속 밝은 상하이인들. 햄 같은 피부색의 영국인. 상하이 화교와 경쟁 관계에 있는 유대인 커뮤니티. 이라크 출신의 억만장자. 나치 독일에서 도망쳐 온 사람들. 레닌 정권하에서 상하이를 거쳐 망명한 소련인 가족. 상인으로 성공한 인도의 신드족과 마르와리족. 태양의 나라 주민에서 수위나 야간 경비원 같은 밤의 생활자로 전락한 인도의 시크족과 펀자브족, 그리고 아프간인. 부산하게 들락거리는 동남아시아인. 정체 모를 땅딸막한 백인. 이들 외국인과 중국인 사이에서 태어난 혼혈.

세계 각국에서 온 비즈니스맨과 단체 여행자. 그리고 나 같은 개인 여행자…….

템플 스트리트

—

상하이에서 홍콩에 도착한 10월 초순은 숙소도 예약하지 않고 홀연히 방문한 나 같은 여행자에게는 최악의 계절이었다.

이 인구 과밀의 도시에서 평소에도 부족한 호텔은 관광 시즌이면 한 달 후까지 예약이 꽉 들어찬다. 유마디나 몽콕의 잡거빌딩 내 초대소와 공우公寓라고 불리는 삼류 호텔까지 모두 만원이어서, 과보호의 중국에서 홍콩에 도착한 순간 나는 거리에 내던져진 신세가 되고 말았다. 가방을 둘러메고 몇 시간을 걸어 다니면서 올려다본 도시의 표정은 냉혹하고 비정했다.

홍콩 사람들은 상대가 아무리 손님이라고 해도 자신에게 이익을 가져다주지 않는다는 사실을 알게 되면 냉담하기 짝이 없다. 특히 삼류 숙소는 그런 경향이 현저하다. 문은 아예 열어줄 생각도 하지 않고 쇠창살이 쳐진 어두운 창문 너머에서 오물이라도 본 것처럼 우거지상을 쓰거나 파리 쫓는 시늉을 하며 내치는 사람도 있다. 그럴 때마다 점점 더 자신이 초라하게 느껴져서 기분이 언짢다.

땅거미가 내리고 네온등이 하나둘 불을 밝히기 시작했다. 유마디의 번잡한 템플 스트리트 건너편에 철조망이 쳐져 있고, 그 너머에 공원 같은 곳이 보였다. 사당 앞에 콘크리트 광장이 있고, 군데군데 설치된 벤치 주변에는 생기 없이 비실비실한 사람이 50~60명 정도 모여 있었다. 다가가서 보니 술에 찌든 실업자 같은 남자, 삶의 목적을 잃어버린 비쩍 마른 늙은 남자, 피부가 늘어진 뜨내기 거지 등등이 트

상하이에서 홍콩에 도착했을 때 정박장의 악취에서 인간의 냄새를 맡았다

럼프나 중국 장기로 도박을 하고 있고, 무기력한 남자들이 빙 둘러서서 구경하고 있었다. 도박을 하는 것치고는 활기가 없다. 마치 개나 고양이나 갓난아이의 장례를 치르는 것처럼 서글프고 음울한 분위기다. 통나무처럼 쓰러져 잠든 사람도 있고, 철조망에 매달려 백치 같은 표정으로 거리를 바라보는 사람도 있었다. 여자는 눈에 띄지 않았다. 추레하고 후줄근한 남자들뿐이어서 광장 분위기가 더 침울하게 느껴졌다. 그러나 도시의 혼잡에서 벗어나 휴식하기에는 안성맞춤인 장소였다.

철조망 안으로 들어서자 세상이 변했다. 거리의 소음과 번쩍이는 불빛이 스크린 표면에 비친 영상처럼 갑자기 멀어졌다. 벤치에 앉자 안도감과 함께 허탈과 피로가 몰려왔다.

사람들이 모여 있는 오른쪽 벤치에서 조금 떨어져서, 콘크리트 바닥에 뿌리를 내린 협죽도가 연분홍색 꽃을 피우고 있다. 허탈한 표정의 한 노인이 그 꽃에 뺨을 비비듯이 하고 서서 입을 헤벌쭉이 벌린 채 하늘을 쳐다보고 있다.

광장 주위에 치솟은 회색 빌딩들 사이로 저녁 하늘이 보였다. 먼지와 스모그로 얼룩진 도시의 하늘 저편에 비늘구름이 떠 있다. 구름은 정지해 있는 것 같지만 계속 보고 있으면 아주 느린 속도로 동중국해에서 대륙 쪽으로 흘러가고 있는 것을 알 수 있다.

화가

—

만약 숙소를 구하지 못하면 협죽도 옆 벤치에서 하룻밤 신세를 져도 괜찮겠다고 스스로를 안심시켰다. 마음이 조금 놓이자 갑자기 공복감이 엄습했다.

광장을 나와 템플 스트리트의 노점에서 잡다한 음식으로 배를 채웠다. 광장 근처로 돌아와 노점에서 고기와 채소가 든 죽을 먹다가 나는 작은 말썽에 휘말렸다. 갑자기 도로변의 노점상과 좌판 상인들이 곡예라도 부리듯이 순식간에 물건을 챙겨서 사방으로 내달리더니 어디론가 사라져버린 것이다.

나는 반쯤 남은 죽 그릇과 젓가락을 든 채 암담한 심정으로 그 자리에 서 있었다. 주위를 둘러보니 나 같은 처지의 남자들이 눈에 띄었다. 남은 죽을 허겁지겁 입 안으로 긁어 넣는 남자가 있는가 하면, 죽이 가득 든 그릇을 들고 하이에나처럼 엉거주춤한 자세로 노점상이 달아난 반대 방향으로 종종걸음 치는 남자도 있고, 얼른 죽을 먹어치운 후 그릇과 젓가락을 길바닥에 내던지고 뛰어가는 남자도 있었다. 옆에 서 있던 남자가 내가 외국인이라는 것을 알았는지 죽 그릇을 든 채 달아나라고 계속 몸짓으로 신호를 보냈다. 석연치 않은 기분으로 남자를 따라갔다.

남자는 남계南界, 여계女界라고 적힌 2층 공중변소 근처에서 걸음을 멈추더니 그 자리에 서서 남은 죽을 먹기 시작했다.

나도 남자 옆에 서서 어정쩡한 기분으로 죽을 먹었다. 짐승의 울음소

리 같은 도시의 굉음 속에서 죽이 목구멍을 타고 내려가는 소리가 희미하게 들렸다.

죽을 다 먹자 남자는 빈 그릇을 공중변소 뒤에 던지고 광장 쪽으로 되돌아갔다. 나는 남자의 뒤를 따라갔다. 남자가 광장으로 들어갔다. 그의 어깨를 톡톡 두드렸다. 화들짝 놀란 남자가 내 얼굴을 보더니 귀찮다는 표정으로 웃음을 지었다.

나는 가방에서 공책을 꺼내 조금 전에 벌어진 일이 뭔지 알고 싶다고 적었다.

'노점상이 경찰을 피해 도망갔기 때문에 먹고 뛴 거다.'

남자가 오랜 시간을 들여 힘겹게 적은 대답이다. 그리고는 내 이름을 물었다.

"텅藤…… 위엔原…… 신新…… 예也……."

공책에 적은 내 이름을 남자가 중국 발음으로 읽었다.

"니 구이 싱你貴姓(이름이 뭐예요)?"

"ROBERT SHEI."

남자는 어설픈 영어 대문자로 그렇게 적었다. 로버트 셰이…….

홍콩 주민은 한자 이름과 영어 이름을 둘 다 갖고 있다는 사실을 들어서 알고 있었다. 신분을 밝히고 싶지 않은 모양이라고 생각했다.

남자는 자신의 이름을 영어로 적었으면서 영어를 한 마디도 못했다. 한동안 필담을 주고받다가 나는 묘한 사실을 알아차렸다. 남자는 공책에 글자를 쓰고 내가 무슨 뜻인지 이해하면 곧바로 볼펜으로 지워버렸다. 의식적인 행동이 아니라 자연스러운 버릇 같았다. 그렇게 그는 자신의 이름은 물론이고 별것 아닌 농담까지도 마치 발자국을 지우듯 하나하나 푸른 잉크 속에 묻어버렸다.

필담으로 농담을 주고받을 만큼 친밀감이 생기자 남자가 내 직업을 물었다.

나는 '화가'라고 적었다.

지금까지 나는 어떤 상황에서나 안전하고 무난한 이 가짜 직업 신세를 여러 번 졌다. 남자가 자기도 화가라고 공책에 적었다.

놀리는 거라고 생각했다.

남자가 웃으면서 자기 얼굴을 한번 그려보라고 제스처로 말했다.

나는 남자를 수은등 밑으로 데려가서 볼펜으로 스케치를 시작했다. 처음에는 대충 그릴 생각이었는데 나도 모르게 점점 그림에 빠져들었다.

초상화를 멋지게 그려주면 남자가 마음을 열지 않을까, 그런 생각을 했는지도 모른다. 이 대도시의 허탈한 광장에서 어슬렁거리는 남자의 마음을 연다고 해서 별스러운 의미가 있는 것도 아니다. 그런데도 어떻게든 남자의 마음을 열어보겠다는 오기 비슷한 감정이 그림을 그리는 동안 불끈불끈 솟아올랐다.

그렇게 해서 오늘 이국의 도시에서 겪은 설움을 치유하려는 건지도 모른다. 아니면 홍콩이라는 정체 모를 대도시에서 작은 열쇠 구멍 하나를 열려고 안간힘을 쓰고 있는 건지도 모른다.

나는 한 홍콩인의 관상을 찬찬히 뜯어보았다. 백록색 수은등 밑에서 남자는 시신처럼 보였다.

광대뼈가 튀어나오고, 피부는 갈고리에 꿰어 식당 앞에 걸어놓은 거위의 살가죽 같았다. 젊은 나이에 벌써 이마 양끝이 도깨비 뿔처럼 벗겨지고, 여자 머리카락처럼 가늘고 부드러운 갈색 머리카락이 번들거리는 이마 위로 흘러내려와 있었다. 좁은 얼굴 한복판에 자리 잡은 콧방울이 벌어진 크고 옹골진 코와 웃으면 그 양옆으로 길쭉하게 잡히는 보조개가 언밸런스해 어색한 느낌을 주었다. 얇은 기름 막이 낀 듯한 남자의 눈이 무지개 색깔을 반사하고 있었다. 그리고 눈동자 속에 도시의 불빛이 어려 있었다.

남자의 등 뒤로 무수한 도시의 불빛이 반짝이고 있었다. 그 불빛들은 템플 스트리트의 직선의 원근법 속에서 '영원'처럼 반짝이며 멀리 어둠 저편으로 사라졌다.

나는 공책에 눈을 그리다가 그 속에 어린 도시의 불빛이 남자의 텅 빈 눈동자를 관통한 템플 스트리트의 불빛 같다는 기묘한 착각에 빠져들었다.

**

개운開運 화장
—

로버트 셰이의 본명은 시에 리광이었다. 리광은 홍콩의 슬럼가인 주룽청九龍城의 한 아파트에 사는데, 그날 밤 자신의 그림을 보여주겠다면서 나를 집으로 데려갔다.

그의 집은 슬럼가의 중심을 구불구불 관통하는 룽진 도龍津道에 면한 114호 아파트 8층이었다. 주룽청 안의 길들은 룽진 도처럼 큰길인 경우에도 양팔을 벌리면 건물들이 손에 닿을락 말락 할 정도로 좁다. 건물 외벽을 터서 증축하고 달아낸 부분들이 길 위로 어지럽게 교차하면서 하늘을 가리고 있다. 그래서 노출 콘크리트 벽에 뚫린 투박한

사각형 입구로 들어가 좁고 어두침침한 계단을 올라가서야 비로소 그곳에 낡은 11층짜리 아파트가 있다는 것을 알 수 있었다.

리광의 집은 아파트라기보다 방이라고 부르는 편이 옳을 것이다. 네 평쯤 되는 방에 작은 부엌이 딸린 살풍경한 집이었다. 방에는 2층 침대, 긴 비닐 소파, 장롱, 그리고 붉은 불을 밝힌 관음 제단 말고는 아무것도 없었다. 그는 유광이라는 세 살 위의 형과 그 좁은 집에 살고 있었다.

그러다 만 넉 장의 그림이 벽에 기대 세워져 있었다. 주룽의 관광 지구인 침사추이 길거리에 늘어놓고 파는 비로드 그림이었다. 새카만 비로드 위에 유화 물감을 칠하는, 지극히 홍콩적이고 경박한 그림이다. 바탕이 검은색인 데다 잔털이 있는 섬유에 물감을 칠하기 때문에 어떤 색깔이든 요란스럽게 발색된다. 홍콩의 야경이나 정크선(중국의 소형 범선─옮긴이)이 떠 있는 놀 진 저녁 바다, 금발의 나부 등이 그림의 주제가 된다.

리광은 정크선만 그렸다. 빈말이라도 잘 그린 그림이라고 할 수 없었다. 내 안색을 살피던 형 유광이 선수를 치듯 "형편없는 그림이지?" 하고 영어로 말하며 웃었다. 리광도 따라 웃었다. "하지만 미스터 텅 위엔, 이건 아주 비싼 그림이야." 그렇게 말하고 유광은 물감 상자 구석에서 은박지에 싼 것을 꺼내 펼쳐 보였다. 은박지 안의 가루를 보자마자 헤로인이 아닐까 생각했다. 유광이 그림의 돛대 부분을 가리키며 의미심장하게 웃었다. 그 부분만 유난히 도도록하게 튀어나와 있었다. 그림을 살펴보니 배의 몸통도 그렇고 석양과 파도 부분도 부자연스럽게 튀어나와 있었다. 순간 직감적으로 어떤 생각이 떠올라 그림을 가리키며 물었다. "헤로인이야?" "아니, 우린 좀 더 제대로 된 걸 팔지. 모르핀이야, 모르피네." 유광이 대답했다.

그러고 보니 필리핀에서 보았던 헤로인 가루보다 살짝 투명한 느낌이 든다. 동남아시아에서는 드물지 않게 마약을 볼 수 있지만, 비로드 그림 속에 마약을 넣고 물감을 덧바르는 수법은 바다제비 집을 녹여 수프를 만드는 연금술사 같은 중국인이기에 가능한 발상이다. "이 배는 스무 명은 거뜬히 죽일 만한 양의 모르핀을 싣고 일본이나 프랑스, 미국으로 항해하지." 유광은 양손으로 파도가 일렁이는 시늉을 하면서 그렇게 말했다.

동생 리광이 무슨 말을 하는지 알아차리고 소리 내어 웃었다. 오리 울음소리를 닮은 괴상한 웃음소리였다.

"돈깨나 벌었겠군."

"농담 마. 입에 풀칠이나 하는 정도야. 이 방을 보면 알 거 아니야? 우린 여기서 10년째 살고 있다고."

"10년 동안 이런 일을 했으면 떼돈을 벌었을 거 같은데. 이 정도 모르핀이면 일본에선 웬만한 집 한 채는 살 수 있어."

"이건 우리 게 아니야. 여기(주롱청)선 개인이 약을 팔면 곧바로 경찰에 붙잡혀. 규칙이 있거든. 경찰은 그 규칙의 감시자 같은 존재지. 리광은 그림 그리는 기술자야. 약을 운반하기 위해 다양한 특기를 가진 기술자들이 동원되지. 리광은 그중 한 명에 불과해. 날품팔이꾼과 다를 게 없어. 돈을 버는 건 '삼합회' 조직뿐이지. 삼합회는 홍콩에만 8만 명의 조직원을 거느린 최대 마피아야. 조직원 중에는 고위급 경찰도 있어. 우린 조직원은 아니고 삼합회 일을 도와주는 걸로 먹고살아. 속임수를 쓰거나 하면 경찰이 들이닥쳐. 삼합회를 따돌리고 약

순진한 소년이 물었다
남이야 죽든 말든 돈벌이에만 열을 올리는 홍콩 사람들을 어떻게 생각하느냐고……
— 라디오 디스크자키

을 팔았다가는 곧바로 철창신세지."

"그런 거라면 앞으로도 돈을 벌긴 글렀잖아. 이 일에서 손을 떼고 다른 일을 해도 위험하진 않지?"

"그만두는 건 자유야. 사실 다른 일도 많이 해봤어. 묘혈 파는 인부로 출발해 대부호가 된 차오 씨처럼 그런 일도 해봤어. 홍콩은 묘지가 터무니없이 비싸니까 사람이 죽으면 보통 6년 계약으로 묘지를 임대해서 매장해. 계약이 끝나면 유골을 수습해 단지에 담아서 사탑 舍塔에 모시지. 시신을 묻는 일보다 유골을 수습하는 일이 돈을 더 많이 받아. 묘혈 파는 일을 2년쯤 하면 경력이 붙어서 유골 수습 일을 얻을 수 있어. 종종 유골에 귀금속이 둘러져 있는 경우가 있는데, 그걸 발견하면 재빨리 입에 넣고 삼켜버리지. 허둥대다가 비취반지를 손가락뼈와 함께 삼킨 적도 있어. 8개월쯤 지났을 때야. 금목걸이를 삼키다가 들켜서 반년 동안 철창신세를 졌지. 출소해서 이런저런 일에 손을 댔는데 하는 일마다 꼬이는 거야. 어느 날 길거리 관상쟁이에게 점을 봤는데, 미간이 너무 좁아서 부자가 되긴 어렵다더군. 날마다 거울을 보기도 지겨워서 하루는 진탕 술을 마시고 눈썹을 확 밀어버렸어. 그랬더니 이게 우연인진 몰라도 나흘 뒤에 생각지도 않은 돈이 들어왔어. 그래서 나는 생각했지. 관상으로 운명이 결정되는 거라면 관상을 바꾸면 운명도 바뀌지 않을까 하고 말이지. 특히 여자들은 화장으로 얼굴을 어떻게든 바꿀 수 있잖아. 그래서 나는 관상학과 화장 공부를 해서 그 둘을 결합시켰지.

'운명을 개척하는 화장'이란 걸 고안했다는 말씀이야. 간단히 말해 '개운開運 화장'이란 거지. 여자들을 위해 개운 화장을 해준다고 간판을 내걸었어. 《홍콩야보》라는 신문에 세 줄짜리 광고를 냈더니 불운한 여자들이 줄줄이 찾아오더군. 관상학에서 보면 확실히 살운殺運이 낀 여자들이 많았어. 개중에는 화장만으로는 어떻게 해볼 도리가 없을 만큼 흉하게 생긴 여자도 있었어. 한번은 일흔 살 먹은 뚱뚱한 노파가 정숙운貞淑運을 들게 해달라고 찾아왔어. 얼굴에 진하게 화장을 해줬는데 얼마나 흉측하던지. 한 달 후에 길에서 우연히 그 노파를 만났는데 똑같은 화장을 하고 있었어. 화장 덕분에 좋은 남자를 만났다면서 운이 반대로 풀려서 고맙다고 인사를 하지 뭐야. 아무튼 그렇게 해서 이 방은 불운한 여자들의 집합소가 됐지. 석 달을 그런 여자들만 만났더니 기분까지 우울해지더군. 하나같이 불운한 여자들이라 부자는 없었지만 이 월세방을 살 만큼은 돈을 벌었어. 제법 평판도 얻어서 신문이나 잡지에서 취재하러 오기도 했지.

그런데 말이야, 사업을 시작하고 반년이 지난 어느 날, 서른 살쯤 되는 여자가 이성운을 들게 해달라고 찾아왔어. 자주 있는 일이었지. 정수리가 삼각형으로 튀어나오고 인중이 너무 또렷해서 이성운이 붙기 어려운 관상이더군. 파마를 해서 머리를 부풀리고 인중이 흐릿해 보이도록 화장을 해서 보냈지. 그런데 이 여자가 돌아가는 길에 교통사고를 당했지 뭐야. 가족이 경찰에다 고발을 했어. 그랬더니 예전에 취재를 와서 선전까지 해준 한 삼류 신문이 이걸 컬러판 기사로 일면에 실은 거야. 내 얼굴 사진까지 넣어서 찢고 까불고 하면서 말이지. 나 때문에 손님이 떨어진 길거리 관상쟁이 조합 회장이 친절하게 내 관상을 분석하면서 사람들의 부를 빼앗고 재앙에 빠뜨리는 상을 가졌다고 기사에서 신나게 떠들어대기까지 했어.

홍콩 사람들은 정말이지 거위 떼 같아. 누가 이쪽이라고 하면 이쪽으로 우르르 몰려오고, 저쪽이라고 하면 저쪽으로 우르르 몰려가거든.

게다가 터무니없이 미신에 약해. 그 일이 있고 나서 손님의 발길이 끊기면서 모든 게 도로 아미타불이 되고 말았지. 소동이 가라앉을 즈음에 다시 《홍콩야보》에 좀 더 크게 광고를 냈는데, 그게 도리어 화근이 돼서 그 전에 개운 화장을 해준 여자들이 화장 때문에 더 불행해졌다면서 돈을 돌려달라고 찾아오는 판이야. 손님이라고 해봐야 전에 거래하던 화장품 회사 직원이 다시 한 건 올려보겠다고 살살거리면서 찾아오는 게 전부였어.

개운 화장 사업을 시작하고 석 달쯤 지나서 장사가 한창 잘될 때였는데, 그 화장품 회사 직원이 찾아와서 화장만 해주지 말고 '개운 화장품'이란 걸 만들어서 팔자고 하더군. 삼류 화장품의 라벨을 떼어버리고 동생이 디자인한 라벨을 붙여 '개운 로션'이니 '개운 팩'이니 하는 걸 만들어서 값을 배로 받고 판매했거든. 여섯 종류를 만들었는데, 특히 '개운 팩'이 인기가 좋았지. 여자들 말로는 얼굴에서 팩을 떼어낼 때마다 과거의 불운이 떨어져나가는 느낌이 든대. 화장품이 제법 잘 팔리자 인간적으로 꽤나 자신감이 붙더군. 머잖아 우리도 '호랑이 연고'로 억만장자가 된 후원후胡文虎 형제처럼 될 거라고 잔뜩 꿈에 부풀었지. 그렇지, 리광?"

유광은 흥분해서 여기까지 단숨에 말하고, 천천히 자리에서 일어나더니 장롱 서랍에서 끝이 말려 올라간 낡은 화장품 라벨 다발을 꺼내왔다. 서로 몸을 휘감은 용 두 마리가 라벨 가장자리를 두르고 있고, 그 안에 '개운 마스카라'라고 적혀 있었다.

"이유는 잘 모르겠지만 이게 가장 안 팔렸어. 그렇지, 리광?"

라벨 다발을 보고 있던 유광이 고개를 갸웃거리면서 그렇게 중얼거렸다.

**

보름달과 돼지

—

유광이 입을 다물자 침묵이 방 안을 지배했다. 대도시의 땅울림 같은 소리가 사방의 벽을 통해 스며든다. 바람구멍이 뚫린 것처럼 스르르 긴장이 풀리면서 가벼운 허탈감이 밀려왔다. 나는 기분을 바꿔보려고 방 한편에 놓인 붉은 제단으로 시선을 옮겼다. 여제천후를 모신 작은 제단 양쪽 끝에 양초 모양의 전등이 깜박이고 있었다. 그런데 전등 사이에 기묘한 물체가 놓여 있는 것이 보였다.

제단에 올리는 공양물치고는 너무 크다. 바짝 말린 동물의 내장 같다. 두꺼운 가죽 공처럼 생겼는데, 육질이 반쯤 찌부러져 있다. 뒤틀리고 불거진 혈관, 소금을 뿌린 것처럼 하얗게 변한 주름. '공하발복恭賀發福'이라는 금박 문자가 찍힌 낡은 붉은색 종이가 붙어 있다. 말 없이 그냥 앉아 있기도 그래서 나는 제단으로 다가가 그 기묘한 물체를 만져보았다.

거칠거칠하고 돌처럼 딱딱했다. 해양 동물처럼 생겼다.

"이게 뭐지?"

"아, 그거…… 부적이야."

"문어 머리처럼 생겼는데."

"아니, 돼지야."

"돼지라고?"

"응, 돼지 내장. 소변이 모이는 곳 있잖아, 뭐라고 하더라……."

"방광 말이야?"

홍콩 사람이 먹지 않는 것
두 다리를 가진 것—아버지와 어머니
네 다리를 가진 것—책상과 의자
그런 농담이 있다

"맞아, 방광. 돼지 방광이야."

"돼지 방광은 처음 봤어. 홍콩에는 돼지 방광을 부적으로 삼는 풍습이 있어?"

"그런 웃기는 풍습이 어디 있어? 우리 형제의 부적이야."

"취향이 특이하군. 재미있는데."

"재미있어? 그건 우리 형제의 목숨 줄이었다고."

"목숨 줄……?"

"그래."

"돼지 방광과 두 사람의 목숨 줄이라……. 수수께끼 같은 얘기군. 도대체 무슨 일이 있었는데?"

"궁금해?"

"응."

유광은 말없이 빙그레 웃기만 했다. 잠시 후 유광이 양손을 호주머니에 찌르며 자리에서 일어났다.

"밖으로 나갈까? 바다에 가보자."

시계는 새벽 1시를 지나고 있었다. 밤바다를 보는 것도 나쁘지 않겠지…….

아파트를 나섰다. 15분쯤 걷자 바다가 보였다. 바다 냄새는 나지 않았다. 해안으로 나가자 불을 밝힌 정크선들이 어두운 바다에서 흔들리고 있었다. 바다 건너 홍콩 섬의 노스포인트가 보였다. 노스포인트의 무수한 불빛들을 마주 보고 왼쪽으로 뚝 떨어진 곳에 붉은 불빛이 깜박이는 카이탁 공항의 활주로가 보였다. 문득 수평선 너머 홍콩 섬이 바다 위로 떠오른 죽은 가오리의 거대한 등짝 같다는 생각이 들었다.

"멀리서 보면 어떤 도시든 근사하지. 노스포인트에서 바라보면 주룽
청도 멋진 성처럼 보여."

유광이 노스포인트를 보면서 이야기를 시작했다.

"중국 대륙 남쪽에 있는 광둥성 호우하이만 해변으로 나오면 말이
지, 시커먼 바다 저편에 환영처럼 길게 누운 불빛이 보여. 그게 홍콩
이었어. 우린 그 불빛을 보면서 자랐어. 날씨가 궂은 날에는 보이지
않다가 어떤 날은 성큼 다가온 것처럼 또렷하게 보였어. 그런 날이면
리광이랑 밤늦게까지 해변에 앉아서 꿈같은 홍콩 얘기를 했지. 광둥
촌사람들이 홍콩이 어떤 덴지 어떻게 알겠어? 같은 얘기만 들려왔
지. 호우하이만에서 바다를 헤엄쳐서 홍콩에 밀입국한 청년이 묘혈
파는 인부로 출발해 완차이(홍콩섬 북쪽에 위치한, 번화한 상업 지구—옮긴
이)의 30층짜리 빌딩 옥상에 수족관 딸린 호화 저택을 가진 억만장자
가 되었다느니 하는 소문들이 끊임없이 들려오는 거야. 그러니 가난
뱅이들은 좀이 쑤셔서 견딜 수가 없는 거지. 밤에도 낮에도 보석처럼
빛나는 천국 같은 곳이라고 인민위원집 아들이 논두렁에 서서 뻐기
면서 얘기했어.

지금 생각하면 홍콩엔 가본 적도 없으면서 거짓말만 잔뜩 늘어놓았
던 거야. 홍콩에선 사람이 죽으면 그 키만 한 순금 용을 무덤 속에 넣
어준다고 허풍을 쳤어. 하지만 홍콩이라는 말만 나오면 다들 넋을 놓
고 들었지. 시골에서 한가롭게 소나 키우면서 살겠다는 녀석도 있었
지만, 평생 한 번이라도 좋으니까 그런 꿈같은 곳에서 살아보고 싶
다, 갖고 싶은 걸 다 가지면서 살아보고 싶다고 말하는 젊은이들이

훨씬 더 많았어. 하지만 말은 그렇게 해도 실행하는 사람은 없었지. 붙잡히면 소련 국경 근처에서 몇십 년 동안 강제 노동을 해야 한다는 소문이 있었거든. 다들 무서워서 엄두를 못 냈지.

우리가 홍콩행을 감행한 건 문화대혁명이 계기가 되었어. 얄궂게도 우린 그때 국가에서 도망친다는 혁명을 일으켰던 거지. 토지 개혁 때 땅을 몰수당해서 남은 땅으로는 열한 식구가 먹고 살기도 힘들었어. 아버지는 가장 어린 아들 둘에게 기대를 거셨지. 어쩌면 버림받은 건 지도 몰라. 마을 사람들에게 수영 선수가 될 거라고 거짓말하고 리광 과 나는 동네 강에서 수영 연습을 했어. 대륙에서 홍콩으로 건너가려 면 호우하이만에서 못해도 6킬로미터는 헤엄쳐야 하니까.

3년이 지나자 돼지도 통통하게 살이 올랐어. 두 마리를 잡았지.

방광을 잘라내어 그걸 몸에 묶을 생각이었거든. 공기를 채우면 농구 공만 해지는데, 미끄러지지 않게 그물로 감아야 해. 돼지 방광은 튼 튼하고 탄력이 좋아서 부낭으론 최고지. 상어가 나온다고 해서 석회 수에 담가서 피 냄새도 뺐어.

10월 1일 국경절을 가족과 함께 보내고 이틀 뒤, 보름달이 뜬 밤에 가족과 작별하고 몰래 마을을 빠져나왔어. 고향 마을과도 영영 이별 이라고 생각하니 가슴이 미어지더군. 꼴 보기 싫은 녀석 집 앞을 지 날 때는 리광이랑 둘이서 마지막으로 오줌을 갈겨줬어.

사탕수수밭을 지나서 해변으로 나오니 멀리 홍콩의 불빛이 보이더 군. 그날은 선명하게 보였어. 호주머니에서 비닐에 싼 담배와 성냥 을 꺼내서 한 대 피웠지. 바람에 흔들리는 수숫대 소리에 누가 쫓아 오는 줄 알고 얼른 담뱃불을 끄고 바위 뒤로 숨었어.

바람이 그친 뒤 우리는 손을 잡고 허리를 숙인 채 바다로 들어갔어.

심장이 벌렁벌렁 뛰더군. 리광이 미끄러져 넘어졌어. 물이 가슴께까지 왔을 때 내가 신호를 하고, 둘이서 정신없이 평형으로 헤엄치기 시작했어. 그런데 리광이 손을 놓으려고 하지 않는 거야. 이 녀석은 막내서 늘 그래.

처음에는 물에 너무 잘 떠서 헤엄치기가 힘들었어. 혹시 몰라서 부낭 구실을 하라고 바짓부리를 묶었거든. 이건 필요 없겠다 싶어서 물속에서 풀었어. 얼른 해안을 벗어나려고 정신없이 헤엄쳤어. 리광이 더 빨랐어. 사이가 벌어질 때마다 나는 기다리라고 소리쳤어.

해안을 벗어나서 잠시 쉬고 있는데 뒤에서 누가 속삭이는 소리가 들려. 돌아보니 아무도 없는 거야. 리광도 같은 소리를 들었다고 했어. 둘이서 손을 잡고 귀를 기울였지. 파도가 부서지는 소리 같았어. 일렁이는 물결 사이로 멀리 대륙의 해변을 보니 파도가 부서지며 만들어내는 하얀 물거품의 띠가 달빛 속에서 나타났다가 사라졌다가 하고 있었어.

속삭임처럼 들리는 소리는 멀리 해변의 파도 소리였던 거야. 우리는 한동안 대륙의 해변을 바라보고 있었어. 그런데 환영 같은 물거품의 띠 너머에 누가 서 있는 것 같았어. 문득 식구들이 모두 해변에 나와서 보고 있다는 생각이 들더군.

'자이지엔(다시 만나요)!'

작은 소리로 말하고 장난스럽게 손을 흔들었더니 리광도 '자이지엔, 자이지엔' 하고 큰 소리로 따라하는 거야. '바보야, 그만해!' 하고 머리를 쥐어박고 둘이서 킥킥거리며 웃다가 주뼛주뼛 주위를 둘러보니 이쪽도 저쪽도 온통 새카만 바다야. 더럭 겁이 나더군. 우리는 한마디도 하지 않고 파도 너머 홍콩의 불빛만 보면서 죽어라 헤엄쳤어.

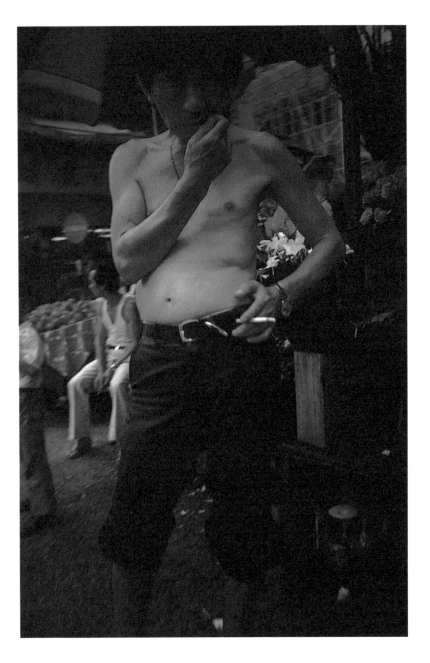

그렇게 세 시간쯤 지났을 거야. 절반이 넘는 거리를 헤엄쳤을 땐데, 문득 이상한 걸 봤어. 홍콩 쪽 상공이 밝아지기 시작한 거야. 동생이 먼저 알아차리고 '저게 뭐야' 하고 물었어. 우리가 바다에 뛰어든 시각이 밤 열 시쯤이니까 해가 뜨려면 한참 더 있어야 하거든. 더구나 계속 남쪽을 향해 헤엄치고 있었는데, 해가 남쪽에서 뜰 리도 없잖아. 이상하다, 이상하다 하면서 헤엄치다가 문득 깨달았어. 저건 어쩌면 인민위원집 아들이 말하던, 밤에도 낮에도 보석처럼 빛나는 홍콩의 불빛이 밤하늘의 구름에 반사된 거라고. 틀림없다고 생각했어. 동생은 다른 방향으로 헤엄치고 있는 줄 알고 걱정했나 봐.

'걱정 마, 저건 홍콩이야!'

나는 파도에 흔들리며 큰 소리로 분명하게 말했어.

리광이 헤엄치면서 기쁜 얼굴로 고개를 끄덕였어. 그러더니 흐느껴 울더군. 많이 흥분했던 거지. 나는 좋아, 해보는 거야, 저 불빛 아래에서 큰 부자가 되겠어, 그렇게 다짐했어. 용기가 불끈불끈 솟구쳤어. 그때 내가 스물다섯, 동생은 스물둘이었어. 뭐든 마음만 먹으면 할 수 있는 나이였지.

……벌써 14년 전이야. 사는 꼴이 이렇다 보니 가족에게 편지도 못 쓰고 있어."

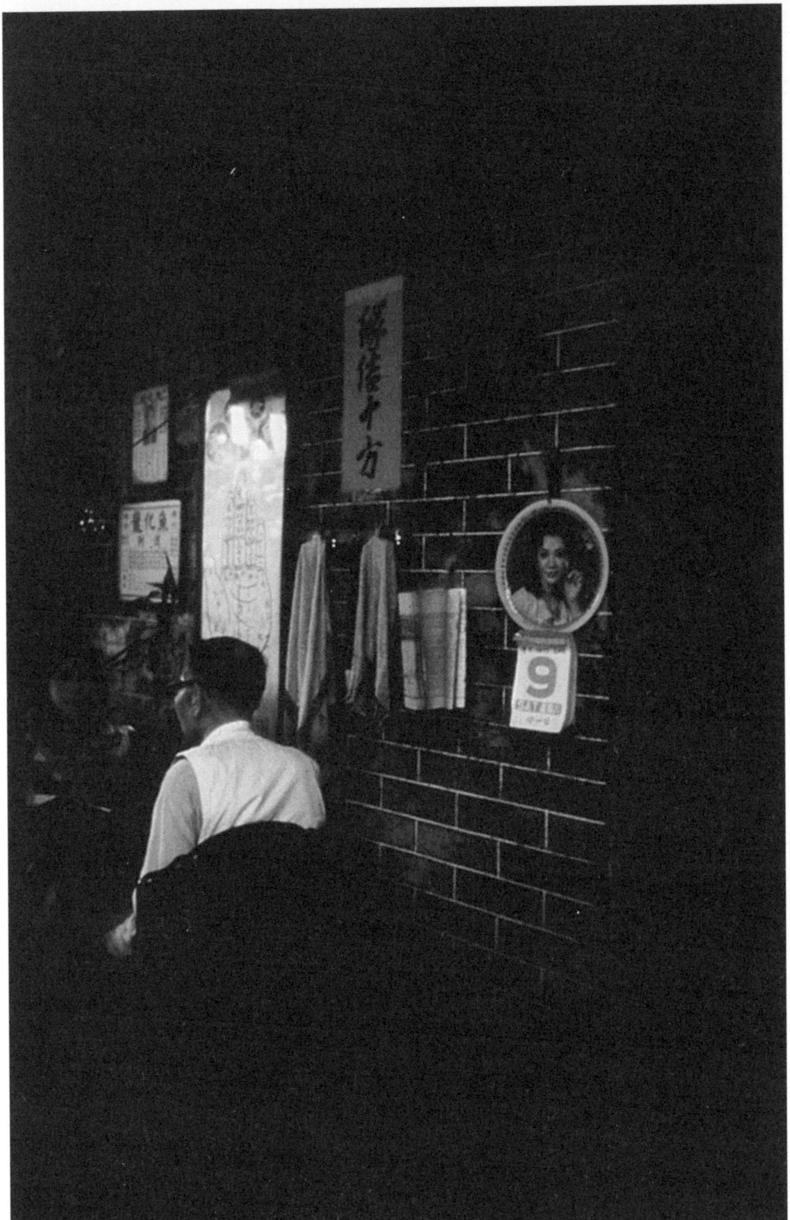
9

* *

반짝이는 섬

—

유광은 이야기를 마치고 담배에 불을 붙이려고 했다. 해협에서 불어온 바람이 자꾸 성냥불을 꺼뜨렸다. 바람에서 메탄가스 비슷한 매캐한 냄새가 났다. 갯내를 풍기지 않는 검은 바다에서 불을 밝힌 삼판선이 파도에 흔들리며 바쁘게 지나갔다.

"어때, 이제 저 돼지 방광이 뭔지 알겠지?"

"응, 알겠어. 꽤나 특이한 얘기로군. 그런데 지금도 대륙 사람들은 돼지 방광을 매달고 바다를 건너와?"

"이제 그런 옛날 방식은 안 쓰지. 공기베개나 자전거 튜브 같은 걸 사용해. 간혹 멍청한 녀석들이 상어 먹이가 되기도 한대. 가엾게도…… 찢어진 공기베개가 바다에 둥둥 떠다닌다더군."

그때 문득 두 아이의 모습이 뇌리를 스치고 지나갔다. 대륙의 기차 창밖으로 보았던 낚시를 하던 소년들이었다.

나는 작은 목소리로 물었다.

"다시 대륙으로 헤엄쳐서 돌아갈 생각은 없어?"

"농담 말라고."

유광이 나를 보았다. 냉랭한 눈으로 내 존재를 응시했다.

"그런데 텅위엔, 너는 도대체 뭘 하는데? 홍콩에서 숙소도 없이 헤매 다니고, 마치 바다를 헤엄쳐 건너온 밀입국자 같잖아."

"찾을 게 있어."

"뭘 찾는데?"

"그걸 모르겠어."

"별난 녀석이군. 뭘 찾는지도 모르면서 어떻게 찾는단 말이야?"

"듣고 보니 그런 것도 같네……."

난데없는 굉음이 귓전을 흔들었다.

우리 세 사람의 시선이 검은 바다 저편의 거대한 평지로 쏠렸다. 괴상하게 생긴 은회색 새가 밤하늘을 향해 칼끝을 세운 채 지면을 벗어나고 있었다.

NORTH WEST.

동체에 적힌 글자가 붉은색 불빛에 드러났다.

유광이 무슨 말을 했다.

"안 들려."

유광이 내 귀에 대고 큰 소리로 말했다.

"노스포인트에 기막히게 예쁜 상하이 여자가 있어! ……너, 거기까지 헤엄칠 수 있어? 그렇게 먼 거리도 아니야!"

나는 검은 바다 너머 노스포인트를 보았다.

그 작은 빛의 소용돌이를 보고 있으니 왠지 웃음이 치밀었다.

나는 웃었다. 큰 소리로 웃었다.

귓전에서 여객기 폭음이 멀어지고 웃음소리만 점점 더 커져갔다. 두 형제도 웃고 있었다.

12장

붉은 꽃, 검은 눈
/   한반도

시베리아 기단에 덮인

이국의 어느 날 밤,

나는 낯선 도시에서

월경혈을 만지면서

여자의 어깨 너머로 검은 눈을 보았다.

여명을 등지고 소리도 없이

그늘진 함박눈이 내리고 있었다.

2월······.

* *

얼어붙은 강

—

나는 한반도의 서울을 향했다.

짙은 잿빛 구름이 낮게 드리운 겨울 오후, 택시는 서울의 남쪽을 흐르는 한강을 건너고 있었다.

강폭이 넓다.

강변의 건물들이 나지막해 하늘이 시원하게 트여 보였다.

강은 얼어붙어 있었다.

얼어붙은 강은 처음 본다.

나는 차창에 서린 수증기 막을 손으로 닦고 강을 보았다.

수면이 희끄무레하다.

처음에는 눈처럼 보이지만 미미하게 투명도가 느껴진다. 회색이 감도는 미량의 에메랄드그린 색깔을 머금고 있다.

강 표면만 보고 있을 때는 알아차리지 못한다. 서쪽으로 강폭을 넓히면서 사행하는 강의 전체 모습을 보고 있으면 갑자기 그 희끄무레한 수면에 산뜻한 에메랄드그린 색깔이 희미하게 비쳐 보인다.

그 가볍고 미묘한 색조의 일대는 우중충한 잿빛 풍경 속에서 선명해 보이기까지 한다.

건조한 겨울철에 강은 최저 수위에 도달해 있을 것이다. 얼어붙은 강은 군데군데 검은 흙바닥을 드러내고, 그 위에 흰 것이 어른거렸다.

"저건 새 같은데, 무슨 새죠?"

운전사는 한 손으로 핸들을 잡고 열심히 라디오 다이얼을 돌리고 있었다.

갑자기 오열하는 듯한 격렬한 바이브레이션이 차 안을 가득 채웠다.

사람의 목소리…….

나이 든 여자의 목소리다.

처음에는 흐느낌처럼 들렸다.

차진 현악기 소리와 힘차게 울리는 건조하고 단조로운 타악기 소리가 흐느낌을 부추긴다.

여자는 목구멍 깊은 곳에서 소리를 쥐어짜내고 있었다. 그러나 나니와부시浪花節(샤미센 반주에 맞추어 부르는 일본의 대중적인 창—옮긴이) 같은 탁한 목소리가 아니라, 굵고 힘찬 목소리 속에 숨어 있던 서늘하고 매끄러운 고음이 노랫가락을 타고 나타났다가 사라진다.

나는 창밖으로 지나가는 강 풍경을 보면서 노랫소리에 귀를 기울였다. 드넓은 황무지처럼 보이는 얼어붙은 새하얀 강과 노익장을 과시하는 여자의 힘찬 노랫소리는 아무런 위화감 없이 자연스럽게 어우러졌다.

여자는 서서히 '흐느낌'을 끌어올려 격렬하게 육체를 진동시키듯 노래하고 있었다.

기이한 노래다…….

한동안 내 귀는 그 노래에 못 박혀 있었다.

그런데 점차 그 노래가 단순한 '흐느낌'이 아닌 것처럼 들린다.

흐느낌과 분노가 미묘하게 겹쳐지고 있다.

욕설을 퍼붓고 비웃는 것 같기도 하다.

선율을 타고 흐르는 그 분노가 문득 꿀처럼 달콤하게 느껴졌다.

……분노 뒤에 열락이 들리는 듯도 하다.

차가 다리를 건너고 강이 멀어졌다.

강을 건너자 한동안 길 양쪽으로 건물들이 이어졌다.

건물들이 서서히 늘어나고, 터널을 지나자 서울이 보였다.

노래는 여전히 계속되고 있었다.

노래의 광기와 피의 진동이 그 도시로 전해졌다.

서울.

……영혼.

나는 그 도시를 서울(수도)이라고 부르지 않고 소울(영혼)이라고 불러

보았다.

닫힌 창으로 도시의 소음이 비집고 들어와 노랫소리와 뒤엉켰다.

운전사가 라디오를 끄려고 했다.

"노래를 좀 더 듣고 싶어요."

"손님, 이 노래가 마음에 들어요?"

중년의 운전사가 어설픈 일본어로 물었다.

"좋은 노래군요."

"요즘 한국 젊은이들은 이런 노래를 안 들어요. 다들 미국 노래만 좋

아하는데, 젊은 친구가 참 별나네."

"이게 무슨 노래예요?"

"판소리, 판소리라고 해요."

이스탄불에서 여행을 시작한 지 1년
계절은 다시 겨울

"울다가 화를 냈다가 하는 것처럼 들려요."

"맞아요. 울다가 화를 냈다가 하죠. 그래도 아름답지 않아요, 노래가? 나도 판소리를 좋아해요. 하지만 우리 같은 서울 사람은 알아듣지 못하는 대목도 간혹 있어요. 판소리는 전라남도 노래여서 그쪽 사투리로 부르거든요."

전라남도는 한반도 남단에 위치하는, 일본으로 치면 현이다.

판소리는 전라남도의 노래다. 예로부터 전라남도 사람들은 중앙으로부터 멸시와 학대를 받아왔고 지금도 사정은 크게 다르지 않다고 한다. 판소리는 그런 풍토에서 태어난 가시 돋친 잡초 같은 노래다. 주로 부조리에 대한 원한, 권력에 대한 강렬하고 외잡한 풍자를 담고 있다고 한다. 판소리는 전라도 사투리로만 불려진다.

"작년에 폭동이 일어난 광주는 전라남도의 중심 도시죠?"

"맞아요."

"그럼 이마에서 피를 흘리던 그 청년들은 함께 목이 터져라 판소리를 불렀던 거군요."

"……손님, 그런 이상한 말은 서울에 도착하면 함부로 입에 담지 않는 게 좋아요."

김

一

눈이 내리기 시작했다.

도로에는 진흙이 섞인 거무스름한 얼음이 엉겨붙어 있었다.

정육점 앞 길바닥에 유리 진열장의 새빨간 불빛이 비쳐 거무죽죽한 피가 흥건히 고여 있는 것처럼 보였다.

머나먼 타향에 있는 듯한 기분이 들었다.

택시 안에서 들은 판소리 가락이 무심결에 입 밖으로 튀어나왔다.

성대가 얼어서 덜덜 떨리기만 하는 괴상한 소리였다.

노래를 멈추고 고개를 들었다. 눈송이가 얼굴에 떨어진다.

눈 속에서 사람들이 우왕좌왕하고 있었다.

시장 냄새가 났다.

두 토막 낸 소의 절반을 짊어진 남자가 빠른 걸음으로 앞질러 갔다.

동백나무 가지 다발을 안은 여자가 앞을 지나갔다. 눈송이가 내려앉은 진녹색 나뭇잎 사이로 작은 꽃봉오리가 보였다.

눈 속에서 김이 피어오르고 있었다.

바다 냄새가 풍겼다.

피어오르는 김 속을 걸어가는데 노점 여주인이 손짓을 했다. 여주인 앞에는 음식이 수북이 쌓여 있었다. 의자에 앉아서 어묵과 김밥, 돼지 간을 시켰다. 여주인이 먼저 어묵을 내놓았다. 김이 나는 어묵 그릇 속으로 눈이 날아와 떨어졌다.

바다의 정령들

"엄청난 눈이네요. 늘 이렇게 눈이 많이 와요? 그래도 별로 쌓이진 않는군요."

"자주 내리진 않아. 열흘에 한 번 정도지. 이러다가 금방 그쳐."

눈앞에 삶은 돼지머리 다섯 개가 가지런히 놓여 있었다. 나는 곱은 손으로 김밥을 집어 먹고 어묵 국물을 마시면서 눈앞의 돼지머리를 바라보았다.

돼지머리는 하나같이 정수리 부분에 구멍이 뚫려 있었다. 도축할 때 둔기로 때려서 생긴 구멍일 것이다. 제대로 맞히지 못해 여러 군데 자국이 있는 녀석도 있다. 영하 10도를 밑도는 추위 속에서 돼지 얼굴은 백랍처럼 해쓱했다. 불 쪽으로 향한 부분만 기름이 배어나와 번들거렸다.

그중에 좀 작은 녀석이 있는데, 표정이 영 거슬린다. 악상惡相이다. 단말마의 표정을 짓고 있다. 이런 돼지는 먹고 싶지 않다. 반대로 눈을 가늘게 뜨고 생글생글 웃는 표정을 짓고 있는 돼지도 있다.

나무아미타불 하고 중얼거리며 돼지 간을 입에 넣었다.

달큼한 비계 조각이 혀 위에서 미끈거리며 녹았다.

"맛있어?"

"예. 그런데 아주머니, 이 근처에 여관 없어요?"

"오빠, 혼자야? 일본 친구는 없어?"

"없어요."

"별난 오빠네……."

여자는 내 얼굴을 요리조리 뜯어보더니 묘한 웃음을 지었다.

"외로워? 많이 추울 텐데."

"춥긴 해도 외롭진 않아요."

여자는 김 너머에서 입을 크게 벌리고 웃었다.

"거짓말할 거 없어. 청량리에 가봐. 오빠 외롭잖아. 하하하."

나는 여자가 왜 웃는지 이유도 모른 채 따라 웃었다. 뼛속까지 스며드는 추위 속에서 그때 나는 생각한다는 것 자체가 귀찮았다.

지도를 살펴보니 청량리는 서울의 동쪽 변두리에 있었다. 서울에는 남대문과 동대문이라는 두 개의 대문이 있다. 이 문을 나가면 도심에서 벗어나게 된다. 청량리는 동대문에서 동쪽으로 4킬로미터쯤 더 가야 하는 곳이다. 한반도의 동북쪽으로 향하는 기차 노선이 청량리역에서 출발한다. 외국인은 잘 가지 않는 곳이고 깨끗한 숙소도 별로 없으니 가지 말라고 옆자리에 앉아 있던 선량해 보이는 노인이 말했다. 하지만 나에게는 그런 곳이 어울리므로 청량리로 가기로 했다.

**

뱀
—

지하철을 타고 청량리에 도착했을 때 눈은 그친 상태였다. 역 주변 번화가의 불빛이 도로에 쌓인 눈에 반사되고, 저녁 어스름 속에서 사람들은 하얀 입김을 내뿜으며 종종걸음 치고 있었다.

북적이는 거리에서 바이올린 선율에 실려 노랫소리가 들려왔다. 찬송가였다.

다 함께 찬양하세, 주님이 오셨네……
다 함께 찬양하세, 주님이 오셨네……

바이올린 선율은 얼어붙은 공기를 베는 예리한 칼날처럼 울려 퍼졌다. 목소리가 약간 상기되어 떨리고 있었다.
노래를 부르는 사람은 지하철 출입구 뒤편에 있었다. 체격이 다부진 청년이 차가운 길바닥에 깐 돗자리 위에 불편한 하반신을 접은 채 앉아 있었다. 청년 앞에 놓인 알루미늄 그릇 안에서 백 원짜리 동전 네 개가 네온사인 빛을 받으며 붉은색으로 반짝이고 있었다.
청년을 지나쳐 다시 걷기 시작했다. 노랫소리는 소음에 묻히고, 멀어져가는 바이올린 선율만이 애감을 더하며 귓가에 매달렸다.

역 뒤편 골목길로 들어가자 고기 굽는 연기가 자욱했다.
불고기 냄새가 났다. 행인들 속에서 두 명의 남자가 유난히 눈길을 끌었다. 만취한 남자가 얼어붙은 길바닥에 계속 넘어지고 있었다. 검은 코트가 흠뻑 젖어 있었다. 남자는 소리를 지르며 일어서려다가 또 넘어졌다. 지나가던 사람들이 도와주려고 하자 적의를 드러내며 뿌리치고 또다시 넘어졌다.
골목 맞은편에서 또 한 명의 이상한 남자가 걸어왔다. 남자는 간판이나 벽보에 적힌 글자들을 하나하나 큰 소리로 읽으면서 걷고 있었다. 팔짱을 끼고 글자를 노려보며 뭔가 이해했다는 듯 고개를 끄덕이는 모습이 익살스러웠다. 추위 속에서 그 모습을 지켜보는 행인들의 얼굴에 빙그레 웃음이 떠올랐다.
나는 만취남과 글자 읽는 남자의 만남을 내심 기대하고 있었다. 그런데 글자 읽는 남자가 만취남 근처까지 왔을 때 갑자기 길 왼편의 식당 진열장에 시선을 빼앗겼다. 녹색과 빨간색 꼬마전구를 두른 진열장 안의 음식을 들여다보던 남자는 뭔가 느낀 바가 있는지 양손을 과장스럽게 벌리며 오오, 하고 감탄하더니 힘차게 식당 문을 열고 들어가버렸다.

남자가 들어간 식당 맞은편에 사람들이 모여 있었다.

눈 위에 검은 끈 같은 것이 떨어져 있었다.

그것은 뱀이었다.

사람들이 둘러서서 구경하고 있었다.

사람들 뒤에 김이 나는 솥을 여러 개 걸어놓은 뱀탕집이 있었다. 김에서 된장국 냄새가 났다. 뱀은 그 뱀탕집에서 도망쳐 나온 모양이다. 10미터쯤 달아나다가 오도 가도 못 하고 길바닥에 널브러져 있었다. 온몸이 얼어붙어서 제대로 움직이지 못했다.

몸을 비틀어보지만 여전히 그 자리다. 뱀은 눈을 씹고 있었다. 검은 비늘이 얼음처럼 빛났다. 뱀 뒤에 식칼을 든 뚱뚱한 주방장이 서 있었다.

남자는 식칼 끝으로 꿈틀거리는 뱀을 가리키며 신나게 떠들어대고 있었다. 뱀은 본래 추위에 약하기 때문에 이렇게 찬 길바닥에서 꼼짝도 못 한다, 뭐 그런 이야기를 하는 것이리라. 간간이 왁자지껄한 웃음소리가 끼어들었다. 이야기가 끝나자 주방장은 아무렇지도 않게 뱀 꼬리를 잡고 뱀탕집으로 들어갔다. 뱀은 남자의 손끝에서 고무줄처럼 축 늘어져 있었다.

작은 화재

—

청량리역 근처 번화가에는 불빛이 미치지 않는 으슥한 곳들이 있다. 뱀탕집을 지나자 그런 으슥한 곳이 나타났다.

하늘을 올려다보았다. 차가운 달이 밤하늘에 얼어붙어 있었다. 낫처럼 생긴, 손이 베일 듯한 초승달이다.

문득 이스탄불이 떠올랐다.

시베리아 기단에 덮인 이스탄불에서도 저런 달을 본 기억이 있다.

아니, 그것은 얇은 눈구름 사이로 얼굴을 내민 으스름달이었는지도 모른다. 여행은 1년을 넘어가고, 나는 또다시 시베리아 기단 속에 있었다.

그때 갑자기 팔에 강한 압력이 느껴졌다.

어둠 속에서 누가 내 팔을 붙잡고 세게 끌어당겼다. 불시에 당한 일이었기 때문에 발이 미끄러지면서 크게 휘청거렸다.

나는 순간적으로 어깨에 멘 가방을 감싸 안고 몸을 숙이며 달아날 방향을 정했다. 그러나 온 힘을 다해 팔을 잡아 빼다가 팔을 붙잡은 사람과 함께 길바닥에 나동그라지고 말았다. 무겁고 물컹물컹한 몸이 나를 덮쳐눌렀다. 아프지도 않고, 그냥 꿈을 꾸는 기분이었다.

나는 뭐라고 소리를 질렀다. 몸을 세차게 흔들며 옆으로 굴렀다. 덮쳐누르던 몸에서 빠져나왔다. 가방을 움켜잡고 땅바닥을 짚으며 일어서려는데 양손이 뻗어 나와 내 무릎을 끌어안았다. 나는 가방을 감싸 안은 채 고꾸라졌다. 또다시 물컹물컹한 몸이 등을 덮쳐눌렀다. 귓가에서 거친 숨소리가 들렸다.

그때 여자 냄새가 확 풍겼다. 뜨뜻미지근한 여자 냄새가 차가운 콧속을 간질였다. 그리고 여자 목소리가 들렸다. 한국어로 뭐라고 말했다. 여자 목소리 치고는 굵고 걸걸했다. 맥이 탁 풀렸다. 일어선 후에도 여자는 내 팔을 놓지 않았다. 그리고 또다시 어디론가 끌고 가려고 했다.

"일본인이에요, 일본인!"

나는 큰 소리로 말했다.

"어머, 일본인이었어? 오빠, 이쪽이야, 이쪽."

그렇게 말하면서 여자가 나를 잡아끌었다. 엄청나게 힘이 셌다. 나는 무슨 영문인지 몰랐지만 무리하게 저항할 필요는 없겠다고 생각했다.

어두컴컴한 골목의 모퉁이 건물에 불이 밝혀져 있고, 여자는 그 건물 입구로 나를 끌고 갔다. 선술집 호객꾼일 거라고 생각했다. 희미한 전등불 밑을 지나갈 때 나는 처음으로 여자의 모습을 제대로 보았다. 커다란 젖가슴이 축 늘어지고 엉덩이와 배가 튀어나온 거대한 여자였다. 희한한 투톤 컬러의 스커트와 스웨터를 입고, 머리에는 스카프를 두르고 있었다. 스카프 아래로 주름이 자글자글한, 둥글고 통통한 얼굴이 보였다. 나이는 예순 살 전후일 것이다. 여자는 금니를 드러내며 웃었다.

"오빠, 그거 좋아하잖아."

늙은 여자는 그렇게 말하고 팔을 잡지 않은 손으로 내 겨드랑이 밑을 움켜잡았다.

돼지 간을 먹으면서 셔터를 눌렀다

불길한 예감이 들었다.

"갈래요, 놔줘요."

나는 어정쩡한 자세로 출입구 쪽으로 가려고 했다.

"무슨 소리야, 오빠. 이리 와, 이쪽이야, 이쪽."

여자가 또다시 팔을 끌어당겼다. 이번에는 필사적으로 저항하지 않았기 때문에 여자에게 끌려갔다.

도대체 어디로 데려가려는지 살짝 호기심도 동했다.

여자가 방문을 열었다.

한 평 반쯤 되는 방에 어두침침한 전등불이 밝혀져 있다. 방 안에는 삼면거울이 달린 검은 자개 경대와 작은 장롱, 그리고 텔레비전과 세간들이 비좁게 들어차 있었다.

화장품 냄새와 마늘 냄새와 간장 냄새가 뒤섞여 났다. 방바닥에 이불이 깔려 있고, 그 위에 두루마리 화장지 두 개가 굴러다니고 있었다. 아차, 싶었다. 나는 도망치려고 했다. 또다시 몸싸움이 벌어졌다. 요란한 소리를 내며 베니어판 벽에 여러 번 몸을 부딪혔다. 여자가 점퍼 목덜미를 틀어쥐고 막무가내로 잡아당겼다. 목덜미가 달려 올라가면서 얼굴이 점퍼에 파묻혔다.

"이 아줌마가 왜 이래……."

"오빠, 내가 잘해줄게."

여자의 목소리가 점퍼 밖에서 들려왔다.

"필요 없어, 그런 거!"

나는 점퍼를 홱 잡아 뺐다. 여자는 옷을 놓치자 가방 끈을 잡아끌며 통로보다 한 단 높은 방 안으로 나를 밀어 넣으려 했다.

여자의 육중한 몸에 떠밀려 나는 문턱에 걸터앉는 꼴이 되었다. 여자가 내 왼쪽 바지 자락을 잡고 짐을 들어 올리듯 나를 방 안으로 굴려 넣으려고 했다. 나는 양손으로 문설주를 잡고 버텼다.

이상하게도 화는 나지 않았다. 반쯤 웃고 있었는지도 모른다. 여자가 얼굴이 시뻘게져서 식식거렸다. 진지한 얼굴이었다. 그 얼굴을 보고 나도 얼마쯤 진지해졌다. 바지 자락을 잡힌 채 다리를 힘껏 뻗었다. 바지 자락이 뜯어지면서 여자의 손이 떨어져나갔다. 몸을 일으키려고 하자 여자가 가방 옆으로 빠져나온 카메라를 잡아채어 이불 위에 던졌다. 카메라를 집으려고 상체를 굽히며 손을 뻗는데, 여자가 내 양다리에 달라붙어 방 안으로 밀어 넣으려고 했다. 나는 또다시 필사적으로 문설주를 붙잡고 버텼다. 움직임이 잠시 경직되었다.

"오빠, 진짜 왜 이래. 힘이 장사네. 오빠, 이쪽이야…… 이쪽. 내가 잘해줄게, 응, 오빠. 내가 잘해준다니까."

늙은 여자는 피로한 기색이 역력했다. 숨소리가 거칠고 기운도 떨어진 것 같았다. 그러나 여자는 내 다리를 부둥켜안고 놓으려 하지 않았다. 통로 쪽에서 사람 소리가 들렸다. 여자를 불러달라고 하고 그 틈에 도망치자고 생각했다.

"아줌마, 알았어. 그럼 여자를 데려와봐."

나는 시원시원한 목소리로 말했다.

늙은 여자의 얼굴이 갑자기 벌겋게 달아올랐다.

얼굴이 무섭게 변했다.

"나란 말이야!"

나는 반사적으로 있는 힘을 다해 접힌 다리를 내뻗었다. 허를 찔린 여자가 요란스럽게 통로로 나가떨어졌다. 카메라를 집어 들고 도망치려는데 여자가 벌떡 일어나더니 정면에서 내 따귀를 갈겼다.

"이런 우라질 놈! 뭐 이런 멍청이가 다 있어!"

여자는 체념했는지 욕설을 퍼부었다.

얼굴이 바늘에 찔린 것처럼 따끔거렸다. 부아가 치밀었다.

"왜 때리는 거야!"

나는 여자를 세게 밀쳤다. 여자가 요란한 소리를 내며 벽에 부딪히더니 폭포처럼 말을 쏟아냈다. 반쯤 울먹이며 악에 받쳐 뜻 모를 욕설을 끝없이 내뱉었다. 아무래도 여자의 몸에 작은 불이 난 모양이었다.

이 늙은 여자는 성적으로 약간 굶주려 있었던 것 같다. 나이도 그렇고 외모도 그렇고, 손님이 찾아올 리 만무하다. 나는 팔짱을 낀 채 여자를 노려보고 있었지만 마음 한편으로는 연민을 느꼈다.

방에 있던 사람들이 복도로 나와서 주위를 에워쌌다. 낡은 회색 양복을 입은 중년 남자가 앞으로 나섰다. 나는 경계 태세를 취했다.

"아이고, 이런. 선생님, 죄송합니다. 일본 분이시군요. 이건 정말 우리나라의 수칩니다. 어디 다친 데는 없으세요? 아무 잘못도 없는 분께 큰 실례를 끼쳤습니다. 저 곰치 할멈이 말썽이라니까요. 제가 알아서 할 테니 부디 용서하세요."

남자는 맥 빠질 만큼 상냥한 목소리로 내 귀에 대고 그렇게 말했다.

남자가 나를 데려가려고 하자 늙은 여자가 악을 쓰며 내 머리카락을 잡으려고 했다. 남자와 구경하던 여자들이 나서서 늙은 여자를 떼어놓았다. 복도에 달착지근한 화장품 냄새가 진동했다.

**　　　　*　*

곰치 할멈

—

중년 남자는 그 건물의 다른 방으로 나를 데려갔다. 잣을 띄운 인삼
차를 내오며 명함을 내밀었다.

김재도, 미화건업, 사무실 내장 공사, 각종 내장재 · 합판 취급…….

"이 회사는 화재가 나서 다 타버렸습니다."

남자는 그렇게 말하고 명함의 직함과 주소를 갈색 사인펜으로 지웠
다. 이름만 남은 기묘한 명함이 되고 말았다.

이름뿐인 남자는 새파란 나일론 트레이닝팬츠 위에 솜을 누빈 갈색
점퍼로 갈아입고 있었다. 성긴 팔자 눈썹 밑의 작은 눈이 겸손해 보
였다. 피부 결은 고운데 얼굴 여기저기에 웃어서 생긴 건지 찡그려서
생긴 건지 모를 주름이 잡혀 있고, 불그레한 뺨과 코끝에 모세혈관이
도드라져 보였다.

"여긴 대체 뭐 하는 곳입니까?"

나는 인삼차를 마시면서 물었다.

"그러니까…… 여관입니다."

남자가 힘 빠진 표정으로 웃으며 대답했다.

"그런데 저 아주머니…… 매춘부 아닌가요?"

"틀림없는 매춘붑니다."

남자가 유난히 강한 어조로 말했다. 회한과 각오가 어린 표정이었
다.

"아니, 제 말은 그게 나쁘다는 게 아니라, 그 여자가 사람을 너무 막무가내로 끌고 오는 바람에 식겁을 했다는 거죠."

남자의 말에 따르면 이곳은 매춘 업소가 아니라 여관이었다. 이 여관에는 방이 열여섯 개 있는데 그중 일곱 개의 방에 여자들이 멋대로 눌러앉아서 거리의 손님을 끌어들이고 있다는 것이다.

"청량리에는 큰길이나 뒷골목에 이런 곳이 많습니다. 이 여관에 사는 여자들은 개인영업을 하기 때문에 호객이 심한 경우가 더러 있어요. 특히 그 여자는 청량리 일대에서는 곰치 할멈으로 통하는데, 사람들도 무서워하죠. 어쨌든 나이도 많고 몰골도 저렇다 보니 대로변에서는 손님을 잡기 어려워요. 언제나 어두운 곳에 숨어 있는데, 마침 선생이 지나가다가 걸린 거죠. 덩치가 커서 어지간한 남자들도 당해내질 못해요. 게다가 저래 뵈도 요령이 좋아서 남자를 잘 구워삶는 모양입니다. 그나저나 그리 건장해 보이진 않는데 용케 잘 도망치셨군요."

건축자재 사무소가 화재로 불타기 전에는 어땠느니 하는 따분한 이야기가 장황하게 이어지며 밤이 깊어져갔다.

"괜찮으시면 이 방에서 주무세요. 곧 카운터를 마감해야 할 시간이거든요."

남자는 그렇게 말하고 자리에서 일어났다. 남자의 말로는 다른 일자리를 구할 때까지 지인이 운영하는 이 여관에 기거하면서 카운터 일을 봐주고 있다는 것이다.

남자가 나가자 온몸의 힘이 죽 빠졌다. 다리가 후들거리고 오한이 몰려왔다. 여자와 몸싸움을 벌이느라 심하게 기운을 뺀 모양이다.

방에는 이불이 깔려 있었다. 사람이 누워 있다가 빠져나간 뒤처럼 이

서울에서 본 것은 김이다
김은 우리의 도시가 잃어버린 것들 중 하나다

불 가운데가 불룩하게 솟아 있었다. 손을 넣어보니 온돌의 온기인지 사람의 체온인지 모를, 따뜻한 생명체의 기운이 느껴졌다. 찜찜하다는 생각보다는 그 포근한 붉은색 솜이불 속에 폭 안기고 싶었다. 나는 혹시 몰라서 가방을 끌어안은 채 이불 속으로 기어 들어갔다.

12시가 지나자 야간 통행 금지령이 내리고, 도시는 정적에 휩싸였다. 팽팽하게 당겨진 현의 울림 같은 빗소리가 어두운 도시에 울려 퍼졌다. 방바닥에 굴러다니는 효자손이 눈에 띄었다. 그 낡고 반들반들한 대나무 손가락을 보면서 나는 잠에 빠져들었다. 몽롱한 의식 속에서 빗소리에 섞여 여자의 오열과 울음소리를 들은 것도 같다.

**

판소리
—

새벽 4시쯤 눈을 떴다. 방 앞 복도를 지나고 안뜰을 가로질러 화장실에 갔다. 너무 추워서 스웨터와 점퍼를 껴입어야 했다. 볼일을 마치고 나왔을 때 옆 칸 화장실 앞에서 이상한 것을 보았다.
핏방울이다.
핏방울이 땅바닥에 얼어붙어 있었다.
핏자국은 안뜰 건너편 건물을 향해 점점이 이어져 있었다. 이상한 생각이 들어서 따라갔더니 '황'이라고 적힌 방 앞에서 뚝 끊어졌다.
추위 속에서 그냥 돌아가야 하나 말아야 하나 고민하고 있는데 빼꼼히 열린 방문 안에서 끙끙대는 여자의 신음 소리가 들렸다.

방 안에는 희미한 텅스텐 전등이 켜져 있었다. 어젯밤에 보았던 늙은 매춘부의 방과 마찬가지로 작은 방 벽 쪽에 세간들이 비좁게 들어차 있었다.

방문 맞은편 벽에 놓인, 검은 테두리를 두른 경대의 거울에 당홍색 꽃무늬가 비쳤다. 그것은 방 한쪽에 대충 접어서 밀쳐놓은 이불의 무늬였다.

이불에서 약간 떨어진 곳에 발이 보였다. 힘이 잔뜩 들어갔는지 발가락을 오그리고 있었다. 발가락 앞 방바닥에 붉은 액체가 보였다. 처음에는 페디큐어인 줄 알았는데 이내 피라는 생각이 들었다.

여자의 목소리가 들렸다.

깊은 한숨을 토해내듯 떨리는 목소리로 고통을 호소하고 있었다.

불길한 예감이 들어서 방 안을 들여다보았다.

여자가 등을 말고 방바닥에 웅크리고 있었다.

장판에 제법 많은 양의 피가 흘러나와 있었다.

나는 신발을 벗고 방으로 들어가서 여자의 등에 손을 얹었다.

"왜 그래요?"

여자는 낯선 사람이 방에 들어왔는데도 동요하는 기색이 없었다.

"나는 일본인입니다. 일본어를 할 줄 아세요? 왜 그래요?"

여자는 아야, 아야 하고 신음 소리만 냈다.

나는 여자의 등을 쓰다듬으며 겁먹은 눈으로 방바닥을 살폈다. 무의식중에 면도칼이나 단도 같은 흉기를 찾고 있었던 것이다. 흉기가 될 만한 물건은 눈에 띄지 않았다. 방바닥에는 피 묻은 베갯잇이 널브러져 있고, 밥이 반쯤 남은 그릇과 김치가 담긴 스테인리스 접시 그리고 젓가락이 방 한쪽에 놓여 있을 뿐이다.

전등불 밑에서 피는 생물처럼 요염한 빛을 발하고 있었다. 이런 다급한 상황에서도 내 의식의 한 부분은 그 선홍색 피의 아름다움에 매혹되었다. 피의 색깔과 비교하면 먹다 남은 새빨간 김치 국물 색깔은 칙칙하게 보일 정도였다.

나는 등 뒤에서 여자의 양손을 가볍게 쥐고 손목을 살폈다. 흰 손목에는 칼로 그은 흔적 같은 건 전혀 보이지 않았다. 왼손 가운뎃손가락에 반짝이는 자수정 반지가 끼워져 있었다. 나는 어떤 상황인지 짐작도 못 한 채 말했다.

"사람을 불러올게요. 의사를 불러올 테니 기다려요."

일어서려 하자 여자가 내 팔을 붙잡았다. 손가락이 차가웠다. 여자가 고개를 비틀며 나를 올려다보았다.

창백한 얼굴에 입술이 파랗게 질려 있었다. 여자는 고통스러워하면서도 슬며시 웃고 있는 것 같았다. 이마에 송골송골 땀이 맺히고, 헝클어진 귀밑머리가 뺨에 달라붙어 있었다.

여자는 어젯밤 늙은 여자와 싸울 때 복도에 나와 있던 창녀들 중 한 명이었다. 서른 살은 넘지 않았을 것이다. 길거리에서 흔히 볼 수 있는 평범한 용모였지만, 그때 내 눈에는 핏기 잃은 파리한 얼굴이 더없이 아름다워 보였다.

여자는 아야, 아야, 아파, 여기가 아파, 여기, 하고 말하며 내 손을 자신의 품속으로 끌어당겼다. 땀이 밴 작고 서늘한 젖가슴이 손끝에 닿았다. 여자는 계속 내 손을 끌어당겼다. 볼록한 배에 손이 닿았을 때 여자는 한숨 같은 울음을 토해냈다. 여자가 내 손을 하복부로 가져가려 했다. 흠칫 놀라서 손가락을 뒤로 젖혔다. 여자는 떨리는 손으로

강하게 내 손을 잡아당겼다.

아야, 아야, ……아파, 여기가 아파, ……아야. 여자가 내 손등 위에 손바닥을 포갰다. 그리고 하복부를 문지르듯 세게 눌렀다. 손바닥에 체온이 전해지고 손가락 끝에 음모가 닿았다. 하복부와 음모는 꿀을 발라놓은 것처럼 끈적끈적했다.

피다, 하고 생각했다.

나는 잠시 멍해졌다.

여자는 계속 내 손등을 누르면서 신음 소리를 냈다.

불현듯 어떤 단순한 사실에 생각이 미쳤다.

……월경.

갑자기 맥이 탁 풀렸다.

지금 나는 여자가 월경하는 모습을 지켜보고 있는 것이다.

기묘한 표정이었다.

그리고 약간 김이 새는 느낌이었다. 여자의 월경이 저렇게 고통스러운 걸까, 하는 의문이 들었다.

나는 팔을 붙잡힌 채 여자의 목덜미를 보았다. 땀방울이 맺힌 희고 투명한 피부에 핏빛을 반전한 듯한 옅은 녹색이 비쳐 보였다. …… 얼어붙은 한강에서 보았던 에메랄드그린 색깔과 비슷했다.

여자는 허리를 꺾은 채 내 오른팔을 그러안고 있었다. 때때로 하복부에서 뜨거운 액체가 뿜어져 나오는 것을 느낄 수 있었다.

문득 그 액체가, 세상에 나오기 전에 버려진 여자의 아이 같다는 생각이 들었다. 그리고 이 여자의 고통은 그런 정신적 고통에서 오는 건지도 모른다는 생각이 들었다.

아이를 계속 버릴 수밖에 없는 처지, 그 죄의식을 이 서른 즈음의 여자가 육체의 고통을 통해 속죄하고 있는 거라면 아직 이 여자는 한 줌의 행복이나 희망 같은 것을 몸속 어딘가에 간직하고 있는 것이리라.

불그스름한 전등불 밑에서 여자의 목덜미에 푸른빛이 비쳐들었다.
격자창 너머로 동이 터오는 새벽하늘이 보였다.
달은 이미 서쪽 하늘로 지고 없었다.
하늘은 여전히 밤 그림자를 끌며 시나브로 차가운 푸른색으로 빛나기 시작했다.
그때 나는 검은 눈을 보았다.
여명을 등지고 소리도 없이 그늘진 함박눈이 내리고 있었다.
검은 눈을 보면서 나는 한 여자의 말로 풀어내지 못한 판소리를 듣고 있었다.

여행, 결국 사상이다
/ 고야산*·도쿄

바람에 나부끼는 눈꽃…….

눈송이 하나하나가

작은 관음처럼 빛나고 있다.

그러나 이제……

그 관음은

우리의 관음이 아닌지도 모른다…….

* 高野山. 일본 와카야마 현에 있는 해발고도 1,000미터 전후의
  산들과 주변 분지 지역으로, 일본 진언밀교의 성지─옮긴이

내리는 눈 속.
난데없이 서쪽 산골짜기 너머에서
먹구름이 갈라지고 햇빛이 쏟아졌다.

햇빛에서 봄기운이 느껴졌다.
역광을 받으며 떨어지는 무수한 눈송이가 천공에서 뿌려지는 유리 먼지처럼 반짝였다.

기이한 광경이었다.

사진에 담으려고 어깨에 멘 카메라를 집어 드는데, 소용돌이치는 산악의 난기류가 순식간에 햇빛을 숨겨버렸다.
그리고 산속은 급속히 밤으로 기울어졌다. 블루 8필터 너머로 바라볼 때처럼 푸른빛을 머금은 고요한 밤이었다.

눈 덮인 산길이 어둠 속에서 한 줄기 구름처럼 도드라졌다.
눈길을 따라 천천히 산비탈을 돌자 멀리 서쪽으로 드문드문 도시의 불빛이 보였다.

나뭇가지 사이로 언뜻언뜻 보이는 하계의 작은 불빛들이 가지에 맺힌 이슬처럼 반짝였다.

잠시 걸음을 멈추고 서쪽, 아시아 방향을 본다.
희미하게 빛을 머금은 서쪽 하늘 밑으로 기슈紀州(와카야마 현과 미에

현 남부를 가르키는 옛 지명—옮긴이)의 산들이 아련히 떠오른다.

그 첩첩의 산등성이 너머로 아시아의 도시들이 보이는 것 같다.

그곳에 사는 사람들의 온기가 아직도 피부에 남아 있다.

목소리가 들린다.

그것은 서울에서 들은 판소리 가락인가?

치앙마이의 창부가 처마 밑에서 비를 피하며 부르던 벼 베기 노래인가?

아니면 이스탄불에서 들었던, 벨리댄스 공연 전에 객석의 무관심 속에서 발렌시아 집시의 비련을 열창하던 마흔여섯 살 남창의 목소리인가?

나뭇가지 사이로 언뜻언뜻 보이는 먼 도시의 불빛 하나하나가 그들의 영혼처럼 보인다.

그 영혼은 숲속의 밤이슬을 닮았다.

이슬은 핏빛으로 반짝인다…….

**

수혈

—

여행의 마무리로 산을 선택한 것은, 끝으로 한 번 더 높은 곳에서 지금까지 지나온 길을 돌아보고, 오늘날 아시아에서 일본이라는 나라가 어디쯤 있는지 짚어보고 싶었기 때문이다.

그것은 1년여의 아시아 여행 중에 티베트의 산에 올랐던 것처럼, 사람 사는 세상의 거짓 없는 모습을 좀 더 적확하게 이해하기 위한 내 나름의 육체와 정신의 훈련이라고 할 수 있다. 따라서 티베트도 이 기슈의 산도 이번 동양 여행에서 여백 부분이지 '몸통'은 아니다.

이 여행의 '몸통'은 아시아의 여러 도시에서 벌어지는, 살짝 우스꽝스럽고 어리석고 못난 보통 사람들의 생활 의식儀式이다.

나는 그것이 궁금했다.

그리고 그곳의 음식이 좋았고, 그곳의 사내들과 어울렸고, 그곳의 아가씨에게 반했다.

만약 내 눈과 육체가 나이를 먹어도 여전히 무심함을 잃지 않는다면 동양의 어느 도시, 어느 구불구불한 골목길을 지나갈 때 그곳에서 어떤 접촉과 촉발이 일어날지, 나는 그것이 궁금했다. 만나는 대상이 빵이든 개든 여자든 승려든 세일즈맨이든 상관없었다.

그런 여행을 하는 동안 솔직히 나는 사진가로 불리든 문필가로 불리든 아무래도 좋았다.

나는 그저 '길을 걷는 자'였고 보고 느낀 것들을 '보고하는 자'에 불과했다. 사진을 좋아하는 독자라면 알아차렸을 텐데, 나는 지난 1년 동안 누구나 들고 다니는 평범한 카메라 한 대와 렌즈 하나만 써서 대부분의 사진을 찍었다. 삼각대도 사용하지 않았다. 삼각대는 기계의 다리지 내 다리가 아니기 때문이다.

카메라는 천에 둘둘 말아서 가방에 넣으면 세면도구와 별다를 것이 없었다. 렌즈는 99퍼센트 육안에 가까운 광각렌즈를 사용했다. 길을 걷고 사람을 만나면서 뻔질나게 망원렌즈를 사용하는 것은 비겁하다고 생각했다.

right478
-
동
양
방
랑

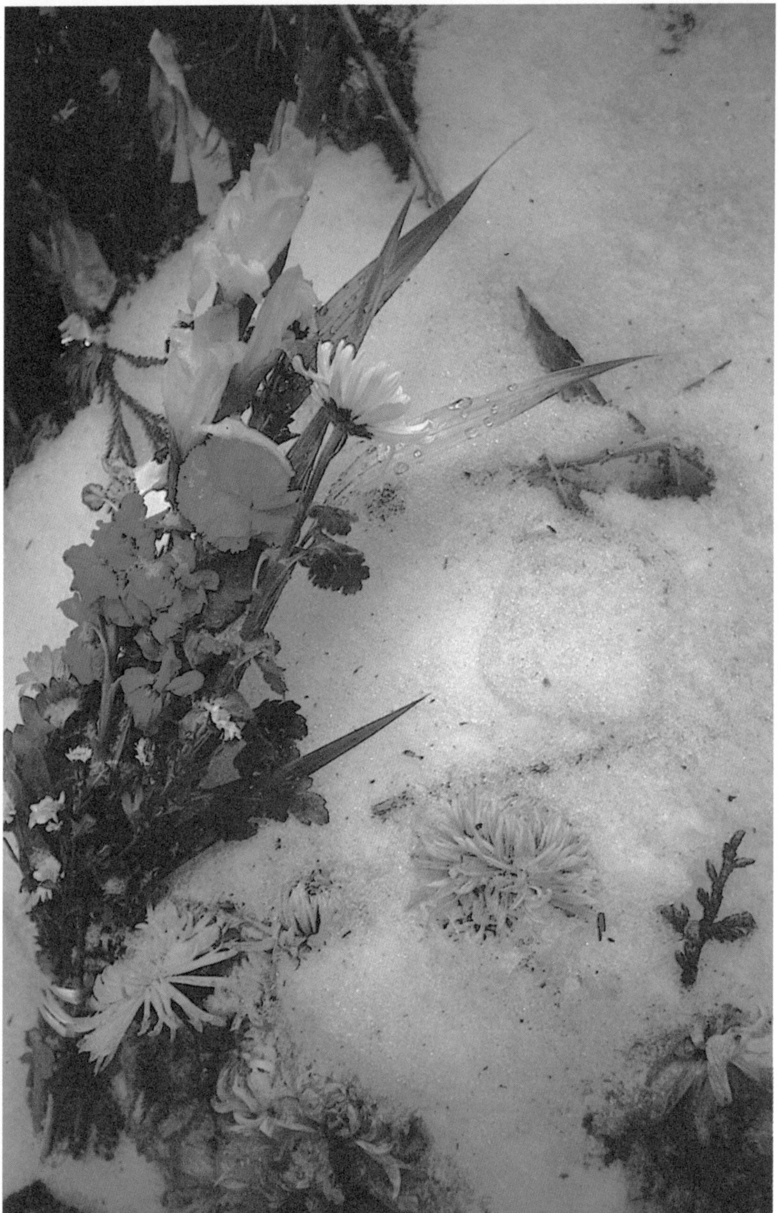

요컨대 피사체가 내 뺨을 때리고 싶으면 언제든지 때릴 수 있고 미소를 건네고 싶으면 언제든지 미소를 건넬 수 있는 위치에서 사진을 찍고 싶었다. 시점의 선택은 거리에서, 그리고 여행에서 자신이 어디에 설 것인지 그 위치를 선택하는 일이기도 하다.

덧붙이자면 나는 카메라와 마찬가지로 아무 데서나 살 수 있는 평범한 사인펜을 사용해서 서툰 글씨로 글을 쓴다.

내가 가지고 다닌 한 자루의 사인펜과 한 대의 카메라는 지난 1년 동안 동양의 도시들과 사람들의 모습을 이 종이 위에 제대로 옮겨놓았을까? 다행히 조금이라도 그럴 수 있었다면, 지금까지 내가 만나고 그때마다 보고해온 아시아의 도시와 사람들의 냄새는 일본의 도시와 사람들 속에서 어떤 의미를 갖게 될까?

어쩌면 그것은 '사람의 피'의 색깔을 띤 한 방울의 이슬만 한 사건일지도 모른다.

그 한 방울은 이 도시에 사는 누군가에게 수혈되었을까?

나는 이번 여행을 마치면서 지난 400여 일간 내가 만난 동양적인 것의 에토스(핵) 속을 흐르는 '피'와 일본인의 현재 속을 흐르는 피의 관계를 생각해보고 싶다.

* *

망자들의 도시

—

일본 열도에는 고야산 말고도 여행을 조용히 마무리할 만한 높은 산이 많다. 더군다나 나는 이곳에 인도와 통한다는 밀교의 심오한 가르침을 구하러 온 것도 아니고, 스님을 만나러 온 것도 아니다. 티베트의 깊은 산속에서 일생을 보내는 저 행자 같은 승려들과 비교하면 이곳은 승려가 없는 것이나 마찬가지고, 천년에 걸쳐 서서히 썩어간 연꽃 열매 같은 땅이다.

그런데도 고야산을 선택한 이유는, 이곳이 다른 산에서는 찾아보기 힘든 특이한 땅의 형세를 지녔기 때문이다.

우선 이 산은 기이 반도(일본에서 가장 큰 반도로. 긴키 지방 남부에 위치한다—옮긴이)라는, 일본 열도에서도 가장 광대하고 연륜이 깊은 수목의 바닷속에 있다.

그리고 이 해발 900미터의 산은 정상에 펼쳐진 평지에 다시 일련의 산들이 솟아오른 이중 구조로 되어 있다. 즉 산이면서 분지고 분지면서 산이다.

나는 고야산의 지형도를 보고 문득 생각했다.

분지—동혈洞穴, 즉 땅을 향하는 자연의 역업力業과

산—운근雲根, 즉 하늘을 향하는 자연의 역업.

이 산은 그 힘의 양극을 고루 갖춘 진귀한 지세를 지녔구나, 하고.

사람의 정신과 육체는 환경에 예민하게 반응한다. 나는 고야산에서 심신이 균형 잡힌 상태로 이 여행을 마무리하고 싶었다. 그리고 나 자신과 아시아의 참모습을 새롭게 바라보고 싶었다.

나는 쇼조신인清淨心院이라는 절로 향했다.

고야산에는 123곳의 절이 있다. 그중에서도 쇼조신인은 진언종의 총본산인 곤고부지金剛峰寺에 버금가는 크기와 격식을 갖추고 있다.

42실의 슈쿠보宿坊(참배자가 묵는 절의 숙소—옮긴이)가 있고, 돈만 내면 누구나 묵을 수 있다.

산 정상 분지에서 동쪽으로 3킬로미터쯤 가면 시커먼 삼나무 숲이 나타난다. 절은 숲이 시작되는 곳에 있었다. 머리를 기른 동자승이 나를 회랑 안쪽으로 안내했다. 방들은 모두 불이 꺼져 있고 고요한 어둠 속에서 내 방에만 텅스텐 전등이 밝혀져 있었다.

절의 맨 안쪽 방이었는데, 바로 뒤로 북쪽 산의 가파른 비탈이 바짝 다가와 있었다. 방의 불빛이 겨우 미치는 회랑 너머에 작은 정원이 있고, 3월인데도 연못에는 살얼음이 끼어 있었다. 낮 동안 볕이 들어 얇아진 얼음을 통해 봄기운을 감지했는지 수면 가까이 올라온 잉어의 은색과 붉은색이 감도는 요염한 등의 광채가 환영 같은 윤곽을 드러내고 있었다.

오래된 방에는 요기妖氣가 감돌았다. 고풍스러운 가마쿠라 시대(1185~1333, 일본 최초의 무인 정권인 가마쿠라 막부가 집권하던 시기—옮긴이) 양식으로 꾸며져 있어서 더 그럴 것이다. 변색된 금으로 바림질한 맹장지의 화조화花鳥畵도 족히 200년은 되어 보인다. 낡은 서화를 바른 동쪽 벽에는, 칙칙한 푸른색 바탕에 왕조 귀족풍의 작은 사람 얼굴들을 그려 넣은 커다란 그림이 끼워져 있다. 도코노마(일본 건축에서 다다미방 정면에 마련된 장식 공간으로 벽에 족자를 걸고 한 단 높은 바닥에 도자기나 꽃병 등을 둔다—옮긴이)의 퇴락한 벽에는 사람의 머리카락처럼 보이는, 형체가 모호한 수묵산수화가 걸려 있다.

잠시 후 안경을 쓴 쉰 살쯤 되는 종무소 직원이 왔다. 스님은 아닌 것 같았다. 종이를 주면서 주소와 성명을 쓰라고 했다.

성명란에는 '속명'이라고 적혀 있었다.

"무거운 책을 여러 권 부치셨던데, 경전 공부를 하십니까?"

방 한편에 가방과 함께 던져놓은 꾸러미를 보고 남자가 오사카 사투리로 물었다.

"예, 뭐, 속계의 경전 같은 겁니다."

나는 대답했다.

남자는 "그러시군요"라고 한마디하고는 더 이상 관심을 보이지 않더니, 이내 "편히 쉬십시오" 하고 인사를 한 뒤에 방을 나갔다. 회랑을 걸어가는 남자의 발소리가 점차 멀어졌다.

꾸러미에는 열두 권의 두툼한 책이 들어 있다.

1년 치 신문의 축쇄본이다. 일본을 떠나 있었던 1년 동안의 신문을 엮은 12권의 책을 지난 1년간의 속계의 경전으로 읽기 위해 미리 오사카에서 우송해둔 것이다.

나는 그것을 '반면反面 경전'이라고 멋대로 이름 붙였다.

남자가 나가자 또다시 방 안 깊숙이 산중의 밤기운이 밀려들었다.

옛 사람의 흔적으로 가득한 네 평쯤 되는 낡은 방이 심산의 밤기운 속에서 조심스러운 호흡을 시작했다.

나는 동쪽 벽에 그려진 연분홍빛이 감도는 왕조 귀족풍의 남자 얼굴을 응시하면서 벽을 향해 귀를 기울였다.

그 벽 너머에 도시가 있다.

망자들의 도시가 있다.

고야산 분지의 동쪽 끝에는 개산조사인 고보 대사弘法大師(774~835, 일본 헤이안 시대의 불교 승려로 진언종을 일으켰다—옮긴이)의 유골을 모신 사당이 있고, 그곳에 이르는 2킬로미터의 길과 그 주변은 인가가 없는 무덤뿐인 세계다. 천 년 전부터 묘역이다. 매몰되거나 연고가 없는 무덤까지 포함하면 30만 기가 넘는 무덤이 있다고 한다. 이 정도 규모의 묘역은 세계적으로도 유례가 없을 것이다. 일본의 무덤은 이슬람교나 그리스도교 지역의 무덤처럼 개인 단위가 아니라 집안 단위이므로 각각의 무덤에는 복수의 고인이 모셔져 있다. 그러니 이곳에 묻힌 망자의 수는 백만은 가뿐히 넘지 않을까?

그 정도면 어엿한 도시라고 할 수 있다.

이승에 있는 황천국의 도시다.

그런 의미에서도 고야산 분지는 기묘한 곳이다. 땅과 하늘의 역업이 공존하는 것처럼 공간적으로도 동서 5킬로미터에 이르는 분지의 동쪽 절반은 전세 사람들의 주거지고 서쪽 절반은 현세 사람들의 주거지다. 요컨대 인간 영혼의 음과 양의 역업이 동서로 나뉘어 맞버티고 있는 형세다.

쇼조신인이라는 절을 선택한 이유는 이곳이 그 양의 도시와 음의 도시의 흘수선(배가 물 위에 떠 있을 때 배와 수면이 접하는 경계가 되는 선—옮긴이) 위에 있기 때문이다.

* *

순시瞬視
—

그날 밤 나는 벽 너머의 거대한 황천의 도시로 끌려들어가는 듯한 어떤 힘을 느꼈다.

캄캄한 산속에 빽빽하게 들어찬 정적이 무수한 망자들의 속삭임처럼 들렸다.

여행의 끝, 이 피안과 차안의 국경선 위에 걸쳐진 방에서 갑자기 등골이 서늘해졌다. 나는 방 안을 둘러보았다. 얼룩이 묻은 고풍스러운 도코노마 옆에 생뚱맞게 텔레비전이 놓여 있었다. 브라운관이 차가운 회색으로 빛난다.

스위치를 켜자 화면이 나타나기 전에 난데없이 귀청을 찢는 폭소가 튀어나와 방 안 공기를 흔들었다.

전기적인 웃음소리가 방의 맹장지와 벽을 통과해 캄캄한 유곡幽谷의 정적 속으로 퍼져나간다. 어쩌면 저 황천의 도시까지 울려 퍼졌을지도 모른다.

허둥지둥 음량 다이얼을 끝까지 돌려 소리를 죽인 뒤 회랑 쪽의 기척을 살폈다. 스님이 달려와서 잔소리를 할지도 모른다고 생각했기 때문이다.

잠시 후 텔레비전 화면을 보니 무음의 브라운관에 젊고 세련된 여자들이 비치고 있었다. 여자들은 의자에 앉아서 치아가 드러날 만큼 입을 크게 벌리고 얼굴에 잔뜩 주름을 잡으며 좌우로 몸을 흔들고 있다. 몸을 숙이고 부들부들 떨고 있는 사람이 있는가 하면 몸을 젖히고 양손으로 얼굴을 가린 채, 손가락 사이로 검붉은 입 속과 치아를 내보이고 있는 사람도 있다. 그 모습을 본 순간 왠지 등골이 오싹했다.

그 기묘하게 일그러진 사람들의 얼굴에서 불현듯 괴로움에 몸부림치는 고뇌에 찬 인간의 모습을 보았던 것이다.

전후 사정을 모르는 상태에서 순간적으로 시야에 날아든 그 화면은 엄청난 인명 사고 직후의 스톱모션처럼 보였다. 그 화면에 또 하나의 영상이 겹쳐졌다. 바로 지옥도에 나오는 아비규환 장면(아비지옥에서 불 고문을 당하며 울부짖는 사람들의 모습)이다.

나는 온몸의 털이 곤두설 만큼 소스라치게 놀랐다. 어쩌면 수목의 바닷속, 고야산 분지의 망자들의 도시 옆에서 난데없이 그런 해괴망측한 얼굴들을 보았기 때문인지도 모른다. 그러나 그때 나는 현상에 예민하게 감응해 사고하기에는 너무나도 심신이 안정된 상태였다. 한순간이라도 오해가 비집고 들 여지가 없을 만큼 몸도 마음도 균형 잡힌 환경 속에 있었던 것이다.

문득 중국의 옛 선禪 용어인 '순시瞬視'(눈을 깜박거리는 정도의 순간이라는 뜻─옮긴이)라는 말이 떠올랐다.

대상을 오래 바라보고 있으면 오히려 사상事象의 참모습을 놓치게 되므로 '순시'에 간파하라는 것이다.

요컨대 기존의 의미를 걷어낸 무의식 상태에서 순간적으로 눈에 들어오는 외부 세계를 받아들일 때 비로소 사물의 참모습이 드러난다는 의미이리라.

'순시'는 사진을 찍는 행위와 흡사하다. 대상을 오래 관찰하고 찍은 사진은 피사체의 외면을 세밀하고 정확하게 담지만 그 영혼에는 빛이 도달하지 못한다. 반대로 마음이 텅 빈 상태에서 대상을 순간적으로 포착한 사진에는 외면 이상의 것이 담겨 있다.

그때 나는 텔레비전 화면을 보면서 그런 사진 찍는 행위 혹은 선 행위를 했는지도 모른다. 고야산이라는 성역에서 일상에서는 볼 수 없었던 사상事象의 이면을 순간적으로 꿰뚫어보았는지도 모른다…….

음량 다이얼을 조금 돌리자 처음 텔레비전을 켰을 때 들었던 그 웃음소리가 스피커에서 튀어나왔다. 고뇌에 찬 얼굴이라고 생각했던 그 얼굴에 웃음소리가 입혀졌다.

약간 비굴한 인상의 남자 두 명이 나와서 만담을 하고 있다. 스피커에서 젊은이들의 웃음소리가 파도처럼 밀려왔다가 빠져나가기를 반복하고, 관객들이 폭소하는 장면에서 어김없이 아비규환도를 꼭 닮은 광경이 연출된다.

그것은 다른 의미에서도 기이한 광경이었다. 나는 이번 아시아 여행에 앞서 짧게 유럽을 둘러보았다. 그런 다음 동양의 서쪽 발단인 이스탄불을 출발해 동양의 여러 나라를 거쳐 일본에 돌아왔는데, 그 어느 나라에서도 이렇게 젊은이들이 집단적으로 배꼽을 잡고 웃는 광경은 보지 못했다.

사람들이 이렇게 유쾌하게 웃고 있는 것을 보면 일본은 극락 같은 나라일까? 어쩌면 그 반대일지도 모른다고 생각했다.

두 명의 만담꾼은 올 한 해 동안 유행한 개그를 연발하며 관객의 호응도에 따라 우열을 가리는 게임을 하고 있었다.

빨간 신호등, 다 함께 건너면 무섭지 않아.

상당히 고전적인 개그인 모양이다. 제법 그럴듯한 이야기라고 생각했다.

그러다가 문득 '빨간 신호등'이라는 말이 걸렸다.

극락 같은 나라에 왜 빨간 신호등이 있는 걸까?

나는 그 만담꾼의 얼굴을 다른 각도에서 보았다. 어쩌면 그들은 웬만한 현대 문학가나 평론가보다 뛰어난 재능과 통찰을 갖추고 있을지도 모른다고 억측해보았다.

요컨대 그 빨간 신호등에는 어떤 의미가 함축되어 있는 것이 아닐까? 그러니까 그 이면에 세기말이나 말법末法(불교의 가르침인 교법만 있고 수행이나 깨달음이 없는 때-옮긴이)이나 최후의 심판 같은 것이 도사리고 있다는 사실을 간파하고 그런 위태로운 개그를 생각해냈는지도 모른다. 지금까지 서구 자본주의형 물질 소비 경제의 겉면만 핥으며 살아온 결과, 시대의 추세가 그쪽으로 흘러가고 있다는 사실을 이제 알 만한 사람은 다 안다.

단상에 선 두 만담꾼이 과거의 '시노우단(법화경 계통의 신종교 '니치렌카이'의 청년부인 '순교중청년당'의 별칭. 우리말로 하면 '죽자 단'으로, 1933년에 집단으로 죽자고 외치며 행진하다가 체포되었고, 1937년에 그들 중 다섯 명이 할복을 시도했다-옮긴이)처럼 '다 함께 건너면 무섭지 않아, 다 함께 죽자!', 그렇게 선동하는 것처럼 보였다.

만만치 않은 센스다. 우스꽝스런 단발머리에 비굴한 인상을 풍기던 만담꾼들이 평론가나 문학가의 경지를 훌쩍 뛰어넘어 성 프란치스코 자비에르처럼 보인다.

치소교痴笑教 신자들(치소는 '바보처럼 웃다'라는 뜻으로, 여기서 '치소교 신자들'은 만담 공연을 보고 폭소하는 관객들을 가리킨다-옮긴이) 또한 만만치 않다. 스스로를 철저히 조롱하고 있지 않은가? 내공이 상당하다. 이 신자들은 1960년대에 우리가 했던 수행을 멋지게 계승하고 있다. 십 대, 이십 대 시절에 우리는 더 미숙하고 순진했다. 웃지 않고 화를 냈다. 화낼 줄 아는 마음은 아무것도 가진 것 없는 젊은이들이 지닐 수 있는 유일한 무기이자 윤리라고 생각했다.

지금의 아이들은 멀쩡하게 자라서 철저하게 자신을 조롱하고 있다. 세기말의 상징인 조깅 슈즈를 신고 빨간 신호등이 켜진 삼도천(불교에서 저승으로 가는 길에 건너야 하는 강-옮긴이)을, 다 함께 건너면 무섭

지 않다고 철저히 조롱하면서 하나둘 말없이 건너가는 기이한 환상
풍경을 나는 그때 머릿속에 그리고 있었다.

* *

이성과 감성
—

나는 텔레비전 스위치를 끄고 자리에서 일어났다.
신문 축쇄본 꾸러미에 걸터앉아 담배를 피웠다.
푸른 연기가 미동도 하지 않고 명주실 가닥처럼 곧장 천장을 향해 올
라간다.
조용한 산이다.
정적 속에서 똑똑 물 떨어지는 소리가 들린다.
눈 녹은 물이 떨어지는 소리일 것이다.
지나온 동양의 나라들을 생각한다.
조금 전에 보았던 일본인의 기묘한 면상面相을 떠올리며 동양 여러
나라 사람들의 면상은 어떠했는지 기억을 더듬어본다.

먼저 동양에 앞서 들른 유럽이다.
유럽의 젊은이들은 냉담한 표정을 짓고 있었다. 냉소적이라는 말이
아니다. 어쩌면 그들은 1960년대에 누렸던 소비형 경제가 반드시 인
간에게 행복을 가져다주는 것은 아니라는 가치관을 서구인 특유의
이념 생리 속에 능숙하게 순응시켰는지도 모른다.

그다음에 방문한 터키에서 사람들은 대체로 심각하고 검소한 표정을 짓고 있었다. 인플레이션이 만연하고 석유조차 넉넉히 살 수 없을 만큼 생활이 어렵고, 석유로 벼락부자가 된 다른 이슬람 국가들을 곁눈질하면서 가난을 견뎌야 하는 사회 상황이 그들의 표정에 드러나 있었다.

시리아, 이란, 파키스탄 같은 이슬람 국가들은 어떤가?

사람들의 얼굴에는 분노의 표정이 지배적이었다. 그들의 표정에 대해서는 이 지역을 여행할 때 상세히 적었다. 덧붙여둘 말은, 이슬람권 사람들은 사막이나 토막을 기조로 하는 이른바 추상적 풍토에서 살고 있다는 점이다.

예를 들면 인도 아대륙처럼 구상적인 자연 환경이 그 안에 사는 사람들에게 상대적인 도덕성과 삶의 방식의 표준을 부여하는 풍토와는 다르다.

이슬람권의 추상 환경에서는 사람이 사람을 규제하지 않으면 사회가 제대로 통제되지 않는다. 사람이 사람의 삶의 방식에 표준을 부여해야 한다. 그래서 『코란』이 출현한다. 『코란』은 종교의 옷을 입은 법률이다. 법에는 규제가 따른다. 즉 '분노'와 '금욕'이다. 분노와 금욕의 색조를 띤 법률은 종교 혹은 알라의 이름으로 그 분노와 금욕을 승화시키고 상징화한다. 사람들은 그 분노와 금욕의 법전을 신앙하고 자신의 마음으로 삼는다.

욕망에 빠지기 쉬운 피가 진한 사람들은 내면화된 분노와 금욕의 '눈'으로 자신을 그리고 같은 이슬람교도들을 감시하고 제어한다.

이슬람교도들은 유럽인들이 가진 개인적 이념에 상응하는, 분노와 금욕에 의한 집단 제어장치를 갖고 있다. 석유 덕분에 자산과 물질이 아무리 늘어나더라도 이 제어장치는 강해지면 강해졌지, 결코 약해지지 않는다. 그들은 물질적 풍요로 인한 인간성 타락이라는, 인간 존재의 필연적 속성을 이념을 통해 제어하는 예로부터 전해오는 방식을 지금도 지키고 있을 뿐이다.

그다음에 방문한 인도는 어떤가? 이 나라는 걱정 없다. 체질과 풍토가 신처럼 강고하다. 그들은 어떤 경박한 물질도 신의 색깔로 물들여버린다. 빈 코카콜라 병마저 신의 제단에 제물로 바칠 정도다.
사람들의 얼굴에는 시대착오적이라고 느껴질 만큼 변함없이 유구하게 자족의 표정이 어려 있다. 풍족하든 가난하든 햇빛과 졸졸 흐르는 시냇물 소리만 있으면 그걸로 충분한 듯하다. 게다가 자족하면서도 화내고, 웃고, 한탄하고, 슬퍼하는 감정의 사치를 알고 있다. 그 희로애락의 정조는 정상적인 정신 회로를 통해 표출된다. 여담이지만 나는 이 나라를 열 번 넘게 방문했는데, 이번에 한 가지 이변을 감지했다. 코카콜라가 배척당하고 있는 것이다. 사막의 한촌까지 점령한 미국의 가장 강고한 신이 말이다. 전해들은 바로는 여러 이슬람 국가들처럼 최근 들어 인도에서도 서양의 가치 체계를 소탕하는 것을 전제로 한 사회 운동이 일어나고 있다고 한다.

불교국의 발단인 버마, 태국 사람들의 표정은 어떤가?
그곳에서는 공통적으로 조용한 미소의 면상을 볼 수 있다.
이 동아시아 불교국 사람들의 미소에 관해서는 앞서 이슬람국 사람들의 '분노'와 대비시켜 기술한 바 있다.
요컨대 동양의 풍토는 인도를 경계로 그 원질을 달리한다.

즉 이슬람권 광물 세계의 산성 종교와 버마 이동以東 식물 세계의 알칼리성 종교다.

서쪽 동양에서 버마 근처에 이르면 홀연히 물과 녹지가 풍부해진다. 하늘과 땅의 은혜를 고루 누리고 있다. 물과 초목으로 상징되는 식물은 연꽃이다. 그들의 표정은 하늘과 땅의 은혜 속에서 살며시 미소짓듯 피어나는 연꽃을 닮았다. 연화상蓮華相이라는 불교 용어가 있는데, 그들의 면상이 바로 그것이다. 한편 이슬람인의 면상을 불교 용어로 표현하자면 삼각상三角相이라고 할 수 있다.

이 불교도들이 물질에 탐닉하는 인간의 속성을 통제하는 방식은 불교에 뿌리를 둔 방임의 정신이다. 그것은 어떤 일이든 그냥 내버려두면 저절로 풀린다는, 자신들의 풍토에서 체득한 지극히 불교적인 생활의 지혜다.

서양인들은 방임주의라고 부르지만 그것은 '주의'가 아니다. 그들은 그 '주의'조차 방임한다. 나쁘게 말하면 뭐든 적당히 넘기고, 일하기 싫어하고, 향상심이 없다. 좋게 말하면 어마어마하도록 자비심이 넘친다. 그들은 생활의 향상을 위해 다른 생명을 죽여야 한다면 생활의 향상을 포기하고 살생하지 않는 방법을 선택한다.

＊＊

물질

—

그런데 버마와 태국 인근의 불교적 체질에는 일말의 불안이 도사리고 있다. 제어장치로서의 불교가 이슬람교나 힌두교처럼 강고하지 않기 때문이다. 그 불안은 이미 현실로 나타나고 있다. 버마와 태국 사이의 국경을 넘을 때 감지되는 하나의 '세상'의 변화에서 그 모습을 드러내기 시작했다.

그것은 동양의 풍토에 두 가지 상반된 원질이 존재하는 것과 마찬가지로 유의해야 할 현상이다.

요컨대 태국 근처로부터 신의 붕괴의 징후가 감지되기 시작한다는 사실이다. 단순명쾌하게 말하면 그것은 일본의 냄새라고 할 수 있다. '일본주의'의 유입이다.

서양을 경유해 동양의 끝 일본에서 아시아 사이즈로 교정된 물질문명이 버마 국경 부근까지 냄새를 풍기고 있다. 그것을 단순히 일본 공업 제품의 범람이라고 보는 것은 현실을 제대로 파악하지 못한 소치다.

물질이라는 것은 정신까지 실어 나른다.

그리고 기이하게도 인공 물질은 반드시 신과 종교의 존재를 부식시킨다. 그런 형적은 아시아 지도에서도 여실히 나타난다. 그리고 안타깝게도 불교나 힌두교처럼 '현장이 곧 신'이 되는 종교적 특성을 가진 지역은, 그리스도교나 이슬람교처럼 인간의 이념 속에 '주의'로서 신을 위치시키는 지역에 비해 훨씬 더 물질에 침범당하기 쉽다. 그 종교적 물질을 부식시키는 인공 물질, 아시아 사이즈로 교정된 일본의 공업 제품에서는 희한하게도 사람의 손, 사람의 체온이 느껴지지 않는다. 그것은 정신성이 결여된 대량 생산과 이윤 추구에만 몰두하는 일본 기업의 체질이 그대로 그 물질의 정신성에 반영된 결과일지도 모른다. 인간의 정신과 체온은 설령 공업 제품이라고 해도 그 물질에 옮겨간다.

이 무섭도록 비정신적인 물질이 서쪽 동양의 여행을 마치고 버마 국경을 넘는 순간 홀연히 나타나서 태국 이동의 정신적 환경을 변질시키고 있다는 사실을 확인할 수 있었다.

요컨대 광물 세계의 동양과 식물 세계의 동양이 그 원질을 달리하는 것처럼 버마 이서以西의 정신적 세계와 태국 이동의 물질적 세계의 원질이 새로운 양상으로 대립 구도를 형성하고 있다.

인간의 욕망은 사슬처럼 연관되어 있는 것 같다. 일본적인 에테르로 채워지기 시작한 태국 이동에서는 버마 이서에서 볼 수 없었던 다른 면에서의 생활의 부패와 탐욕이 여실히 나타나고 있다.

범죄율의 급증은 말할 것도 없다. 범죄란 본래 인간적인 것이고 나름대로 인간적인 도리에 바탕을 두고 있기 때문에 어떤 때는 범죄를 심판하는 법률보다 더 인간의 정통성을 주장하기도 한다. 버마 이서의 아시아에서 발생하는 범죄들은 그런 기조를 띠고 있지만 그 동쪽에서는 약간 다른 양상을 보인다. 요컨대 범죄가 허무적인 것으로 변질되고 있다.

나는 필리핀의 마닐라에 머물던 열흘 동안 권총 발포 사건을 두 번이나 목격했다. 그중 한 번은 총탄을 맞은 사람이 피를 철철 흘리며 즉사했는데, 그 장면에서 범죄와 죽음에 대한 인간적 정서가 완전히 결여되어 있다는 기묘한 느낌을 받았다.

버마와 태국 국경을 경계로 하는 환경의 변질은 범죄뿐만 아니라 다양한 사회 현상에서도 나타나는데, 일본에서도 확인되는 그 공통된 징후를 한번 짚어보자.

일본만큼 현저하지는 않지만 태국 이동에서 홀연히 그리고 확실히 나타나고 있는 징후는 '늙음'에 대한 혐오다. 그것은 미국 서해안 어느 도시의 경우처럼 십 대 청소년이 아무런 이유 없이 노인을 학대하는 지경까지 이르지는 않았지만, 흥미롭게도 버마 이서의 동양에서는 사람들 사이에 노인에 대한 존경심이 건재한 반면, 태국 이동에서는 부분적이긴 하지만 그것이 혐오로 변질되고 있다.

태국 이동에서는 나이를 먹는다는, 살아 있는 존재라면 피해갈 수 없는 시간의 섭리가 고통으로 받아들여지는 경향을 보인다. 그러나 버마 이서의 불교, 힌두교, 이슬람교 같은 종교가 살아 있는 나라에서는 그 반대다. 노인들은 자신감이 넘치고 젊은이들은 예의바르고 겸손하다.

노인 혐오라는 면에서 볼 때 아시아에서 가장 급진적인 나라는 일본과 필리핀이 아닐까 싶다. 도대체 왜 이런 변질적인 인간 감정이 싹트게 되었을까? 어쩌면 그 뿌리는 아주 단순한 곳에 있을지도 모른다. 요컨대 노인 혐오는 더 새롭고, 더 미래적이고, 더 급진적인 것에 절대적 가치 기준을 두고 있는 미래형 테크놀로지 사회 속에서 태어난 자연스럽고 숙명적인 인간 감정이다. 결국 오래된 것은 물건이든 사람이든 무섭도록 초라해질 수밖에 없다.

버마 이서의 나라들이 그렇지 않은 이유는 종교라는 전통적이고 고전적인 가치 체계를 축으로 하는 사회이기 때문이다. 그래서 오래된 가치 체계에 더 정통하고 실천적인 나이 든 사람일수록 귀한 대접을 받는다. 이들 나라에서는 과거 이슬람 혁명에서도 볼 수 있듯이 여든 살의 노인이 영웅이 되는, 일본에서는 상상도 할 수 없는 사건이 일상적으로 일어난다. 일본처럼 젊다는 이유 하나만으로 십 대의 젊은이가 하루아침에 영웅이 되는 일은 신동이 아닌 이상 있을 수 없다.

노인 혐오가 죄악이라는 말이 아니다.

다만 그런 사회 환경에서 살아가는 것은 누구에게나 괴롭고 불안한 일이 아닐까? 단순한 사실이지만 누구나 나이를 먹는다. 시대가 빠르게 변하는 시기에는 젊은이들 사이에서 나이 든 사람을 혐오하는 풍조가 생겨나는데, 그것은 누워서 침 뱉기다. 결국 그 침은 자기 얼굴에 떨어진다. 그 침은 돼지 똥보다도 냄새가 고약하다.

이 침 냄새 또한 아시아의 동쪽 끝 일본이라는 미래형 도시 사회가 유포하는 물질적 에테르의 한 변형임을 알 수 있는데, 여기서 문득 한 가지 질문이 고개를 든다. 과연 일본이 유포하는 이 물질적 에테르는 버마 국경을 넘어, 서양식 물질 소비 문명의 가치 체계를 몰아내고 있는 인도와 이슬람권까지 촉수를 뻗칠 수 있을까, 아니면 인도와 이슬람권의 굴강한 종교적 에테르가 그 물질적 에테르를 소탕할 수 있을까 하는 것이다.

* *

빨간 구두

—

다시 지도를 되짚어간다.

홍콩은 어떤가?

가공할 물질적 에테르다.

그곳에 사는 홍콩 중국인의 표정은 어떤가?

포커페이스다.

그것은 중국인 고유의 표정이며, 물질의 포위 속에서 생겨난 것이 아니다. 그들은 그 어떤 상황에서도 중국인이다. 중국인만큼 어떤 장면에서도 민족적 정체성을 잃지 않는 민족도 드물다. 그들은 런던에서도 샌프란시스코에서도 콜카타에서도 홍콩에서도 일정 수준의 중국인이기를 멈추지 않는다. 그들의 체질에는 저 거대한 중국 대륙의 밑바닥에서 솟아나는 지질학적 에테르가 뿌리 내리고 있는 것 같다.

필리핀은 어떤가? 이 나라는 그 역사에서 기인하는 부분도 있지만, 아시아에서 일본 다음가는 백치 국가다. 상류층 사람들은 어떻게 하면 하얀 피부를 가질 수 있을까, 그것만 생각한다. 미인 대회가 터무니없이 많다. 채점 기준은 얼마나 백인적으로(피부 색깔이 갈색이더라도) 세련되었느냐 하는 것이다.

상하이는 어떤가? 상하이 사람들의 강철 같은 표정에 관해서는 앞에서 상세히 적었으므로 여기서는 생략한다.

그리고 한반도.

여기서 다시 미소가 부활한다. 그러나 그것은 버마나 태국의 불교적 염화미소라기보다는 유교적 박애에서 오는 미소인 것 같다.

그들은 정이 깊고 피가 진하다. 그것은 때로 격렬한 슬픔과 분노의 기풍을 드러낸다. '너무나도 인간적인' 이 국민은 비지땀을 흘리며 고도의 경제 성장을 이룰 수는 있겠지만, 무섭도록 냉철한 공업 제품을 대량 생산하는 방식에는 적합하지 않은 듯하다.

그리고 그들의 자기 제어장치는 지나칠 만큼 온화한 마음씨다.

판소리를 들으면서 그런 생각을 했다. 한반도를 여행할 때 기술한 것처럼 그것은 감미로우면서도 너무나도 인간적인 슬픔과 분노의 노래였다.

······그리고

지금 바다가 보인다.

현해탄이다.

한국 사람들은 대한해협이라고 부른다.

나는 그 바다를 건너서 일본으로 향했다.

그때 해협은 회청색을 띠고 있었다.

희미한 판소리 가락이 귓가를 맴돌았다.

배를 타고······.

어둠 저편 일본 열도 쪽에서 파도 소리가 들려온다.

그것을 파안대소의 파도 소리라고 부르면 어떨까?

햇살에서 봄기운이 느껴지는 2월 하순, 나는 1년여의 여행을 마치고 이 동양의 동쪽 끝 나의 열도에 상륙했다.

독자 여러분은 나와 함께 여행을 마치고 지금 현해탄을 건넜다. 이제 여러분의 머릿속에도 동양이라는 지리적 공간에서 일본이 어떤 나라인지 어렴풋하게나마 그 이미지가 그려지지 않는가?

그렇다. 아시아 안에서 일본은 특수한 나라다.

동양······. 이슬람교, 힌두교, 불교라는 거대한 정신 사상 혹은 감응 사상을 만들어내고 전파시킨 정신 공동체 안에서 유일하게 그것에 반기를 들고 거대한 촉매 공장에서 반정신적 에테르를 제조해 유포하고 있는 나라다.

일본의 특수성은 그것만이 아니다. 지도상의 위치 또한 특수하다. 동양 여러 나라를 둘러보고 나서 새삼스럽게 그 단순한 사실을 깨달았다. 일본은 오른쪽에는 서양이, 왼쪽에는 동양이 버티고 있는, 동서양의 틈바구니에 낀 나라다.

말하자면 일본은 동양의 변경이자 서양의 변경이다. 그리고 이 변경의 섬나라는 항상 강력한 중심을 회구해왔다. 엄마 잃은 어린아이가 모성을 갈구하는 것처럼 말이다.

그 엄마 잃은 아이가 부른 노래가 두 곡 있다. 일본인이라면 누구나 알고 있는 〈달의 사막〉과 〈빨간 구두〉라는 동요다. 이 두 곡의 노래는 일본의 위치와 일본인의 잠재 심리를 단적으로 보여준다. 미처 어른이 되지 못한 유아 문화 속의 아이들은 동양을 향해 〈달의 사막〉을 노래하고, 서양을 향해 〈빨간 구두〉를 흥얼거렸다. 작년에 유행한 웨스트코스트 붐과 실크로드 붐을 보면 지금도 그 유아성에서 벗어나지 못하고 있음을 알 수 있다(〈달의 사막〉 가사: 달의 사막 저 멀리 / 낙타가 여행을 떠났어요. / 금 안장과 은 안장을 얹고서 / 낙타 두 마리가 나란히 걸어갔어요. / 금 안장에는 은 항아리 / 은 안장에는 금 항아리. / 두 개의 항아리는 제각각 / 끈으로 묶여 있었어요. / 앞 안장에는 왕자님 / 뒤 안장에는 공주님. / 낙타를 탄 두 사람은 똑같이 / 흰 옷을 입고 있었어요. / 드넓은 사막을 건너서 / 두 사람은 어디로 가는 걸까요. / 어슴푸레한 달밤에 / 한 쌍의 낙타가 터벅터벅 / 모래언덕을 넘어갔어요. / 말없이 넘어갔어요. 〈빨간 구두〉 가사: 빨간 구두를 신은 소녀가 / 이방인에게 끌려갔다네. / 요코하마 부두에서 기선에 실려 / 이방인에게 끌려갔다네. / 지금은 푸른 눈이 되어 / 이방인의 나라에 살고 있겠지. / 빨간 구두를 볼 때마다 / 이방인을 만날 때마나 생각난다네―옮긴이).

이 밀교의 성지, 고야산을 연 고보 대사가 804년에 불법을 배우기 위해 당나라로 건너갔을 무렵에는 당나라 붐이었다. 당나라의 불법은 당연히 인도에서 전해진 것이므로 동양의 변경인 일본은 메이지 유신 전까지만 해도 인도를 기점으로 하는 동양 사상의 순교자였다고 할 수 있다.

그러나 그 도식은 구로후네黑船(에도 시대 말에 서양에서 내항한 함선으로 특히 1853년에 요코하마 앞바다에서 통상과 수교를 요구한 미국 해군 동인도 함대를 가리킨다-옮긴이)의 내항에 의해 붕괴되었다. 그 후로 일본인은 두 곡의 노래를 갖게 되었다. 그런 역사적 추이를 보여주듯이 〈달의 사막〉과 〈빨간 구두〉는 미묘한 뉘앙스 차이를 나타낸다. 〈달의 사막〉은 능동적이고 굴절되지 않은 '동경'을 노래한다. 그러나 〈빨간 구두〉는 수동적이고 어딘지 모르게 회한의 뉘앙스를 띠고 있다.

아시아의 다른 나라들도 서양의 진출이라는 상황을 경험했지만 오늘날 일본이 유독 기술 문화와 물질문명의 번영을 이룬 것은 예로부터 문화의 수입(모방)에 주력해온 변방이었기에 가능했던 묘기라고 본다. 그것은 아시아 여러 나라들과는 달리 민족적, 풍토적 자기 제어장치, 즉 종교가 굳건히 뿌리내리지 못했다는 의미다.

어쩌면 2차 대전 이전까지는 명맥을 유지하고 있었을지도 모른다. 당시 상황에 대해선 잘 모르지만, 버마 전선에서 한 일본 병사가 영국제 기관총의 총신을 일본도로 베어버림으로써 영국 병사의 간담을 서늘케 했다는 일화를 들은 적이 있다. 이것은 하나의 정신이다.

2차 대전에 패해 원폭을 경험하고 철저히 파괴된 후에야 비로소 일본은 완전히 서양 물질문명의 추종자가 되고 예찬자가 되었다. 오늘날 동아시아 국가들이 일본에서 흘러든 물질문명의 에테르 속에서

민족적 자의식을 잃어가고 있는 것처럼 이때 일본은 서양 물질문명의 에테르에 의해 완전히 자의식을 상실했다.

그리고 그 상태는 지금도 계속되고 있다.

아니, 그 경향은 1960년대 이후에 더욱더 증폭되고 있다. 그리고 1980년대에 들어서면서 그것은 일본인의 체질로 완전히 정착되어 버린 듯하다.

＊＊

신의 이주

—

여기서 양해를 구할 것이 있다. 지금까지 나는 이번 동양 여행에서 만난 사람들과 나라들을 인간으로서 그리고 국가로서 그 토착성(종교성, 민족성)의 관점에서 바라보고, 이야기했다.

당연히 상반된 관점을 가질 수 있다. 이를테면, 굳이 일본이 아니어도 괜찮고, 종교나 토착성에 집착하지 않더라도 추상적인 기술 문명 속에서 인간이 더 쾌적하게 살 수 있다면 그걸로 충분하지 않느냐고 반문할지도 모르겠다. 지극히 온당한 견해다.

다만 여기서는 '삶의 방식'에 관한 논의는 접어두고, 이번 동양 여행에서 내가 가졌던 생각 두 가지를 간추려 적음으로써 대답을 대신하고자 한다.

반면 경전인 신문 축쇄본의 최근 어느 날짜를 펼쳤을 때의 일이다.

그 석간신문의 한 페이지에 요즘 젊은이들의 언동을 분석한 한 학자의 글이 실려 있었다. 그 사람의 주장은, 젊은 세대의 언어와 사고 그리고 행동 양식이 변한 것은 생활환경의 기준이 자연에서 인공으로 옮겨가서 그런 것이지, 삶의 방식의 본질은 그대로이기 때문에 특별히 걱정할 필요는 없다는 것이었다.

신문 기사를 읽고, 이번 동양 여행에서 두 가지 환경을 몸소 경험한 사람으로서 나는 그 논리에 드러난, 사소하지만 돌이킬 수 없는 결정적인 오류에 곧바로 반응했다.

자연 환경과 추상 환경이라는 상반된 환경 속에서 본질적이라고까지 말할 만한 인간의 변질 양상을 똑똑히 목격했기 때문이다.

그 기사의 논리에는 두 환경 간의 단순하고도 결정적인 차이를 찾아내는 시선이 결여되어 있었다. 사회적 담론을 이끌어가는 사람에게 있어 그 결여는 죄악에 가까운 것이라고 생각한다.

그 차이는 알기 쉽고 단순하다. 즉 인공 환경은 인간과 인간 사회에 봉사하고 종속되기 위해 구축된 것이고, 자연 환경은 인간과 인간 사회의 자의에 구속되지 않고 오히려 인간과 인간 사회를 종속시키려는 본성을 갖는다.

요컨대 자연 환경은 인간과 인간 사회가 가진 자아성에 대립하는 요인, 즉 '상대'로서 존재한다. 그 상대성에 의해 일찍이 인간과 인간 사회는 제어되었고, 생존의 도덕률과 올바른 자아의식을 부여받았다. 그것이 바로 종교다. 그 방정식은 종교 양식의 양극단인 이슬람교에도 힌두교에도 똑같이 적용된다.

인공 환경에는 그것이 없다. 인간의 생존에 대한 상대성이 결여되어 있다. 종교(도덕률)를 탄생시키는 기반이 없고, 욕망을 제어하는 장치가 없다. 자아를 보여주는 거울이 없다.

끝까지 남는 '신'은 인간의 육체와 이념뿐이다. 그러나 과연 일본인의 육체와 정신에는 그런 추상 환경에 대응할 만한 신이 있을까?

내 대답은 NO다.

오늘날 일본인은 고도의 기술 문명 가운데 살고 있지만 노소를 막론하고 체질 자체는 동아시아적이다. 말하자면 불교적이고 정서적이며 감각적이다. 이슬람교도나 그리스도교도처럼 이념적이지 않다는 말이다. 여전히 타력본원他力本願(아미타불이 중생을 구제하려고 세운 발원에 기대어 성불하는 일, 비유적으로 타인에게 기대어 일을 성취하는 것을 이른다―옮긴이)이다. 그것은 과거의 불교도로서 일본인이 가진 무의식의 지혜라고 할 수 있다.

그러나 오늘날 도시화가 진행되고 있는 일본의 추상적 환경에서는 그 불교적 지혜를 떠받쳐줄 기반이 없다. 일본인을 둘러싼 환경은 더이상 불교적인 환경이 아니다. 결국 일본인의 체질 속에 아직도 남아 있는 '지혜'는 쓸모를 잃은 일본도처럼 봉인되고 말았다.

우리는 지금 환경의 변질에 대응해 육체 안에 깃든 '신'의 양식을 바꾸도록 요구당하고 있다.

그렇다면 과거의 신을 대신할 만한 신은 무엇일까?

어쩌면 그것은 서양적인 개인 차원의 신, 즉 '이념'과 '주의'일지도 모르고, 이슬람적인 집단 차원의 신, 즉 개개인이 공유하는 이념과 주의일지도 모른다.

그런데 일본인의 육체와 정신이, 달라도 너무 다른 이슬람적인 육체와 정신으로 개종할 수 있을까?

어려울 것이다. 주변을 아무리 살펴보아도 이미 일본은 인도 힌두권의 불교 국가가 아니다. 오히려 불교와 가장 인연이 먼 존재인 이슬람적인 환경이 되어가고 있다. 둘 다 추상적인 환경이라는 의미에서 그렇다는 말이다. 물론 양상은 다르다. 한쪽은 기술 문명이라는 진화된 상태에서의 추상 환경이고, 다른 한쪽은 사막이라는 원초적인 추상 환경이다.

이 두 '사막'은 비슷한 것 같지만 사실은 다르다. 그러나 인간에게 요구되는 도덕률은 동일한 양식으로 수렴되어간다.

한마디로 이념이다.

신 없는 신에 관한 것이다.

우상 없는 우상.

예를 들면 알라처럼.

이념이라는 면에서 이슬람은 서양에 가깝다고 할 수 있다.

다른 점이라면 서양은 개인 차원의 이념(도덕)을 주체로 하고, 이슬람은 집단 차원의 이념(종교)을 지주로 삼는다는 것이다. 일본인은 이 두 가지 양식의 이념 중 하나를 선택해야 하는 지점에 와 있으면서도, 여덟 살짜리 아이마저 여전히 불교적인 체질과 감수성을 지니고 있는 모순 속에 살고 있고, 사회는 여전히 '감각'과 '감성'을 칭송하는 경향을 보인다.

균형이 맞지 않다. 체질에 내장된 제어장치는 이미 녹슬어 쓸모가 없다. 만약 이대로 정상적인 삶을 꾸려나갈 수 있다면 세계 7대 불가사의의 하나로 꼽힐 만하다. 머지않아 발광發狂할 것이다. 아니, 이미 그 징후를 보이고 있다.

의식의 우상

—

여기서 실험을 하나 해보자. 발광 실험이다.

극도의 추상 환경인 전후좌우상하 모두 새하얀 사각형 방에 힌두교도, 이슬람교도, 불교도, 그리스도교도를 한 명씩 들어가게 하는 것이다. 누가 맨 먼저 발광하고 누가 맨 나중까지 버틸까?

내 생각에 가장 약한 것은 힌두교도다. 그다음이 불교도, 그리고 그리스도교도, 맨 마지막이 이슬람교도일 것이다. 이슬람교도가 언제까지 버틸 수 있을지 나로서는 상상이 가지 않는다. 이슬람교도는 텅 빈 방에서도 자아의 의식을 일깨워줄 신을 육체에 내재시키고 있다. 형태는 다르지만 그리스도교도도 비슷하다.

곤경에 처한 사람들은 아마 각자의 방 안에서 기도를 드릴 것이다.

이슬람교도는 흰 벽을 향해 여느 때와 다름없이 알라신을 부르며 기도할 것이다. 그리스도교도는 시선을 허공으로 향한 채 가슴에 십자가를 그을 것이다.

불교도는 손을 모은다. 그러나 난처한 일이 벌어진다. 그들은 구상적인 환경을 향해서만 손을 모을 수 있다. 그들에게는 기도하기 위한 불상이나 제단 같은 우상이 필요하다.

힌두교도는 어떨까? 속수무책이다. 그들은 자연과 동일한 차원에서 육체와 정신을 교류하는 형태로 스스로를 보존하는 방식에 길들여져 있다.

나는 태국 공항에서 앞의 실험과 비슷한 추상 환경에 놓인 이슬람교도를 본 적이 있다. 금속 느낌이 강한 공항 대합실에 흰 옷을 입은 아라비아인들이 단체로 들어왔다. 그들은 살기등등한 기운이 느껴질 만큼 강렬한 에테르를 발산하고 있었다. 그들의 눈은 사막에서 보았을 때와 다름없이 날카로운 분노의 빛을 띠고 있었다.

그 이슬람교도들은 플라스틱으로 만든 화장실 문 바로 옆의 빈 공간에서 갑자기 서쪽을 향해 무릎을 꿇더니 오후 예배를 드리기 시작했다. 비행기 안에서 기도 때를 놓쳐 애를 태웠던 것 같았다. 인간에게 욕망에 대한 갈증이 있듯이 어떤 사회에는 금욕과 기도에 대한 갈증이 존재한다. 희한한 광경이었다. 바닥에 조아린 그들의 머리 바로 앞에는 차갑게 빛나는 스테인리스 난간이 있고, 난간 뒤에는 강화 유리가 반짝이고 있었다. 그들은 철두철미하게 인공적인 환경에서 그것을 환상으로 바꾸어버리고 자기 안에 존재하는 신을 향해 평소와 다름없이 열심히 의식을 내던지고 있었다.

그 광경을 보면서 나는 이번 동양 여행에서 처음으로 나 자신에 대해 그리고 일본인과 일본에 대해 생각했다.

일본인은 그리고 나 자신은 저들과 같은 자아를 가질 수 있을까? 식물 세계의 정서적 풍토에서 자라난 우리가 과연 저들처럼 자신을 통제할 수 있을까? ……그런 생각을 했다.

이슬람적인 추상 환경에 처한 지금, 우리는 정서와 감각의 인간에서 저들 같은 이념의 인간으로 개종할 수 있을까? ……그때 나는 분명하게 자신에게 묻고 있었다.

귀신 그리고 눈꽃

—

어쩌다 보니 이 동양 여행은 조금 씁쓸한 결말을 맞고 말았다.

그럴 생각은 없었다.

좀 더 희망적이고 기분 좋게 끝내고 싶었다.

답답한 방 안 공기 때문인지도 모른다.

방문을 열고 툇마루로 나간다.

새벽 3시다.

3월도 벌써 여러 날이 지났지만 산속 분지여서 살갗이 얼얼할 만큼 밤공기가 차다.

구부정한 가지에 가랑눈이 내려앉은 배롱나무가 보인다.

방의 불빛을 받으며 서 있는 배롱나무는 어둠 속에 떠 있는 희고 가 느다란 번개 같다.

잠시 그 작은 번개를 보고 있다가 나는 문득 그 너머에서 정체 모를 환영을 보았다.

삭아빠지고 표백된 두 쌍의 커다란 나무 덩어리다.

나무 덩어리에는 눈이 있다.

분노한 눈빛이 있다.

나는 고야산을 올라올 때 어둠 속에서 보았던 거대한 분노상을 떠올 리고 있었다.

이 산의 초입에 퇴락한 산문山門이 있는데, 그곳에 두 쌍의 분노상이

•

여행 후에 묵었던 숙방

서 있다. 지금은 산문을 드나드는 사람이 드물기 때문에 이미 소용을
다한 물건이다. 그러나 옛 사람들은 이 성산을 오를 때면 반드시 그
두 쌍의 분노상 사이를 지나야 했다.

신앙심이 두터웠던 그들은 분노상을 보고 오금이 저릴 만큼 겁을 먹
었을 것이다.

그날 저녁 홀로 바라본, 분노를 형상화한 그 커다란 나무 덩어리는
가만히 나를 응시하는 듯했다. 푸른 박명 속에서 그 삭아빠진 나무
조각상이 시시각각 나를 향해 마지막 분노의 에테르를 내뿜는 듯했
다.

……'귀신'이군, 하고 생각했다.

귀신은 불교적 자연의 한 화신이다.

일찍이 사람들은 열락과 타락의 시대에는 귀신을 필요로 하고 고통
의 시대에는 관음을 보려 했다.

지금 시대에 필요한 것은 귀신일까 관음일까?

귀신을 필요로 하는지도 모른다. 아니, 관음일지도 모른다.

우리는 지금 웃고 있지만 왠지 쓸쓸하다. 고립되어 있다. 공동의 환
상을 소망하는 것처럼 보이기도 한다.

지금 우리에게 귀신이란 무엇일까?

관음이란 무엇일까?

분노상과 관음은 이미 퇴락했다. 쓸모를 다한 것이다.

나는 동양 여행을 마쳤다.

생계를 위해 대충 아무 일이나 하면서 한동안 일본에 눌러앉을 것인가, 아니면 지금 우리가 필요로 하는 귀신과 관음의 정체를 밝히기 위해 또다시 서양으로 긴 여행을 떠날 것인가?

지금의 나는 귀신의 정체도 관음의 정체도 알지 못한다.

이튿날 아침, 나는 쇼조신인 뒤편의 무덤의 도시를 산책했다.

하늘은 일변해 구름 한 점 없이 맑았다.

맑은 하늘에서 눈이 내렸다.

기이한 눈이었다.

이따금 눈앞의 참배로 저쪽까지 나풀나풀 가랑눈이 내렸다.

올려다보니 참배로 양쪽으로 줄지어 선 삼나무 거목의 가지에 어제 내린 눈이 쌓여 있다가 미풍에 날려 떨어지고 있었다.

흩날리며 떨어지는 눈송이들이 마치 하늘에서 내리는 가랑눈 같다.

나뭇가지 사이로 스며드는 햇살 속에서 눈은 분지의 산들바람을 타고 길 위에, 사방의 묘석 위에, 지장보살의 머리 위에 내려앉았다.

바람에 나부끼는 눈꽃……

눈송이 하나하나가 작은 관음처럼 빛나고 있다.

그러나 이제 그 관음은 우리의 관음이 아닌지도 모른다…….

여행의 빙점

사람이 살면서 몇 번의 고비를 만나듯이
여행에도 빙점이 있다.
여행 초기의 뜨거웠던 피는 식고
마침내 그것이 임계점에 도달했을 때 얼어붙는다.
눈앞에 무엇이 나타나든 시들하다.
무관심해지고, 걸음이 멈추고, 눈이 흐려지고,
혀가 기뻐하지 않고, 귀가 들으려 하지 않고, 코가 냄새 맡지 못한다.
그리고 마음은 임종을 앞둔 노인처럼 과거로만 되돌아간다.

여행을 시작한 지 10년 만에
그런 '여행의 빙점'이 찾아왔다.
나는 얼어붙은 채 무의미한 여행을 계속했다.
살아 있는 존재가 귀찮았다.
인간이 특히 귀찮았다.
나는 인간을 피해 풍경만 보고 다녔다.
이 시기의 내 사진과 글에는 인간이 등장하지 않는다.
이것은 하나의 위기다.
인간이 인간에게 흥미를 잃는다는 것은 '쇠약'이다.

나는 기사회생의 여행에 나섰다.
역치료라고 해야 할까?
얼어붙은 여행을 또 다른 여행으로 녹이려 했다.
'동양방랑'이 그 여행이다.

이 긴 여행에서 나는 인간을 만나는 것을 과제로 삼았다.
멍청한 인간이든 고귀한 인간이든
눈앞에 나타나는 모든 인간을
일생일대의 인연으로 여기고 소중히 대하기로 했다.
변두리 유곽의 창녀에서 심산에 틀어박힌 스님까지
그 어떤 인간이든 철저히 사귀기로 했다.
여행의 중반, 콜카타에 도착했을 무렵
갑자기 나는 회생했다.
또다시 인간이 한없이 재미있어졌다.
얼어붙은 여행이 녹기 시작했다. 나 자신을 되찾았다.
누구에게나 '빙점'은 있다.
반드시 찾아온다.
인간의 빙점을 녹이는 것은
인간이다. 인간의 체온이다.
어쨌든 사귀어보라.

"인간은 살덩이죠.
감정으로 가득한……."

이스탄불의 창녀 돌마가 멍한 표정으로
내뱉은 그 말의 의미 속에서
사람은 녹는다.
늙음과 무관심으로부터 나를 되살려준
아시아의 인간 천재들에게 경의를 표한다.

작품 해설

—

장정일(소설가)

크게 팔리지 않는 저자인데도 그의 저작이 모두 번역되는 작가가 있다. 일본 저자 중에는 후지와라 신야가 대표적이다. 100만 부를 기세 좋게 팔아치우는 작가보다 이런 저자가 신비롭다. 베스트셀러 작가는 사회학적 분석의 도움을 받을 수 있는 데 반해, 이런 작가에게는 사회학적 분석 틀이 소용되지 않는다. 출판 용어로 '표4'라 불리는 책 뒤표지의 추천사를 아무 에누리 없이 믿는 사람은 이제 없다. 『인생의 낮잠』(다반, 2011) 표4에 "후지와라 신야를 내 인생의 구루"로 받들고자 한다는 어느 신문기자의 추천사가 그렇다. 구루guru란 힌두교에서 혼자 힘으로 영적 혜안慧眼을 얻은 정신적 스승이나 지도자를 일컬으며, 신자들은 그의 지도를 통해 자신들에게 있는 구루와 똑같은 잠재력을 발견할 수 있다. 교파의 지도자 또는 창시자에 해당하는 구루는 진리의 살아 있는 화신이며, 신과 동일시되기도 한다. 실로 구루란 어마어마한 말이다.

후지와라 신야가 구루인지 아닌지는 독자마다 생각이 다를 수 있다. 중요한 것은 수많은 세상 사람 가운데 어느 한 명이 그를 구루로 불렀다는 것이다. 이 사실이 왜 중요한지를 따로 설명할 필요가 있을까. 저 사실은 후지와라 신야를 '나의 구루'라고 과감하게 고백하지 못한 수줍은 열 명, 백 명, 천 명의 숨어 있는 추종자가 있다고 암시해준다. 판매고에 주눅 들지 않는 후지와라 신야의 비밀이 바로 여기 있다. 그를 구루로 여기는 '열혈 독자'가 한 명이라도 있다는 것이 출판사에 큰 힘이 된다.

후지와라 신야는 스물다섯 살 때이던 1969년 여름, 우연한 계기로 영국 런던을 여행하고 일본으로 가는 길에 인도를 방문했다. 이때부터 그는 자신도 의식하지 못한 채 10여 년간 인도, 티베트, 중근동 등을 방랑하게 된다. 방랑 초기에 낸 『인도방랑[1972]』(작가정신, 2009)은 1970년대 초 · 중반 일본에서 일어난 '인도 붐'에 커다란 영향을 주었고, 『티베트방랑[1977]』(작가정신, 2010) 역시 첫 여행기에 버금가는 충격을 주었다. 훗날 지은이는 한국어판에 덧붙여진 어느 대담에서 인도와 티베트를 "양 극단"으로 설명했다. 전자는 사람을 기진맥진하게 하는 "인력이 강한 땅", 후자는 하늘이 사람을 "위로 끌어당기는 반대의 인력"(이상 『인도방랑』, 62쪽)이 있는 땅이라는 것이다.

두 권의 책으로 사진작가이자 에세이스트로 명망을 날리기 시작한 후지와라 신야는 그 뒤로도 여러 차례 인도와 티베트를 다시 들렀다. 작가정신에서 새 번역으로 선보이는 『동양방랑[1981]』은 앞선 두 책의 보유이자, 청년기의 방랑을 결산하는 3부작의 대미라고 할 수 있다. 이후 그는 모터홈motor home(주거 가능한 자동차)을 끌고 혼자서 7개월 동안 미국 전역을 여행하고 난 기록인 『아메리카 기행〔1990〕』(청어람미디어, 2009)을 출간한다. 하지만 이 여행기는 앞선 3부작의 외전에 지나지 않는다. 그가 방랑을 시작한 곳도, 사진작가가 된 곳도, 문명의 감식가가 된 곳도, 에세이스트가 된 곳도 아시아이기 때문이다. 무엇보다 『아메리카 기행』이 3부작의 외전인 까닭은, 그가 이전의 여행에서 얻었던 깨달음을 '확인 사살'하는 절차가 미국 여행이었기 때문이다.

『동양방랑』은 지은이가 1980년에서 1981년 사이, 터키 이스탄불에서 시작해 시리아·이란·파키스탄·인도·티베트·미얀마·태국·중국·홍콩·한국을 거쳐 일본에 이르는 400여 일의 여정을 기록하고 있다. 어떤 에세이스트보다도 이야기 구성력이 뛰어난 지은이의 필력은 독자로 하여금 그의 여행기를 통해 이국을 간접경험하게 하기보다, 아예 그가 체험하고 있는 풍경 속에 우리를 있게 한다. 식당에 죽을 치고 있다가 낯선 손님에 접근해 음식 접시를 산더미만하게 비우고 주인에게 사례금을 받는 거식녀, 지중해에 수장된 트랜스젠더 하산 타스데미르, 아름다운 암소를 가족에게 선사하고 자신은 사창가로 팔려온 다니야, 라다크 지방 산속에 숨어 있는 절에서 스님들이 주식으로 먹는 '파파', 한밤에 느닷없이 처절하게 불경을 외기 시작하더니 새벽이 되어 속세로 떠난 마흔네 살의 파계승, 치앙마이에서 만난 '스님'이라는 별칭을 가진 실성한 매춘녀, 상하이 시장에서 목격한 '게의 참극', 돼지 방광을 타고 중국 광둥성에서 홍콩으로 밀입국한 셰이 형제, 그리고 서울 1981년 청량리 겨울……

지은이는 무수한 국경을 넘나들며 낯선 인종과 이질적인 신을 만난다. 신기한 것은 후지와라 신야가 자신을 낯선 인종과 이질적인 종교 밖의 타자라고는 결코 생각하지 않으며, 이국인에게서 항상 동질성을 느끼는 것이다. 이런 빼어난 능력은 세계나 타자를 파악하는 그의 방법이 관념이나 이론이 아닌 가장 원초적인 인간 감각을 활용한 때문에 생겨난 것이다. 세계나 타자를 관찰하거나 이해하고 묘사하고자 할 때 그는 항상 후각을 사용한다.

> 창밖을 보면서 동양에 대해 생각했다. 온갖 냄새가 코끝에 들러붙어 있다.
> 그리스 아테네에서 에게해와 마르마라해를 따라 기차로 40시간, 동양이 시작되는 이스탄불로 향하는 동안 시시각각 다가온 것은 냄새였다.(43~45쪽)

> 싸구려 호텔 방은 사막 냄새로 가득했다.
> 베개에서 산양 기름 냄새가 났다. 이슬람교도가 베었던 베개다.(197쪽)

> 바람은 콜카타 특유의 냄새를 실어온다. 부패와 소생, 죽음과 삶이 뒤얽혀 끝없이 연쇄하는 이 도시의 영혼들의 냄새다.
> (……) 바람이 불고 도시가 또다시 냄새를 풍긴다.
> 도시의 정액 냄새다.
> 날마다 방출되고 부패하고 땅에 스며들고 벽에 달라붙는 사람의 땀, 숨결, 기름, 배기가스…… 녹슨 쇠붙이 냄새. 구운

돼지고기 냄새, 산양의 날고기 냄새, 코를 찌르는 향신료 냄새, 무르익은 파파야의 달콤한 향기, 식당에서 풍기는 탄 코코넛오일 냄새, 제단의 향연, 열대의 여성 화장품 냄새, 남자들 머리에서 나는 겨자씨 기름 냄새, 재스민 향기, 썩은 강에서 풍기는 악취, 무두질한 가죽 냄새, 대마 연기, 가로수 냄새…… 태양의 잔향…… 그리고 비 냄새.(221~223쪽)

중국인들이 사는 동네는 대체로 그렇다.
술과 돼지비계와 탄 기름 냄새, 땀 냄새, 향냄새와 시큼한 지폐 냄새. 여자 냄새, 무두질한 가죽 냄새, 부패물 냄새…….
거리와 사람을 뒤덮은 인간 세상의 온갖 냄새들 한편에서 그 농밀한 사바의 냄새를 달래듯 언제나 말향 비슷한 전단향 냄새가 에테르처럼 피어오른다.(370쪽)

냄새에 대한 지은이의 집착은 자본주의 중국(홍콩)과 공산주의 중국 사이를 오간 끝에 머릿속이 온통 뒤죽박죽이 되었을 때, 스스로에게 내린 처방으로 더욱 명료해진다. "이런 때에는 자기 확인을 위해 소변이라도 보아야 한다. 대변이라면 더할 나위 없다."(401쪽) 자신이 배설한 대변에서 나는 냄새만큼 확실한 존재 증명이 또 어디 있겠는가? 후지와라 신야의 냄새에 대한 편애는 "무엇인가가 썩어가는 냄새는…… 왠지 사랑스럽다"(15쪽)라고 말할 만큼이다.

다이앤 애커먼의 『감각의 박물학』(작가정신, 2004)에 따르면 "인간의 냄새 감각은 인체의 다른 많은 기능과 마찬가지로 진화 초기, 아직 바다에 살던 시절의 유물"(39쪽)이다. 물고기는 물에 용해된 냄새를 점막을 통해 흡수한다. 예컨대 연어가 제가 태어난 먼 곳의 산란지를 알아내 그곳까지 헤엄쳐 가서 알을 낳을 수 있는 것도 전적으로 후각 능력 덕분이다. 이처럼 원초적인 후각 능력은 인간이 바다에서 엉금엉금 기어 나와 육지로, 나무 위로 올라갔을 때 그 중요성을 약간 상실했다. 또 나중에 직립보행을 하게 되어 주위를 살피거나 높은 곳에 오르기 시작했을 때, 후각은 시각에 감각은 물론 지각의 주도권까지 완전히 내어주었다. "적이 눈에 보였고, 먹이가 눈에 보였고, 짝이 눈에 보였고, 길이 눈에 보였다. 먼 곳에서 사자가 풀밭 속을 어슬렁거리는 모습은 어떤 냄새보다 더 쓸모 있는 신호였다. 시각과 청각은 생존하는 데 더욱 중요해졌다."(54쪽) 시각의 발달은 인간 생존과 문명 진화에 막대한 공헌을 했다. 하지만 '시선은 권력이다'라는 말이 가르쳐주듯이, 시각이 분별과 차별로 이어지면서 권력의 원천이 되어온 사실도 함께 지적되어야 한다.

후지와라 신야가 청량리에서 '된장국 냄새'를 맡기도 하는 이 여행기에서 독자가 맡아보지 못할 냄새는 하나도 없다. 냄새는 국경이라는 이름의 분별이 얼마나 의미 없는 것인지 웅변해준다. 대변이 혹은 음식이 그런 것처럼, 인간의 생물학적 원초성과 직결되어 있는 냄새는 이질적인 신과 낯선 인종과 무수한 국경을 하나로 묶어준다. 이제 아무런 과장 없이 이렇게 말할 수 있다. 후지와라 신야는 냄새를 맡기 위해 방랑한 것이다.

지은이는 스스로를 "그저 '길을 걷는 자'", "보고 느낀 것들을 '보고하는 자'"(이상 『동양방랑』, 477쪽)라고 말하지만, 그에게 독특한 개성과 후광을 부여하는 것은 여행기 곳곳에서 찾아볼 수 있는 문명 감식안이다. 그런데 여기서도 냄새는 문명론의 척도로 꼭 필요한 관념이나 이론 이상의 절대적인 역할을 한다.

> 몇 년 전에 썩은 냄새가 진동하는 동양의 어느 도시에서 열 몇 시간을 날아서 서양의 막다른 땅인 캘리포니아에 간 적이 있다. 그곳에 머물렀던 한 달 동안, 마치 진공 상태에 있는 듯한 착각이 들었다.
>
> 로스앤젤레스 국제공항에서 시내로 향하는 택시 안에서 본 집들은 하나같이 교회당 같았다. 거리를 지나가는 사람들은 신부나 수녀처럼 보였다.
>
> 너무도 청결하고 고통이라곤 찾아볼 수 없는 도시. 주택을 둘러싼 짙푸른 나무들마저 플라스틱을 닮은 영원의 빛으로 충만했다.(45쪽)

동양에서 진하게 맡을 수 있었던 생사의 냄새가 서양에서는 나지 않는다. 플라스틱을 닮은 로스앤젤레스 공항의 가로수에는 냄새도 열매도 없고 따라서 죽음도 없다. 이런 깨달음을 한 점 의문 없이 철저히 확인해보고자 했던 것이 『동양방랑』을 쓰고 난 10년 뒤에, 모터홈을 끌고 7개월 동안 미국 전역을 누비고 집필한 『아메리카 기행』(원제는 『아메리카』)이다. 이 책이 『인도방랑』과 『티베트방랑』(모두 원제와 같다)에 운을 맞추기 위해서는 『아메리카 방랑』이 되지 않으면 안 되었지만, 지은이는 미국 기행에 인간 존재의 불확실성과 무욕을

은유하는 '방랑'이라는 단어를 허락하지 않았다. 아래는 『아메리카 기행』에 나오는 두 대목이다.

> 사육된 미국 국민과 우리는 약품 냄새마저 그리워하게 된다. 인큐베이터에서 자란 갓난아이가 엄마의 냄새보다 인큐베이터 냄새를 더 그리워하는 것처럼.(320쪽)

> 한 가지 분명한 사실은 500마일 가까이 달린 결과가 어제와 똑같은 냄새, 똑같은 모습의 낯선 거리라는 점이다. 그런 악몽 같은 경험이 2주간 계속될 때도 있었다.(344쪽)

미국식 문명은 냄새를 탈취한다. 문명은 인간의 원초성을 제거하면서 성성聖性도 함께 없애버렸다. 문명은 성성이 사라진 자리에 '가상현실(인공 환경)'을 제공하고, 구원을 향한 노력(기도) 대신 손쉬운 환상(쾌감원칙)을 강요한다. 『아메리카 기행』의 후기는 이렇게 끝난다. "인류가 기나긴 세월 동안 복종해온 성성은 가상현실과 쾌감원칙을 주축으로 하는 새로운 성성에 밀려나고 있다. (……) 이제 미국식 쾌감원칙은 동서양의 벽까지 녹여버리고 있다. 미국 경제 파탄과는 별개로 미국에서 발상한 이 '공허한 현실'은 악화가 양화를 구축하듯 지구의 '무거운 현실'을 구축하기에 이르렀다. 우리 시대는 바로 여기서부터 시작되었다. 오늘날 일본이라는 환경에서 벌어지고 있는 온갖 문제들도 여기에서 시작되었다. 7개월에 걸친 여행에서 내가 목격한 것은 결국 미국이라는 낯선 나라가 아니었다."(378쪽)

먼 여행의 끝은 집으로 돌아와 거울을 보는 것이다. 후지와라 신야의 몇몇 여행기 역시 마지막에는 일본의 자화상을 그리곤 했다. 이미 본 바와 같이, 그럴 때마다 그는 매번 울분을 참지 못하고 '일본은 미국이다'라고 말한다. 일본이 미국화된 역사적 과정은 뻔하다. 제2차 세계대전에서 원폭을 맞고 철저히 파괴된 후, "일본은 완전히 서양 물질문명의 추종자가 되고 예찬자가 되었다. 일본은 서양 물질문명의 에테르에 의해 완전히 자의식을 상실했다."(『아메리카 기행』, 495쪽) 이런 역사는 이미 상식이 되어버려 인용 부호를 치고 쪽수를 밝히는 것조차 무색하다. 그러므로 이제는 독자들도 습득했을 게 분명한, 예의 후지와라 신야 식으로 말해보자. "요새 불티나게 팔리는 것이 대변에서 냄새가 나지 않도록 하는 약인데, 이걸 숨어서 먹는 사람들이 많다고 한다. 이런 희한한 약을 파는 나라는 세계 어디를 뒤져봐도 일본뿐이다. 나 같은 사람은 여행에서 돌아올 때마다 나라 전체가 무균실로 보일 지경이다."(『인생의 낮잠』, 67쪽) 지은이에게 미국화란 '무균실'이 되는 것이다.

성성은 잠시 차치하고, 대변 냄새를 지워버리는 '무균실 문명'이 대체 왜 문제가 된다는 말인가? 또 미국식 문명이 일본뿐 아니라 동양의 여러 국가를 어째서 "백치 국가"(『동양방랑』, 497쪽)로 만든다는 말인가? 400여 일의 동양 방랑을 마치고 일본으로 돌아온 지은이는, 고야산 정상에 있는 한 절에서 심신의 노독을 풀며 이렇게 썼다.

인공 환경은 인간과 인간 사회에 봉사하고 종속되기 위해 구
축된 것이고, 자연 환경은 인간과 인간 사회의 자의에 구속되

지 않고 오히려 인간과 인간 사회를 종속시키려는 본성을 갖는다.

요컨대 자연 환경은 인간과 인간 사회가 가진 자아성에 대립하는 요인, 즉 '상대'로서 존재한다. 그 상대성에 의해 일찍이 인간과 인간 사회는 제어되었고, 생존의 도덕률과 올바른 자아의식을 부여받았다. 그것이 바로 종교다.

(……) 인공 환경에는 그것이 없다. 인간의 생존에 대한 상대성이 결여되어 있다. 종교(도덕률)를 탄생시키는 기반이 없고, 욕망을 제어하는 장치가 없다. 자아를 보여주는 거울이 없다.(502~503쪽)

위의 인용문에는 후지와라 신야를 구루로 상찬할 수 있는 사상적 깊이가 있다. 이를테면, 요 몇 년 사이에 부쩍 인공지능에 대한 담론이 늘어났는데, 인공지능에게는 인간이 불가항력으로 여겼던 것과 같은 '자연 환경'이 존재하지 않는다. 애초부터 자신을 상대화할 자연 환경 따위를 갖지 않은 인공지능이기에, 미래의 인공 환경은 "능률과 확대를 종교로 신앙하는 아메리카니즘"(『아메리카 기행』, 166쪽)이 더욱 기승을 부리게 될 것이다.

뛰어난 문명 감식가인 지은이에 따르면 종교와 신은 모두 "풍토의 대위법", 즉 "그곳에 사는 사람들의 생각과 정감의 대위법"(이상 『동양방랑』, 303쪽)에서 생겨난 것이다. 자연이 풍요롭지 못한 광물적인 세계(서아시아)에서 법을 종교화한 이슬람이 생겨났고, 자연이 풍요로운 식물적인 세계(동아시아)에서 관용과 다신교(힌두교·불교)가 생겨냈다. 바로 이런 생각을 하고 있었기 때문에 그는 자신이 일조했던 일본 청년들의 인도 붐에 대해 거리를 둘 수 있었다. "인도나 티베트를 다녀와서 신비를 팔아먹는 것은 일종의 사기입니다." 종교도, 신도, 명상도 모두 그곳 사람들이 냄새를 피우고 묻히며 살았던 "일상"(이상 『인도방랑』, 48쪽), 곧 자연 환경에 적응하고자 했던 산물이다. 이 원리를 모르면, 갠지스강이 흐르는 인도와 히말라야에 있는 티베트가 왜 지근이면서도 양극단의 종교인 힌두교와 라마교를 낳았는지를 끝내 알 수 없다.

> 히말라야에 인도는 가깝고 그리고 멀다. 이 두 개의 땅 사이에는 최단 거리를 골라 길이 나 있다. 그러나 그 길이 이 두 땅 사이의 올바른 거리를 나타낸다고 말할 수는 없다.
> 여행을 하면서 때때로 생각한다⋯⋯. 이 진창 인도에서 저 연꽃 히말라야에 도달하려면 땅을 반대로 돌아야 하지 않을까 하고. 땅이 둥근 까닭에 우연히 두 대극이 맞붙어 있는 것이 아닐까 하고.(『티베트방랑』, 43쪽)

각기 다른 풍토의 대위법이 서로 다른 신과 종교를 낳았다는 단순한 이치를 깨닫고 나서야, 타자를 굴복시키려는 온갖 문명의 협잡을 허위로 되돌릴 수 있다. 그뿐이 아니다. 이 단순한 진리를 깨우치고 나서야, 비로소 인간은 나의 바깥에서 구도를 얻으려는 방랑을 그칠 수 있다.

동양방랑

초판 1쇄   2018년 5월 18일

지은이 / 후지와라 신야
옮긴이 / 이윤정
펴낸이 / 박진숙
펴낸곳 / 작가정신
편집 / 김종숙 황민지
디자인 / 용석재
마케팅 / 김미숙
홍보 / 박중혁
디지털콘텐츠 / 김영란
인쇄 및 제본 / 한영문화사

주소 (10881) 경기도 파주시 문발로 207
대표전화 031-955-6230   팩스 031-944-2858
이메일 editor@jakka.co.kr   블로그 blog.naver.com/jakkapub
페이스북 facebook.com/jakkajungsin   인스타그램 instagram.com/jakkajungsin
출판 등록 제406-2012-000021호

ISBN 979-11-6026-028-1   03830

이 도서의 국립중앙도서관 출판시도서목록(CIP)은 서지정보유통지원시스템 홈페이지(http://seoji.nl.go.kr)와 국가자
료공동목록시스템(http://www.nl.go.kr/kolisnet)에서 이용하실 수 있습니다.
(CIP제어번호 : CIP2018013596)